HEIMWEG

Mehr Bäume. Weniger CO_2.
www.cpi-print.de/umwelt

MIX
Papier aus verantwortungsvollen Quellen
FSC® C083411
FSC
www.fsc.org

Ernst Geiger:
Heimweg

www.edition-a.at

Lektorat: Maximilian Hauptmann

Cover: Isabella Hofbauer
Satz: Sophia Stemshorn

Gesetzt in der Premiera
Gedruckt in Deutschland

1 2 3 4 5 — 24 23 22 21

ISBN 978-3-99001-540-7

Ein Ernst-Geiger-Fall

HEIM WEG

Die Geschichte der Favoritner Mädchenmorde

edition a

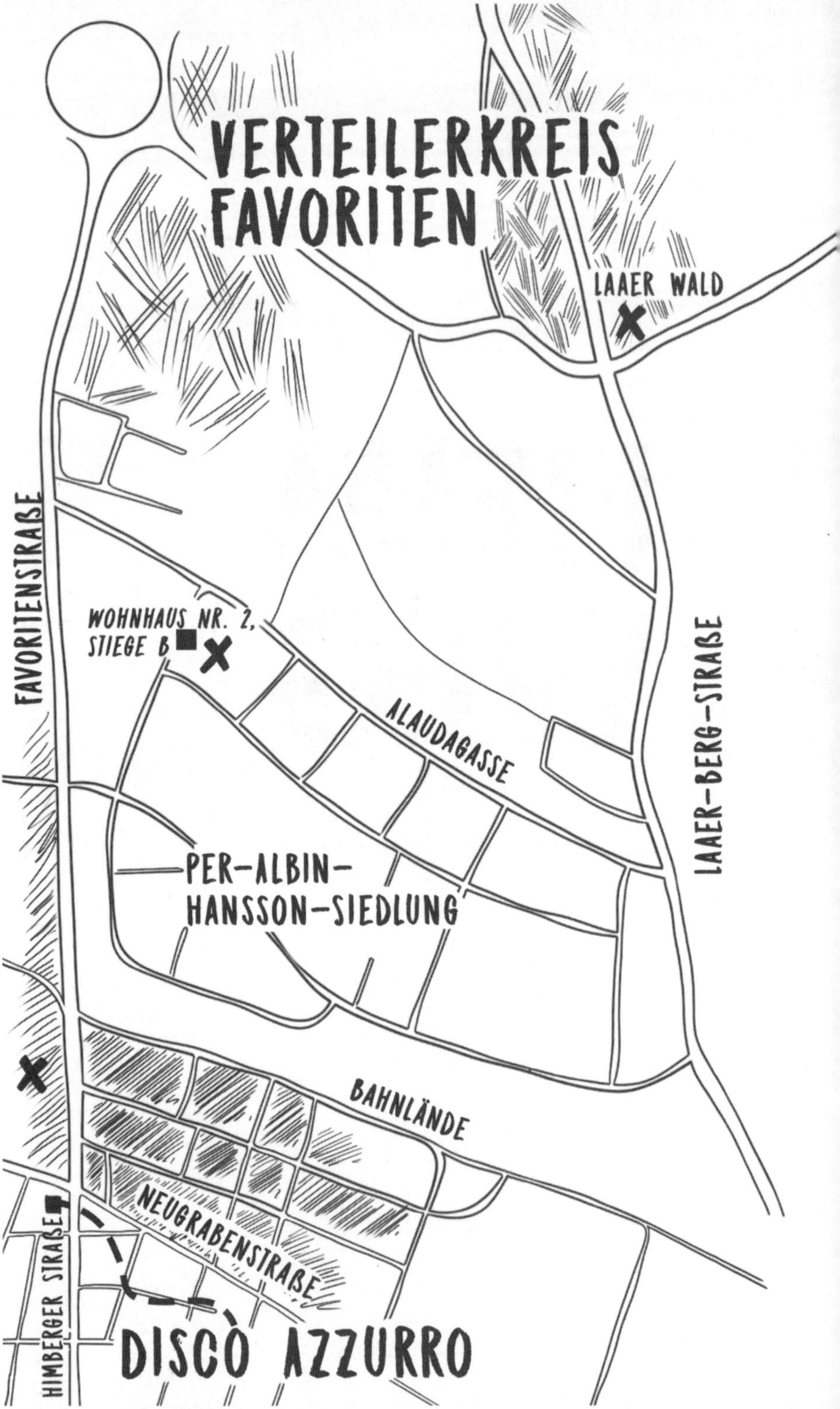
VERTEILERKREIS FAVORITEN
LAAER WALD
FAVORITENSTRAßE
WOHNHAUS NR. 2, STIEGE B
ALAUDAGASSE
LAAER-BERG-STRAßE
PER-ALBIN-HANSSON-SIEDLUNG
BAHNLÄNDE
NEUGRABENSTRAßE
HIMBERGER STRAßE
DISCO AZZURRO

1988

Dienstag, 25. Oktober
Disco Azzurro, Wien-Favoriten

Das Erste, was ihm auffiel, war der bordeauxrote Rollkragenpullover. Er schätzte sie auf Anfang zwanzig, aber so genau konnte er es im aggressiven Stroboskoplicht der Tanzfläche nicht erkennen. Sie bewegte sich zwischen zwei Mädchen, vermutlich ihren Freundinnen, langsam zu *Always on my mind* der Pet Shop Boys, die Hände immer eng am Körper, die Finger fuhren die Seiten des Pullovers hinauf und hinunter, als würde sie über die Saiten einer Violine streichen, sie glitten über den langen Hals, berührten die blonden Locken.

Maybe I didn't treat you / Quite as good as I should have drang es aus den dröhnenden Boxen, die in den Ecken der Disco hingen und die Wände zum Vibrieren brachten. Es war eine ruhige Nummer, Musik für verliebte Pärchen, die einander bei langsamen Bewegungen tief in die Augen blickten. Sie tanzte umgeben von unzähligen Leuten, doch sie tanzte für sich allein. Sie hatte die Augen geschlossen und bemerkte ihn nicht. Niemand bemerkte ihn.

Er stand an den Tresen gelehnt, nippte vorsichtig an seinem Bier und lauschte aufmerksam der Musik. Leichtes Unwohlsein machte sich in seiner Magengegend breit. Die Situation war ungewöhnlich für ihn. Er ging nicht oft aus, die laute Musik tat ihm in den Ohren weh, und unter Menschen fühlte er sich einsamer als sonst, wenn er allein war.

Doch es war der 25. Oktober, und alle, die alt genug waren oder unaufmerksame Eltern hatten, trafen sich in einem der unzähligen Wiener Tanzlokale. Morgen würden sie ausschlafen, ihren Kater auskurieren, Aspirin schlucken und gar nicht bemerken, wie der Nationalfeiertag langsam an ihnen vorbeizog. Doch das alles war jetzt noch unendlich weit weg. Jetzt ging es um schwitzende Körper, um zuckende Arme und stampfende Beine, um lautes Gelächter und verunsicherten Blickkontakt und eine lange, unbeschwerte, sorgenfreie Nacht. Er versuchte, diese Empfindungen zu teilen. Und zum ersten Mal verstand er fast, was das bedeutete: dazugehören.

Schon oft hatte er die Kollegen in der Bank über diese für ihn so unbekannten Erlebnisse sprechen hören. Auch heute Vormittag, versteckt hinter dem Schalter, an dem er Sparbücher für kleine Kinder in Begleitung ihrer Mütter eröffnete oder älteren Damen erklärte, wie sie Geld aus einem Automaten bekommen konnten, der wie durch Zauberhand Geldscheine ausspuckte. Mit halbem Ohr hörte er Pläne von wilden Discobesuchen mit Freundinnen und von einer Männerrunde, die Wien unsicher machen würde.

Es war nicht die Absicht der Kollegen gewesen, ihn neidisch zu machen oder bloßzustellen. In Wirklichkeit sprachen sie gar nicht mit ihm. Er hörte nur zu. Das genügte.

Als er heute von der Bankfiliale im vierten Wiener Gemeindebezirk mit der Straßenbahnlinie 65 zu seiner kalten, dunklen Zweizimmerwohnung im zehnten Bezirk, Favoriten, unterwegs gewesen war, hatte er sich unweigerlich fragen müssen, wie das wohl war: Pläne zu haben, zu einer Gruppe zu gehören, neue Menschen und Dinge kennenzulernen.

Lange hatte er mit sich gerungen. Das Abendessen, lustlos zubereitete Spaghetti mit Bolognesesauce aus der Dose, war kalt geworden, während er nachdachte. Er schaltete den Fernseher ein und wieder aus. Schließlich zog er sich eine frische Jeans an, ein weites Kragenhemd mit Hawaii-Muster und sein einziges Sportsakko, braun, mit Schulterpolstern und Ellbogenflicken.

Mit dieser mutigen Kombination hatte er die nächste Disco angesteuert, das Azzurro. Und jetzt stand er hier, einen Arm an die Theke gelehnt, den anderen gegen die Wand. In einem Winkel eingeklemmt, in dem er unmöglich zu entdecken war. Von dort aus starrte er auf die Tanzfläche, die Augen angestrengt gegen das flackernde Licht geöffnet, und ließ seine Gedanken an Orte abschweifen, die sein Körper nie erreichen würde.

Girl, I'm sorry I was blind / but you were always on my mind.

Der Song ging langsam zu Ende. Sollte er sie ansprechen? Er sah sie mit den beiden Mädchen von der Tanzfläche gehen. Sie steuerten einen der Tische an, wo sie in einer Sitznische die Köpfe zusammensteckten und aufgeregt tuschelten. Er müsste einmal quer über die Tanzfläche, vorbei an den zuckenden und pulsierenden Körpern, vorbei am Geruch von Schweiß und Haarspray. Würde er es überhaupt so weit schaffen? Die Distanz schien ihm unüberwindbar. Doch hätte er sie erst einmal überwunden, dann stünde das Schwierigste noch bevor: das Gespräch. Darf ich mit dir tanzen? Willst du mit mir tanzen? Hättest du Lust zu tanzen? Was war die richtige Art, sie anzusprechen? Egal wie er es anstellen würde, es würde nicht gut genug sein.

Wie konnte er ihr begreiflich machen, dass er nicht einfach tanzen wollte, sondern dass er von allen Frauen hier nur mit ihr und mit ihr alleine tanzen wollte? Er hatte den ganzen Abend über die Tanzfläche beobachtet, doch nur von ihr hatte er den Blick nicht lassen können. Wenn eine Nummer zu Ende ging und er sie lachen sah, dann war er sich sicher, dass sie ein wunderbarer Mensch sein musste. Jetzt, wo er darüber nachdachte, wurde ihm klar, dass er eigentlich gar nicht mit ihr tanzen wollte. Er wollte mit ihr reden, sie zum Lachen bringen, er wollte, dass sie sich in ihn verliebte. Er wollte ein ganzes Leben an einem Abend.

Er nahm einen großen Schluck von seinem Bier, stellte es etwas zu kräftig am Tresen ab und stieß sich von der Wand ab, in Richtung des tumultartigen Gedränges. Er kämpfte sich durch Hände, Schultern, aneinandergepresste Münder. Die Tanzfläche war aus einem Meer aus wogenden Menschen zu einem Morast aus schwerfälligen Körpern geworden.

Endlich hatte er es geschafft. Orientierungslos torkelte er zu der Nische, in der sie sitzen musste. Er blieb vor dem Tisch stehen, an dem er sie vermutete. Doch als er den Blick hob, konnte er sie nicht sehen. Stattdessen lächelte ihm ein brünettes Mädchen mit haselnussbraunen Augen und zu viel Rouge entgegen.

»Na«, fragte sie, »möchtest du tanzen?«

»Deine Freundin«, brachte er heraus. »Kann ich ... Kannst du mich vorstellen?«

Das Mädchen musterte ihn. »Welche Freundin meinst du denn?«

»Mit den blonden Locken und dem bordeauxroten Pullover.«

Kurz blickte ihn das Mädchen verdutzt an. Vermutlich war ihr selbst noch gar nicht aufgefallen, dass der Pullover bordeauxrot war. Wer achtete schon auf so ein Detail an einem Ort wie diesem?

Dann lachte sie auf. »Du meinst die Xandi. Na, ich weiß nicht. Warum stellst du dich nicht einfach selbst vor? Da kommt sie.«

Mit Entsetzen drehte er sich um und sah, wie sich das blonde Mädchen langsam auf sie zubewegte, in jeder Hand ein Glas Bier. Alle Worte, die er sich zurechtgelegt hatte, waren verschwunden. Alle Informationen, die er jemals über die sozialen Gepflogenheiten der Konversation zusammengetragen hatte, waren innerhalb eines Atemzugs ausgelöscht worden.

Ohne sich zu verabschieden, wich er zurück. Er stolperte Richtung Tanzfläche, prallte gegen einen Rücken und kam ins Straucheln. Er stammelte Entschuldigungen, die im Lärm unmöglich zu hören waren. Er schaffte es zurück zu seiner Ecke, wo das Bier genauso auf dem Tresen stand, wie er es zurückgelassen hatte.

Jetzt erst bemerkte er, wie stark sein Herz pochte. Seine Hände zitterten. Hatte er seine Chance vertan? Vermutlich würde die Brünette ihrer blonden Freundin erzählen, wie seltsam er sich verhalten hatte. Er fühlte sich wie der größte Idiot. In einem schnellen Zug trank er das Bier aus und bestellte mit wenigen Handzeichen noch eines. Die kühle Flüssigkeit beruhigte seine Nerven. Vermutlich hatte das Mädchen ihn gar nicht gesehen. Und wahrscheinlich hatte ihre Freundin ihn ebenfalls schon vergessen. Mit jedem Schluck gewann er ein Stück Sicherheit zurück.

Er beschwor noch einmal das Bild herauf, wie sie sich lächelnd auf der Tanzfläche bewegte. Alleine müsste er sie treffen, dann würde sie ihn bestimmt nicht ablehnen. Wenn sie alleine wären und er ihr erklären könnte, wie schön sie war, dann würde sie verstehen.

Als er mit seinen Gedanken wieder in den muffigen Innenraum des Azzurro zurückkehrte, mittlerweile spielte es eine Nummer von Michael Jackson, und seine Augen dorthin richtete, wo sie gerade noch gesessen war, war sie verschwunden. Er konnte ihre beiden Freundinnen sehen, darunter die Brünette, doch nicht sie. Er blickte zur Tanzfläche. War sie dort? Er konnte sie unter den flackernden Silhouetten nicht ausmachen. Hatte sie die Diskothek vielleicht verlassen? War das seine Chance?

Ohne recht darüber nachzudenken, stolperte er vorwärts. Sein Bier, das sechste oder siebente, ließ er achtlos auf der Theke zurück. Bereits nach wenigen Schritten spürte er die Wirkung des Alkohols, der Raum wirkte seltsam eng und verschwommen, sein Gehirn sendete Signale, die auf dem Weg zu seinen Beinen verlorengingen. Es war ein Wunder, dass er ohne Zusammenprall den Weg zur Garderobe fand.

Als er vor den Eingang trat, legte sich die Kälte um ihn wie ein Mantel aus Dornen. Es kam ihm nicht wie Oktober, sondern wie Mitte Dezember vor. Er blickte auf die Uhr und benötigte einige Momente, um die Position der Zeiger unter dem fahlen Licht einer Straßenlaterne richtig zu deuten. Fast halb drei Uhr früh.

Die breite Himberger Straße war beinahe menschenleer. Ein paar betrunkene Gäste der Disco taumelten noch darauf herum, in der Ferne waren vereinzelt Motorengeräusche und Lachen zu hören. Er blickte sich um. Wo konnte sie sein?

Ziellos begann er, die Himberger Straße stadteinwärts, in Richtung Favoritner Zentrum, zu gehen. Nur wenige Meter von der Disco entfernt lag die Straße verlassen vor ihm. Wie eine Oase des Lichts ragte linker Hand eine Tankstelle aus der Dunkelheit. Das Licht zog ihn magnetisch an.

Er fokussierte seinen Blick, und dann sah er sie: Ein paar Meter neben der Tankstelle war eine Telefonzelle. Und in dieser Telefonzelle stand sie. Die junge Frau mit den blonden Locken und dem bordeauxroten Rollkragenpullover, mittlerweile unter einer Lederjacke versteckt. Xandi. Alexandra?

Zaghaft ging er auf die Telefonzelle zu. Sein Kopf fühlte sich taub an. Er dachte nicht daran, wie das Bild auf sie wirken würde: ein nach Alkohol riechender Fremder, der mitten in der Nacht an eine Telefonzelle klopfte. In seinen Gedanken überwog die Gewissheit, dass sie ihn verstehen würde, dass sie ihn erkennen würde. Er war völlig fasziniert von ihr. Wie konnte ihr das nicht gefallen?

Er war nur noch wenige Meter von der Telefonzelle entfernt, sie hatte ihren Blick auf das schwarze Telefon gerichtet und bemerkte ihn nicht. Er war nun so nah, dass er sie hören konnte.

»Es ist so lieb von dir, dass du mich so spät noch abholen kommst. Sicher, dass es keine Umstände macht?«, sagte sie, und ihre Stimme war so, wie er sie sich vorgestellt hatte: weich, warm, verständnisvoll. »Du bist der Beste. Ich freu mich auch schon sehr, dich zu sehen. Ja, die Tankstelle beim Azzurro. Bis gleich«, sagte sie und fügte nach einer kurzen Pause hinzu: »Ja, ich dich auch. Bussi, Georg.«

Sie hängte den Hörer auf die Gabel und drehte sich um. Instinktiv sprang er zur Seite, hinter eine Plakatwand. Er hörte, wie ihre Absätze über den Asphalt klapperten und ihre Schritte sich langsam entfernten.

Er fühlte sich mit einem Mal ausgenüchtert. Als hätte ihm jemand einen Faustschlag versetzt und seinen Kopf danach in Eiswasser getaucht. Wer war dieser Georg? War das etwa ihr Freund? Doch wenn er ihr Freund war, wenn er sie liebte, wieso ließ er sie dann allein in eine Diskothek gehen? Wo doch jeder wusste, dass junge Frauen, besonders so schöne wie sie, unzähligen Gefahren ausgesetzt waren. Sie konnten angegriffen, ausgeraubt, verletzt oder, am schlimmsten, verführt werden. Hätte er so eine wunderschöne Freundin – wäre sie seine Freundin – er würde sie sicherlich nicht alleine ausgehen lassen. Er würde sie vor anderen Männern beschützen. Diesem Kerl war offenbar völlig egal, was sein Mädel spätnachts trieb. Das war für ihn Beweis genug, dass sie ihm nicht wichtig sein konnte. Sie hatte etwas Besseres verdient. Jemanden, der ständig auf sie aufpasste, der nicht von ihrer Seite wich, der sie keine Sekunde vergessen ließ, wie schön und schützenswert sie war. Jemanden wie ihn. Jemand, der sie nicht ausnützte, dem sie nicht egal war.

Langsam trat er hinter der Plakatwand hervor und in den Halbschatten, den die Tankstelle auf den Asphalt warf. Sie war etwa zwanzig Meter vor ihm. Sollte er sie vor diesem Typen warnen, der es offensichtlich nicht gut mit ihr meinte? Sollte er ihr beweisen, dass er viel mehr für sie tun würde? Dass er sie nicht so ungeschützt mitten in der Nacht eine leere Straße hinabspazieren lassen würde? Dass sie die Frau seiner Träume war?

Er musste sich schnell entscheiden. Nur noch wenige Augenblicke, und die Dunkelheit, die hinter den Kastanienbäumen begann und die Straße genauso wie die parkenden Autos in ein Reich jenseits seiner Kontrolle zog, würde sie verschlucken. Schon jetzt waren ihre blonden Locken, ihr wippender Gang, fast nicht mehr als ein flüchtiger Traum.

Er musste sich schnell entscheiden, sonst würde sie für immer fort sein.

PULLOVER

2000

Donnerstag, 14. September
Berggasse, Wien-Alsergrund

Das Hemd klebte an meiner Brust. Ich warf einen Blick zum Fenster, um sicherzugehen, dass es auch wirklich geöffnet war. Was kurzfristig Erleichterung versprochen hatte, war mittlerweile der Grund, dass sich mein Büro in einen spätsommerlichen Hochofen verwandelte.

Es war Dienstagnachmittag, und ich war den ganzen Tag mit dem Lesen, Korrigieren und Genehmigen von Akten beschäftigt gewesen. Nicht gerade die spannendste Arbeit für einen Polizisten. Und dennoch sah meine Hauptbeschäftigung genau so aus.

Als stellvertretender Vorstand des Sicherheitsbüros, der Zentralstelle der Wiener Kriminalpolizei, zuständig für schwere Straftaten, wurde ich von allen Referaten über die neuesten Entwicklungen auf dem Laufenden gehalten und überwachte, ob auch keine Ermittlungsfehler begangen wurden. Seit fast zehn Jahren hatte ich diesen Posten jetzt schon inne, und mit jedem Jahr hatte ich mich etwas weiter von der Ermittlungsarbeit des Kriminalbeamten entfernt und zur Verwaltungsarbeit bewegt. Eine ausgesprochen wichtige und verantwortungsvolle Aufgabe, doch wie gut ich sie auch ausführte, sie war niemals mit dem Gefühl zu vergleichen, sich durch undurchsichtige Motive und scheinbar wasserdichte Alibis zu kämpfen.

Ich schloss den letzten Akt für heute. Es handelte sich um ein Drogendelikt. Vor etwas mehr als einem Jahr hatten wir mit der großangelegten Operation Spring einen Drogenring aus Nigeria hochgehen lassen. Es war das Ende eines langen und langwierigen Kampfes gegen den Handel mit Rauschgift, der in den neunziger Jahren aufgekommen war. Noch immer mussten wir uns mit den Nachwehen herumschlagen. Es war eine zermürbende Arbeit, denn Kokain und Heroin waren Waffen, die sehr viel langsamer wirkten als Messer oder Pistolen. Sie brachten einen schleichenden Tod, der ein Leben nicht auf einen Schlag auslöschte, sondern langsam zerrieb. Vor allem junge Menschen waren betroffen, nicht selten wurde vor Schulen oder Spielplätzen gedealt. So wichtig die Bekämpfung von Drogenkriminalität war, so wenig lag sie mir.

In dieser Hinsicht war das vergangene Jahrzehnt besser gewesen. Die achtziger Jahre waren das Jahrzehnt der Banküberfälle gewesen. Bankräuber waren vielschichtig, vom hochverschuldeten Amateur, der aus Verzweiflung eine Bank ausraubte, bis zum Berufskriminellen war alles dabei. Kein Raubüberfall glich dem anderen, jedes Mal sah man sich neuen Herausforderungen ausgesetzt, und während die Überfälle immer verwegener wurden, mussten auch wir immer schneller handeln. Die Achtziger waren also das Jahrzehnt der Bankräuber gewesen, die Neunziger das der Drogen.

Was stand uns wohl im nächsten Jahrzehnt bevor?

Ich stand auf und trat zum Fenster. Als ich es schließen wollte, hielt ich inne und blickte aus dem ersten Stock auf den Donaukanal hinab, der hinter der Rossauer Lände vorbeizog. Das leise Brummen von Motoren und Gesprächsfetzen wurden von Hitzewellen heraufgetragen. Eine Trägheit schwappte mir entgegen, die man nur zu leicht mit Ruhe verwechseln konnte.

Auf der gegenüberliegenden Straßenseite sah ich eine Gruppe junger Leute gehen, sie lachten und trugen Schilder, zwei von ihnen schleppten sogar ein zusammengerolltes Banner. Ich konnte lesen, was auf den Schildern stand. »Gegen ein rechtsextremes Österreich«, war auf einem zu lesen, auf dem anderen: »Nieder mit Schwarz-Blau.«

Die Plakate erinnerten mich daran, wie turbulent dieses Jahr gewesen war. Von Ruhe konnte da keine Rede sein. Seit Februar gab es nach langen, schwierigen Koalitionsverhandlungen eine Regierung aus der konservativen ÖVP und der rechten FPÖ. Das hatte nicht nur in der Gesellschaft für ein kleines Erdbeben gesorgt, sondern auch bei der Polizei.

Seit Monaten waren unsere Leute im Dauereinsatz, um die wöchentlich stattfindenden Donnerstagsdemonstrationen gegen die Regierung zu begleiten. Mittlerweile war die Teilnehmerzahl zurückgegangen, aber wir mussten ständig mit neuen, kreativen Aktionen der Demonstranten rechnen.

Dabei waren die Zeiten innerhalb der Polizei nicht weniger stürmisch als auf den Straßen der Republik. Seit dem Zweiten Weltkrieg gab es eine politische Gewichtung innerhalb der Polizei, die so unumstößlich wie inoffiziell war. Die Gendarmerie auf dem Land war schwarz, also ÖVP-nah, die Polizei in Wien war rot, hatte also eine Nähe zur Sozialdemokratischen Partei. Diese Verteilung war so normal geworden, dass wir fast schon vergessen hatten, dass es sie überhaupt gab.

Doch mit einem Schlag war alles anders geworden. Der neue Innenminister Ernst Strasser hatte einiges vor: Er wollte Gendarmerie und Polizei zusammenlegen, das Polizeiwesen modernisieren, ein Bundeskriminalamt und ein Bundesamt für Verfassungsschutz einrichten. Jeder, egal wie ranghoch, musste sich um seinen Posten neu bewerben. Angst hatte sich in unseren Gängen breit gemacht. Wer würde nächstes Jahr noch dort sein, wo er heute war?

Selbst beim Chef war Anspannung zu spüren. Max Edelbacher, von allen außer Hörweite nur Edelmax genannt, sonst ein angenehmer Vorgesetzter, der einen stets mit einem Lächeln begrüßte, eilte dieser Tage mit sorgenvoller Miene von einer Besprechung zur nächsten. Andere Zeiten zogen auf. Immer wieder waren die Worte »Abbau« und »Zusammenlegung« zu hören. Der Polizeiapparat sollte »effizienter« gestaltet werden. Dass dabei auch gleich ein paar Führungspositionen verändert werden würden, konnte man sich denken. Und Edelbacher als alter Sozialdemokrat, der mit Kritik an politischem Vorgehen nicht hinterm Berg hielt, passte nicht in die Pläne der neuen Regierung.

Dabei war er eine Institution im Haus, er leitete »die Berggasse«, wie die Zentrale des Sicherheitsbüros in der Berggasse genannt wurde, schon eine gefühlte Ewigkeit. Er brachte unglaubliche Kompetenzen mit und war bereits vor vielen Jahren in den USA gewesen, um sich bei der Chicago Police etwas für die österreichische Polizeiarbeit abzuschauen. Mit seinem buschigen Schnauzer und der fliehenden Stirn war er nicht nur eine auffällige Erscheinung, sondern auch ein angenehmer Chef, vernünftig und interessiert an neuen Entwicklungen, doch ihm fehlte das diplomatische Fingerspitzengefühl, das man in solchen Zeiten brauchte. Wenn selbst sein Sessel wackelte, wer war dann noch sicher?

Ich zwang meine Gedanken in die trockene Luft meines Büros zurück. Vielleicht sollte ich mich um ein paar Pflanzen bemühen. In meinem großen Büro dominierte ein schwerer, alter Eichenholzschreibtisch den Raum, ein Computer thronte darauf. Vor wenigen Jahren hatte er die elektrische Schreibmaschine abgelöst, und ich hatte mich immer noch nicht ganz an diese neue Technologie gewöhnt.

Graue Büromöbel, der klassische Beamtenstil, und ein paar Aktenschränke vervollständigten den Raum. Nicht besonders imposant, aber alles, was ein guter Polizist brauchte. Dieser Tage wurde viel zu viel Energie auf politische Scharmützel verwendet und viel zu wenig für ehrliche Polizeiarbeit.

Ich nahm mein Sakko, das ich heute nicht länger als nötig angehabt hatte, und legte es mir über den linken Unterarm. In der rechten Hand trug ich meinen Aktenkoffer. Als ich in den Vorraum trat, blickte Trudi, meine Sekretärin, auf. Seit meiner Beförderung zum stellvertretenden Leiter war sie zu meiner fleißigsten Mitarbeiterin geworden. Sie verfluchte die moderne Technik mindestens genauso oft wie ich, doch im Gegensatz zu mir schaffte sie es mit Hartnäckigkeit und Geduld, sich jeden Computer untertan zu machen.

»Sie machen Schluss für heute?«, fragte sie.

»Ja, sieht so aus«, antwortete ich. Ich wollte schon durch die Tür auf den Gang treten, da rief sie mich noch einmal zurück.

»Ich soll Sie daran erinnern, noch eine Flasche Wein zu besorgen«, sagte sie pflichtbewusst. »Blaufränkisch, wenn möglich. Fürs Abendessen heute. Ihre Frau hat angerufen.«

Ich brachte ein schiefes Lächeln zustande. »Danke, Trudi«, sagte ich. Ich nickte ihr zu und schloss leise die Tür hinter mir.

Die langen Nächte, in denen ich mit Kollegen über mögliche Tathergänge und Verdächtige nachgedacht hatte, und aus denen wir mit dem unwiderstehlichen Körperduft aus Kaffee und Zigaretten am nächsten Morgen durch die Bürokorridore streiften, waren in den letzten Jahren ruhigen und entspannten Abenden mit meiner Frau Eva gewichen. Die meiste Zeit genoss ich diese Insel der Ruhe, die völlig frei von den Schrecken und menschlichen Abgründen war, die mich in meiner Arbeit ständig begleiteten. Es war heilsamer als irgendeine andere bekannte Verarbeitungsstrategie, sei es Psychotherapie oder Alkohol.

Aber an manchen Tagen packte mich eine Schwermut, und ich dachte an die Tage im Mordreferat zurück. Wir waren zu oft überspannt gewesen, ständig mussten wir gegen die Zeit arbeiten, doch die Aufregung wirkte wie ein Rausch. Nach meiner Beförderung zum stellvertretenden Vorstand des Sicherheitsbüros war es mir zumindest gelungen, meinen Posten als Leiter der Mordkommission zu behalten. Wenigstens blieb ich so immer auf dem neuesten Stand und konnte meine Überlegungen bei Ermittlungen einbringen, aber die Laufarbeit blieb mir meistens erspart.

Ich trat durch das schwere Tor der Berggasse ins Freie. Ein leichter Windstoß empfing mich und befreite mich von den letzten Resten Melancholie. Ich nahm mir vor, durch den Votivpark und die Alser Straße hinaufzuspazieren. In der Lange Gasse gab es eine kleine Vinothek, in der sich bestimmt ein guter Blaufränkischer würde finden lassen.

Langsam durchquerte ich den Park, in dem Studenten auf der Wiese lagen und die sich langsam zurückziehenden Sonnenstrahlen genossen.

Für eine Weile ließ ich meinen Blick auf den neugotischen Türmen der Votivkirche ruhen. Sie erinnerte mit ihrem kargen Sandstein und den spitz zulaufenden Streben an ein Skelett. Und tatsächlich wurde ihr Bau gewissermaßen mit einer Leiche bezahlt. 1853 versuchte ein ungarischer Schneider, Kaiser Franz Joseph bei einem seiner Spaziergänge zu erstechen, nachdem der Kaiser Aufstände in Ungarn brutal niedergeschlagen hatte. Das Attentat scheiterte und aus Dank für des Kaisers unversehrte Gesundheit wurde die Votivkirche erbaut.

Der Schneider, János Libényi, wurde natürlich kurz darauf gehängt. Die Exekutive arbeitete damals eben noch mit anderen Mitteln.

Ein Klingeln ließ mich innehalten. Kurz blickte ich desorientiert durch die Gegend, bis ich bemerkte, dass das Geräusch aus meiner Hosentasche kam. Ich zog mein Nokia heraus und hob ab.

»Geiger.«

»Ernst, wo bist du?«

Ich erkannte sofort die Stimme meines langjährigen Kollegen Ewald »Eddie« Müller. Seit meinen ersten Tagen im Mordreferat hatten wir viele Fälle gemeinsam bearbeitet. In den vergangenen Jahren hatte er sich verstärkt den Cold Cases zugewandt, also Fällen, die wir ungelöst zu den Akten hatten legen müssen. Besonders durch das Aufkommen neuer Technologien wie DNA-Analyse war dieses Konzept aus den USA zu uns gekommen, doch das Sicherheitsbüro hatte weder die finanziellen noch die personellen Ressourcen, um daraus eine eigene Abteilung zu machen. Also ging Eddie alten Spuren meist in seiner freien Zeit nach.

Polizeiarbeit ist wohl der einzige Beruf auf der Welt, der zugleich das befriedigendste und das unbefriedigendste Gefühl vermitteln kann.

Versucht man das Rätsel zu lösen, hinter dem sich die Wahrheit eines Verbrechens verbirgt, setzt man unzählige kleine Mosaiksteinchen zusammen. Die Erkenntnis kündigt sich in leisen, unhörbaren Schritten an, findet im Hinterkopf statt. Sie klopft nicht an, sondern stürmt unangekündigt herein. Und dann steht man plötzlich vor einem Durchbruch, und mit einem Schlag findet alles Fragen, Suchen und Überlegen ein Ende. Warum ist wohl der Krimi die beliebteste Literaturgattung, die es gibt? Abgesehen davon, dass die Polizisten darin meistens auf völlig unrealistische Weise arbeiten, gibt er den Lesern etwas, was sie in ihrem Leben zu oft vermissen: das Gefühl der Abgeschlossenheit, das sich einstellt, wenn die großen Fragen, also Wer, Warum, Wie, endlich bis ins letzte Detail aufgeklärt werden.

Doch wenn wir einen Fall nicht lösen konnten, dann konnte uns diese Unabgeschlossenheit wahnsinnig machen. Dann saßen wir unzählige Nächte zusammen und hingen unseren eigenen Theorien nach. Und mit jedem Tag, der verging, wurde die Gewissheit größer, dass uns eine Wahrheit, die wir hätten aufdecken können, für immer entglitten war. Ich konnte also nachfühlen, warum Eddie in diesen alten Akten wühlte. Ob es gesund war, der Vergangenheit so viel Platz einzuräumen, war eine andere Sache.

»Ich stehe vor der Votivkirche«, antwortete ich. »Bin gerade auf dem Weg zu dieser kleinen Vinothek in der Lange Gasse, kennst du die?«

»Du holst Wein? Für die Arbeit oder privat?« Ich hörte Belustigung in Eddies Stimme.

»Heutzutage trinke ich nur noch zu Hause, so ist das in den höheren Etagen. Aber du rufst doch nicht an, um meine Abendpläne zu erfahren?«

»Nein«, sagte Eddie und seine Stimme nahm plötzlich einen Ton an, den ich kannte. Diesen Ernst legte er nur dann in seine Stimme, wenn er absolut notwendig war. Wenn es um Mord ging.

»Wir haben etwas gefunden, was du dir anschauen solltest, Ernst. Dringend.«

»Klar, Trudi sollte noch da sein, leg es einfach auf ihren Schreibtisch und …«

»Nein«, unterbrach mich Eddie. »Sofort.«

»Sofort? Eddie, ich habe Eva heute einen gemütlichen Abend versprochen, Pasta und Rotwein …«

»Ruf sie an«, sagte Eddie bestimmt. »Sag ihr, dass ihr das Essen verschieben müsst.«

»Was zum Teufel ist denn los?«

»Nationalfeiertag 1988«, sagte Eddie nur. »Kannst du dich an den Tag erinnern?«

Plötzlich war die Votivkirche verschwunden, der Park mit den Studenten hatte sich aufgelöst, und selbst die drückende Wärme des Spätsommers war meiner Erinnerung gewichen. Mit einem Mal war es klirrend kalt geworden, ich sah ein verblichenes Werbeplakat vor mir und spürte, was dahinter lag. Es war ein Ort, den ich seit nunmehr fast zehn Jahren kaum noch besucht hatte, nicht einmal in meiner Erinnerung erlaubte ich mir, dorthin zurückzukehren. Nur meine Träume entführten mich manchmal an diese Stelle. In den schlimmen Nächten.

»Ich bin in fünf Minuten bei dir«, sagte ich nur und legte auf.

Nachdem ich meiner Frau Bescheid gegeben hatte, drehte ich mich um und lief den Weg zurück, den ich gerade gekommen war.

Das Gefühl, das mich überrollte wie eine brechende Welle, war mir bekannt. Es war ein Riss, der sich in der Gegenwart aufgetan hatte und einen Blick in die Vergangenheit erlaubte. Und was dieser Blick freizugeben versprach, waren die Antworten auf die großen Fragen.

Es war die Chance auf Erkenntnis.

1988

Mittwoch, 26. Oktober
Lainzer Tiergarten, Wien-Hietzing

Laufen ist kein Sport. Es ist Konzentration in Bewegung. Der ganze Körper gehorcht einem einzigen Rhythmus: das flache Einatmen, das lange Ausatmen; die Beine, die den Körper in perfekter Synchronisation über den Boden tragen; selbst die Arme schießen gegengleich vor und zurück, als würden sie den Läufer durch die Luft ziehen. Das Faszinierende am Laufen ist der Moment, in dem alles zu kippen beginnt. An dem das Laufen zur einzig vorstellbaren Aktivität wird. Plötzlich ist der Lauf kein Mittel zum Zweck, keine Fortbewegung von einem Punkt zum anderen. Er ist zum Zentrum aller Gedanken geworden. An diesem Punkt hat die Bewegung alles eingenommen, jede andere Möglichkeit verdrängt. Gäbe es keine Ziellinie, die den Läufer gewaltsam in die Wirklichkeit aus Jubel und Gratulanten und Schulterklopfer zurückholt, er würde niemals stehen bleiben. Immer weiterlaufen.

Ich spürte den Zustand dieses Rausches herannahen, als mich der Piepser aus dem Korridor riss, zu dem sich meine Wahrnehmung verengt hatte. Meine Schritte verlangsamten sich, bis ich am Wegesrand zum Stehen kam. Ich holte einige Male tief Luft, um meinen Puls zu senken. Langsam blickte ich mich um, während Menschen an mir vorbeiliefen. Vermutlich hatte ich gerade mal die Hälfte der Strecke durch den Lainzer Tiergarten zurückgelegt, etwa fünf von zehn Kilometern. Ich beneidete die Kollegen nicht, die gerade zu irgendwelchen Paraden unterwegs waren, um dort dafür zu sorgen, dass die Neutralität der Republik Österreich ohne Zwischenfälle gefeiert werden konnte. Ich hatte an diesem Feiertag nur Bereitschaftsdienst und mich deshalb für einen Lauf durch den Lainzer Tiergarten angemeldet, ein großes Waldgebiet, das vom Westen Wiens bis in das benachbarte Niederösterreich hineinragt. Unter den Habsburgern noch als Jagdrevier genutzt, lebten nun Hirsche und Wildschweine frei im Tiergarten. Es war ein Ort der Ruhe und Entspannung.

Da ich am Feiertag auf Abruf war, hatte ich einen Piepser für Notfälle dabei. Offenbar war ein solcher eingetreten.

Ich blickte auf. Keine zwanzig Meter von mir entfernt sah ich eine Wildschweinfamilie zwischen ein paar Bäumen hindurchspazieren.

Ich seufzte, und mein Atem stieg als Wolke in den kühlen Oktoberhimmel. Mit dem Laufen hatte ich aus einem ganz pragmatischen Grund begonnen. Im Polizeidienst waren Bier, Wein und Zigaretten genauso dienstüblich wie eine Käsekrainer, eine Wurstsemmel oder ähnlich nahrhafte Mahlzeiten. Die Rechnung war einfach: je größer der Stress, desto ungesünder die Lebensweise. Und in der Berggasse, der Zentrale des Sicherheitsbüros, noch dazu im Referat für Mord, war der abendliche Absacker schon lange ein gut gepflegtes Ritual, und der Geruch von schwerem Zigarrettenrauch war so sehr Teil der Möbel, dass ungeübte Besucher husten mussten, wenn sie sich in einen Sessel sinken ließen.

Natürlich trank und rauchte ich auch, das gehörte beinahe schon zur Berufsbeschreibung. Aber das Laufen war mein Ausgleich, mein persönlicher Zufluchtsort. Es half mir, den Kopf freizubekommen. Wer sich bewegte, blieb nicht bei einer

Erinnerung oder einem Erlebnis stehen. Weitergehen, das war eine Fähigkeit, die man im Mordreferat schnell lernen musste.

Mit einem Knopfdruck brachte ich den Piepser zum Schweigen.

Ich warf noch einen Blick Richtung Waldrand. Ein großes, fettes Wildschwein blickte zwischen den Bäumen hervor, die kleinen, schwarzen Knopfaugen starrten mir entgegen, aber nicht feindselig, sondern seltsam versöhnlich.

Ich atmete noch einmal tief aus und sammelte meine Kräfte. Dann, bevor die Kälte in meine Muskeln kriechen konnte, lief ich zügig in Richtung des nächsten Ausgangs.

Die Zentrale des Sicherheitsbüros lag an der Ecke Rossauer Lände/Berggasse. Die Fassade des Komplexes, um die Jahrhundertwende entstanden, war weiß und mit schlanken Linien relativ nüchtern gehalten, die ganze Aufmerksamkeit lag auf dem Haupteingang: Ein Eckturm ragte knapp vierzig Meter in die Höhe und schloss mit einer Kuppel ab, die an die Baukunst der Secession erinnert. Während die Rossauer Kaserne ein paar Meter weiter mit ihren Backsteinen eher an die berühmte Rote Burg in Berlin erinnert, in der im frühen 20. Jahrhundert die Polizeiarbeit revolutioniert wurde, brauchte sich auch die Berggasse nicht zu verstecken. Die Ermittlungserfolge der österreichischen Polizei erlaubten durchaus einen Vergleich mit der Roten Burg, die während der Weimarer Republik ein Vorbild für die internationale Polizeiarbeit gewesen war.

Ich eilte in mein Büro, zog mir die nassgeschwitzten Laufsachen aus und einen grauen Anzug an, den ich für Notfälle dort aufbewahrte.

Während ich mich umzog, trat Eddie Müller hinter mich. Ich konnte sein Aftershave beinahe auf einen Kilometer Entfernung riechen.

»Bist du heute auf Abruf?«

»Sieht ganz so aus«, sagte ich, während ich mir meine Walther PPK in den Holster steckte.

Ich drehte mich um. Eddies schwarzes Haar fiel ihm wild in die Stirn, und seine Augen deuteten darauf hin, dass ihm einige Stunden Schlaf fehlten. Sein athletischer Körper bewegte sich hektisch, ruckartig. Er wirkte, als wäre er gerade von der Polizeischule gekommen, und tatsächlich war er erst einige Wochen im Mordreferat.

Als er in mein Büro gekommen war, um sich vorzustellen, war er mir auf Anhieb sympathisch gewesen.

»Wenn du glaubst, du hast schon alles gesehen«, hatte ich ihm nach der kurzen Vorstellung mit auf den Weg gegeben, »dann schicken sie dich ins Mordreferat.«

»Warum?«, hatte er gefragt und dabei selbstsicher gelächelt, wie das bei jungen Polizeibeamten gerne mal vorkommt. »Damit du dann den Rest siehst?«

»Nein«, hatte ich ihm geantwortet. »Damit du erkennst, wie begrenzt deine Vorstellungen sind.«

Er hatte mich nur angeschaut und nicht genau gewusst, was ich damit meinte.

»Das war es wohl mit deinem freien Tag«, sagte Eddie.

»Mal abwarten«, sagte ich. »Vielleicht falscher Alarm.«

»Du hast es also noch nicht gehört?«, fragte er.

»Nein, was?«

»Im Studium hast du sowas jedenfalls sicher noch nicht gesehen«, sagte er nur. Es war mittlerweile Tradition geworden, mein Studium zur Sprache zu bringen. Normalerweise hätte Eddie als rangniedrigerer Kollege nicht so große Töne spucken dürfen, aber wir hatten uns in den wenigen Wochen bereits gut angefreundet. Das Mordreferat war eine kleine

Truppe, und dessen Mitglieder arbeiteten noch enger zusammen als in andere Gruppen. Wir waren ein eingeschworener Haufen und konnten uns aufeinander verlassen. Hierarchien waren nicht mehr so wichtig, wenn einen nachts die gleichen Bilder wach hielten. Dann entwickelte man ganz automatisch ein Verständnis füreinander.

»Du würdest dich wundern, was man dort alles lernt«, sagte ich nur.

Ich hatte nicht den klassischen polizeilichen Berufspfad zurückgelegt, sondern mich erst nach dem Studium der Rechtswissenschaften dazu entschlossen, eine Karriere als Gesetzeshüter einzuschlagen. Als Polizeijurist nahm ich eine gewisse Sonderrolle ein. Ich bekleidete die Rolle eines Oberkommissärs und war gegenüber Polizeibeamten weisungsbefugt.

Ich folgte Eddie nach draußen, wo wir in einen Streifenwagen stiegen. Kaum hatte ich mich angeschnallt, schaltete er das Blaulicht ein. Ich warf ihm einen Blick zu. Weil wir meist an einen Tatort kamen, wenn das Verbrechen bereits begangen worden war, brauchten wir derartige Effekte für gewöhnlich nicht.

Eddies Miene war unbewegt. Ich entschied, ihn nicht weiter zu drängen. In wenigen Minuten würde ich ohnehin wissen, was los war.

Wir rasten den Donaukanal Richtung Erdberg entlang. Eddie blickte stur auf die Straße. Autos fuhren auf die Randsteine auf, um uns Platz zu machen.

Ich dachte an die paradoxe Situation, in der wir uns befanden. Wir nahmen unsere Ermittlungen auf, wenn wir dem Opfer schon nicht mehr helfen konnten, denn das war für gewöhnlich tot. Doch unsere Pflicht erstreckte sich über das Opfer hinaus, es war eine Pflicht der Gesellschaft gegenüber: einen Menschen zu finden, der gegen das grundlegendste Prinzip unseres Rechtsstaats verstoßen hatte. Einen Menschen, der einen anderen umgebracht hatte. Die Jagd nach Mördern hatte jedoch etwas von einer Katze, die ihren Schwanz zu fangen versucht. Wir liefen etwas hinterher, was letztlich immer uneinholbar hinter uns lag.

Für gewöhnlich plagten mich solche Gedanken nicht. Ich war mittlerweile geübt darin, meine Arbeit professionell und ohne große gedankliche Abschweifungen auszuführen. Aber es beunruhigte mich, als ich sah, wie fest Eddie das Lenkrad umklammert hielt. Die Adern auf seinen Handrücken traten deutlich hervor.

Er bog scharf ab. Wir überquerten den Donaukanal und fuhren die Tangente bis zum Verteilerkreis entlang. Das Schweigen begleitete unsere Fahrt wie eine böse Vorahnung.

Was erwartete ich? Das Übliche. Die meisten Gewaltverbrechen mit Todesfolge finden in einem kleinen Kreis statt, innerhalb der Familie oder zwischen Bekannten. Manchmal kommt es zu Schlägereien oder Überfällen, die tödlich enden. Oftmals handeln die Täter dabei impulsiv, unüberlegt und hinterlassen Spuren. Wir hatten zu dieser Zeit vielleicht vierzig bis fünfzig vollendete Tötungsdelikte jährlich. Wir klärten natürlich nicht alle auf, aber genug. Ich war 1982 ins Sicherheitsbüro gekommen und erst seit einigen Jahren im Mordreferat tätig. Doch Tatorte mit unschönen Szenen waren schnell zum Bestandteil meines Berufs geworden. Ich hatte mich daran gewöhnt. Und genau das erwartete ich auch von diesem hier.

Ein guter Ermittler lernt, dass er zunächst mit dem wahrscheinlichsten, dem einfachsten Fall rechnen soll. Immerhin ist das Leben kein Sherlock-Holmes-Roman. Menschen sind keine raffinierten Meisterverbrecher, die elaborierte Mordpläne ersinnen. Doch manchmal können sie noch viel schlimmer sein. Manchmal sind sie Bestien, Monster, die alles Zivilisierte abwerfen. Sie bringen etwas zum Vorschein, was sich die guten Bürger gar nicht vorstellen können, sich gar nicht vorstellen dürfen. Denn diese Bestien führen uns eindrucksvoll vor, wie fragil das Gerüst der Gesellschaft ist.

Wir passierten den Verteilerkreis und fuhren die Himberger Straße entlang, die durch den zehnten Wiener Gemeindebezirk, Favoriten, führte. Gemeindebauten zogen vorüber, vereinzelt hingen rot-weiß-rote Fahnen aus den Fenstern, um dem Nationalfeiertag Respekt zu erweisen.

Was die Menschen, die wir jagten, zum Vorschein brachten, war die dünne Grenze zwischen Ordnung und Chaos. Die meisten von uns halten sich ihr ganzes Leben lang an die gesellschaftlich akzeptierten Normen und Gesetze. Auch wenn wir noch nie einen Blick in Gesetzestexte geworfen haben, wissen wir, was wir tun dürfen und was nicht. Wir kennen den Unterschied zwischen Recht und Unrecht ganz instinktiv.

Doch einige wenige unter uns durchbrechen diese Grenze und entlarven sie als Illusion. Eine überlebenswichtige Illusion zwar, die aber jeden Tag aufs Neue in Gefahr ist, ignoriert, überschritten, zerrissen zu werden. Und genau diese Fälle waren mein Beruf.

Eddie setzte einen Blinker und fuhr mit dem Polizeiauto an den Bordsteinrand. Das Blaulicht ließ er eingeschaltet. Neben uns ragte eine Plakatwand empor, das Blech rostig, das Plakat darauf verblichen. Es zeigte eine Familie in bester Vorstadt-Idylle: Vater, Mutter, zwei Kinder. Bloß war das Papier so spröde geworden, dass die Gesichter der Eltern seltsam verzerrt waren, Grimassen, die auf den Betrachter hinabstarrten. »Genießen Sie die Wärme des Sommers«, stand dort. Offenbar die Werbung für einen neuen Gartengrill.

Zwischen Straßenrand und Gehsteig war ein kleiner Streifen Gras, auf dem Bäume standen, die im kalten Oktober bereits ihre Blätter verloren hatten. Wir sahen in einigen Metern Entfernung zwei andere Polizeiwagen stehen, darunter den »Mordwagen«, einen Fiat Ducato, in dem sich Material zur Spurensicherung, aber auch ein Klapptisch und eine Schreibmaschine befanden, sodass wir bereits am Tatort mit der Dokumentation beginnen konnten.

Ich erkannte auch den Mercedes von Dr. Ruben, dem Gerichtsmediziner.

Ein Polizist hatte uns entdeckt und kam uns entgegen.

»Dr. Geiger«, begrüßte er mich. »Eddie«, nickte er meinem Partner zu.

»Was haben wir hier?«, fragte ich.

Der Polizist, ein junger Mann mit wachen Augen und hellblonden Haaren, schien nicht so recht zu wissen, was er uns sagen sollte. Sein Blick richtete sich auf seine Zehenspitzen.

»Am besten, Sie schauen sich das selbst an«, sagte er. »Hinter der Plakatwand …« Es schien, als wolle er noch etwas hinzufügen, also wartete ich.

Endlich hob er den Blick. In seinen Augen glaubte ich Unverständnis zu sehen, als würde sein Verstand verzweifelt versuchen, Informationen zu verarbeiten, die aber mit keiner ihm bekannten Methode einzuordnen waren.

»Ich will Sie nur warnen«, sagte er endlich und schluckte danach schwer, als müsste er etwas unterdrücken. »Sowas hat hier noch niemand gesehen.«

Eddie warf mir einen Blick zu. Ob er an unser erstes Gespräch dachte? War dies ein Bild, das er sich nicht hatte vorstellen können?

Ich nickte ihm zu. Dann traten wir hinter die Plakatwand.

Das Erste, was mir auffiel, war der bordeauxrote Pullover. Als hätte jemand einen einzigen Farbklecks in dieses triste Bild geworfen, um der Grausamkeit etwas entgegenzusetzen. Doch das führte bloß dazu, dass ich plötzlich eine Verzweiflung spürte, die mich zu überwältigen drohte. Es dauerte jedoch nur einen Augenblick, dann war die Empfindung vorüber.

Ich betrachtete den Tatort. Der Polizist hatte uns hinter eine der Blechwände geführt. Dort befand sich ein Areal von etwa zehn Meter Breite und dreißig Meter Länge. Gras und Büsche hatten sich im Wildwuchs diesen kleinen Fleck zwischen Asphalt und Blech zurückgeholt und hielten ihn trotzig besetzt. Einige Hagebuttensträucher und Rosenhecken fristeten ein tristes Dasein und zeugten von einer Natur, die sich bereits seit langer Zeit in Auflösung befand.

Beinahe exakt in der Mitte dieses Rechtecks, die Symmetrie spottete dem Grauen des Ortes, wuchs ein kleiner, kahler Baum aus dem Boden. Er trug bloß einige dünne Äste und kaum Blätter. An diesen Baum war sie gebunden worden.

Der erste klare Gedanke, den ich fassen konnte, war: Das ist eine Inszenierung. Ich schauderte.

Bei den meisten Morden handelt es sich um Beziehungsdelikte, es besteht also eine Verbindung zwischen dem Täter und seinem Opfer. Ein Streit, der außer Kontrolle gerät, oder ein Schlag, der härter ausfällt, als man sich das selbst hätte vorstellen können. Es ist eine Tat im Rausch, im Affekt, beherrscht von animalischen Trieben. Im Angesicht des Todes jedoch verfallen die meisten Täter in eine Phase des Schocks, den man mit Ruhe verwechseln könnte. Sie versuchen, ihre Opfer irgendwie zu verstecken, je nach Tatort begraben sie es unter Blättern und Zweigen, legen es in einen Kellerschacht oder an einen anderen weniger zugänglichen Ort. Sie versuchen so, einen Vorsprung vor der Polizei zu gewinnen. Vielleicht sind manche auch von der irrationalen Hoffnung getrieben, dass sie den Mord ungeschehen machen können, wenn die Leiche nur niemals gefunden wird.

Doch das hier war anders. Hier hatte jemand einen Menschen auf grausame Weise zu Tode gebracht und danach keinen Ekel, keine Abscheu empfunden. Der Täter war geblieben und hatte sich die Zeit genommen, den Ort seines Verbrechens herzurichten. Was hier vor mir lag, hatte eine Weile gedauert. Es war Arbeit gewesen.

Die junge Frau saß an den Baumstamm gelehnt, die Füße in einer Grätsche nach vorne ausgestreckt. Ihr Blick war gesenkt, zwischen die Beine gerichtet. Sie war völlig nackt. Mit ihrem Pullover und ihrer Strumpfhose war ihr Hals an den kahlen Baumstamm gebunden, sodass sie in dieser Position verharren musste. Alles an diesem Bild, vom Winkel des Kopfes bis zur Position der Beine, war arrangiert. Sie sollte genauso gefunden werden.

»Angriff gegen den Hals«, riss mich die tiefe, schleppende Stimme von Dr. Ruben aus meinen Gedanken. Der Gerichtsmediziner war zusammen mit dem Erkennungsdienst offenbar schon einige Zeit hier, doch ich bemerkte die Kollegen erst jetzt.

Die Abteilung Erkennungsdienst, Kriminaltechnik und Fahndung, kurz EKF, hatte bereits mit der Spurensicherung begonnen. Die Arbeit der EKF-Beamten bestand gewöhnlich darin, Fotos zu schießen, Entfernungen abzumessen, mögliche Beweise einzusammeln und den Tatort auf Schuhabdrücke zu untersuchen. Dr. Ruben inspizierte währenddessen die Opfer und gab eine erste Einschätzung ab.

So auch hier. »Sie ist erdrosselt worden«, erklärte Dr. Ruben. Er war ein älterer, stets elegant gekleideter Herr, der dennoch den Eindruck machte, immer am falschen Ort zu sein. Oft stand er gedankenverloren in der Gegend und betrachtete die Szenerie, als wüsste er nicht genau, wo er sich befand. Er war bereits seit Jahrzehnten als Gerichtsmediziner tätig und Herrscher der Sensengasse Nr. 2, wo sich das Institut befand. Wenn ich an den alten Mann inmitten der Leichenberge dachte, kam mir Hades in den Sinn, der griechische Gott der Unterwelt.

Dr. Ruben sah die Leiche mit schiefem Blick an, als würde er abzuschätzen versuchen, was da vor ihm lag. Diesmal machte ich ihm keine Vorwürfe für seine Zerstreutheit.

»Vermutlich hat der Täter versucht, sie zu vergewaltigen«, fuhr er fort. »Soweit wir sehen können, weist sie keine Abwehrverletzungen auf. Wir können davon ausgehen, dass der Täter viel stärker als sein Opfer war.«

»Gott«, sagte Eddie und verbarg sein Gesicht in seinen Handflächen.

»Was ist ... mit der Position?«, fragte ich leise, als würde das Mädchen vor uns nur schlafen und dürfte nicht geweckt werden.

»Hören Sie, die Kinder der Nacht, wie sie Musik machen«, murmelte Dr. Ruben.

»Wie bitte?«, fragte Eddie.

»Nichts, nichts«, sagte der Mediziner. »Ein Zitat aus Werner Herzogs *Nosferatu*, ein Film über die schrecklichste aller Krankheiten: die Unfähigkeit zu lieben. Nur ein solcher Mensch scheint mir in der Lage, so etwas zu tun.« Der Doktor fuhr sich durch das ergraute Haar.

»Das Opfer wurde definitiv post mortem in diese Position gebracht. Wir konnten noch nicht feststellen, wie weit der Täter kam, aber es findet sich Sperma auf dem Oberschenkel. Noch können wir es nicht sicher sagen, aber ich gehe stark davon aus, dass er sie erdrosselt und erst dann ausgezogen hat. Sie ist definitiv nicht mit dem Pullover oder der Strumpfhose erwürgt worden. Die dienen bloß als Requisiten.«

»Das ist eigenartig«, sagte Eddie, nachdem er die Hände von seinem Gesicht genommen und sich wieder gefasst hatte.

Ich trat einige Schritte nach vorne. Blonde Locken, ein lippenstiftroter Mund, ein hübsches, junges Gesicht. Das sind Details, die in einer solchen Situation erst später auffallen. Es ist von großer Bedeutung, schnell entscheiden zu können, welche Informationen zur Lösung des Falls beitragen können und welche nicht. Diese gehörten nicht dazu, und doch konnte ich sie nicht ignorieren.

»Haben wir einen Namen?«, fragte ich.

»Alexandra Schriefl.«

Ich wandte mich um und erkannte Ferdinand »Ferdl« Gennad, der im Erkennungsdienst für seinen präzisen Blick und seine nüchterne Sprache geschätzt wurde.

Sein rundes Gesicht zeigte höchste Konzentration. Nur das Zupfen an seinem Schnauzer verriet, dass dieser ungewöhnliche Tatort auch ihn nicht kalt ließ.

»20 Jahre alt, wohnhaft in Favoriten. Sie war gestern mit Freundinnen in der Diskothek Azzurro, nur ein paar Minuten die Straße runter. Sie hat gegen halb drei ihren Freund angerufen, damit er sie an der Tankstelle nicht weit von hier abholt. Ihr Freund wohnt auch in der Nähe. Doch als er zur Tankstelle kam, war Alexandra verschwunden. Er fuhr die Gegend ab, doch er konnte sie nicht finden. Also nahm er an, sie wäre mit einer Freundin nach Hause gekommen.« Gennad zögerte. Er war bekannt dafür, Informationen dramaturgisch präzise einzustreuen. »Eine ihrer Freundinnen ist Lisa Berger, die Tochter von Konrad Berger.«

Konrad Berger war einer unserer Kollegen im Sicherheitsbüro, er arbeitete im Dezernat für Diebstahl. »Der hat dann sofort einen Suchbefehl ausgeschickt. Es dauerte nicht lange, und wir hatten sie gefunden.«

Ich nickte und begann, bedächtig den Tatort abzuschreiten. Die erste Frage, die sich ein Ermittler stellt, ist nicht: Warum wurde diese Tat begangen? Wer könnte der Täter sein? Man muss viel kleiner beginnen: Warum sieht der Tatort so aus, wie er aussieht? Gibt es Spuren – etwas, was hier sein sollte, aber nicht hier ist? Oder was hier ist, obwohl es nicht hierher passt? Es lagen ein paar Kleidungsstücke auf dem Boden verstreut, ich konnte einen Schuh entdecken, einen schwarzen Stöckelschuh.

»Wo ist der zweite?«, fragte ich.

»War keiner hier«, antwortete Gennad.

»Und Tasche?«, fragte ich. Ein junges Mädchen hatte bestimmt eine Handtasche dabei, wenn es in die Disco ging.

»Auch nicht.«

Ich überlegte. Es kam mir unwahrscheinlich vor, dass der Täter die Handtasche bloß wegen der Geldbörse mitgenommen haben könnte. Noch dazu hätte er dann wohl kaum einen Schuh mitgenommen. »Trophäen«, sagte ich.

»Wie bitte?«, fragte Eddie.

»Der Täter hat Gegenstände mitgenommen, die seinem Opfer gehört haben. Es sollen wohl Trophäen sein.« Langsam ließ ich meinen Blick über die Sträucher und den Boden gleiten. Die Nacht war kalt gewesen, der Körper des Opfers hatte bereits eine leicht bläuliche Färbung angenommen. Tau lag über dem Boden. Aber außer dem Fehlen der Handtasche und des Schuhs konnte ich nichts erkennen.

»Er hat nichts zurückgelassen«, bestätigte der EKF-Beamte meinen Verdacht. »Aber vielleicht kommen wir weiter, wenn das Sperma untersucht wird.«

»Ich bin fertig, die Herren«, meldete sich Dr. Ruben wieder zu Wort. »Wenn Sie nichts dagegen haben, nehme ich die Leiche mit in die Sensengasse.«

Ich nickte. Nachdem ich mir alle Details so gut wie möglich eingeprägt und mir ein paar Überlegungen notiert hatte, warf ich Eddie einen Blick zu.

»Ich bin so weit.« Mein Kollege schien nichts dagegen zu haben, diesen Ort so schnell wie möglich zu verlassen. Nachdem alle Spuren gesichert und jeder Winkel des Tatorts fotografiert worden war, banden die EKF-Beamten Alexandra Schriefl los und legten sie in den Transportsarg. Vom Leichenabholdienst wurde sie in die Sensengasse zur Obduktion gebracht, begleitet von Dr. Ruben und Gennad, der die braune Tatbestandsmappe unter dem Arm trug. Dort würde er alle Erkenntnisse der Untersuchung vermerken und sie dann in die Berggasse bringen. Meine Arbeit hier war getan – und würde doch jetzt erst so richtig beginnen.

Als wir wieder im Streifenwagen saßen, steckte Eddie den Schlüssel ins Zündschloss, ohne den Wagen zu starten.

»Hast du sowas schon mal gesehen?«, fragte er mich. Er klang ungläubig, fast so, als wäre er aus einem seltsamen Traum erwacht und würde sich überzeugen wollen, dass alles nur Einbildung gewesen war.

»Nein«, sagte ich. »Das ist kein normales Verbrechen. Die Endlage der Leiche ist völlig untyptisch. Der Täter hat sein

Opfer in Szene gesetzt, er hat es zur Schau gestellt. Fast wie bei einem Ritual. Das hat Zeit und Mühe gekostet. Und er hat es für uns getan.« Ich blickte auf das Plakat. Die Familie und der Grill. Sommer, Idylle, glückliches Zusammensein. Was Werbungen eben so versprachen. »Wollte er uns damit etwas mitteilen? Und wenn ja, was?«

»Zumindest haben wir schon einige Anhaltspunkte«, sagte Eddie. »Wir wissen, wer das Opfer ist und wo sie gestern Abend unterwegs war. Wir können ihren Weg rekonstruieren.«

Das stimmte. Normalerweise half es uns bei den Ermittlungen schon weiter, wenn wir die Identität des Opfers schnell klären konnten und alle Freunde und Bekannten zur Einvernahme vorluden. Vor allem, wenn der Täter aus dem Bekanntenkreis kam.

»Du magst recht haben«, sagte ich. »Aber vergiss nicht, jeder in der Diskothek könnte der Täter sein. Das werden ganz schön viele Gespräche. Wir können nur hoffen, dass jemand etwas gesehen hat und nüchtern genug war, um sich daran zu erinnern.«

Eddie startete den Wagen. Er schaltete erneut das Blaulicht ein. Je schneller wir in die Berggasse kamen, desto besser.

Wir hatten viel Arbeit vor uns.

Eddie und ich begannen sofort mit den Ermittlungen. Zunächst klapperten wir die bekannten Kontakte ab. Wir schickten zwei Beamte los, die der Mutter die traurige Nachricht überbringen sollten. Alexandras Vater war vor zwei Jahren verstorben, außerdem gab es noch einen kleinen Bruder. Obwohl das Überbringen solcher Nachrichten zu unserem Job gehörte, kostete der Abstand zwischen Zeigefinger und Türklingel jedes Mal aufs Neue Überwindung. Schon bald würden wir mit der Mutter reden müssen, doch ein Gespräch hatte zu diesem Zeitpunkt keinen Sinn. Der erste Schock würde alles fortspülen, würde jede Erinnerung an Alexandra in eine dumpfe Bedeutungslosigkeit ziehen, die nur ein einziges Gefühl erweckte: Trauer. So verständlich dieser Prozess war, so wenig würde er uns bei unseren Ermittlungen helfen.

Wir telefonierten mit dem Besitzer der Diskothek Azzurro, der aber wie erwartet keine Ahnung hatte, wer bei ihm ein und aus gegangen war.

»Das waren zweihundert Leute, Mann«, erklärte er uns über das Telefon. Er klang, als hätte er mit einer Stange Marlboro gegurgelt. »Bei den Ausweisen schauen wir aufs Alter, nicht auf den Namen, verstehst du? Und wir führen keine Listen oder so. Wir sind nicht die Kirche.«

»Das ist mir klar«, entgegnete ich ruhig. »Waren Sie an dem Abend dort?«

»Kannst mich ruhig duzen, bin der Jürgen«, hörte ich es durch den Apparat krächzen. »Nein, ich war nicht dort, aber ich kann dir unseren Manager vorbeischicken.« Ich nahm an, dass Manager die Bezeichnung für die Person war, die den ganzen Abend nüchtern verbringen und ein Auge auf Türsteher und Barkeeper werfen musste. Vermutlich ein Cousin von Jürgen.

»Bitte, mach das«, sagte ich. »Und alle, die an dem Abend gearbeitet haben. Türsteher und Personal. Sollen sich alle morgen in der Berggasse melden.«

»Verstanden, Chef«, sagte Jürgen.

Wenn wir Glück hatten, war irgendein Gast unangenehm aufgefallen, und wir konnten vielleicht eine Beschreibung bekommen. Aber meistens war das Gedächtnis der Mitarbeiter lückenhaft und nebulös. Sie wollten bloß keinen Ärger bekommen und hatten im Zweifelsfall nichts gesehen.

Unser letzter Weg an diesem Tag führte uns zu Alexandras Freund, Georg Brandner. Wir wussten, dass er Alexandra in der Nacht des Mordes hätte abholen sollen. Vielleicht hatte er etwas gesehen, was uns weiterhelfen konnte.

Brandner bewohnte eine kleine Wohnung in einem Favoritner Gemeindebau, nicht weit vom Tatort. Der Lift war defekt, also stiegen wir vier Stockwerke nach oben. Vor Tür 27 blieben wir stehen. Eddie atmete verdächtig schwer. Er war zwar jünger als ich, aber in seiner Freizeit stemmte er lieber Gewichte als zu laufen.

»Spar's dir«, sagte er, als er meinen Blick bemerkte. Dann läutete er an.

Die Tür ging auf, ein runder Kopf mit feinen, fast femininen Gesichtszügen blickte uns entgegen, und ich sah, dass sich die Farbe langsam aus seinem Gesicht zurückzog, wie aus einem Bild, das man in der Sonne liegen lässt.

Georg Brandner war ein hübscher Kerl: groß, breite Statur, markante Wangenknochen und wallendes schwarzes Haar, das ihm bis zu den Schultern reichte, wie es gerade Mode war. Doch aus seinen Augen schlugen uns Müdigkeit und Sorge entgegen.

Er trug Jeans und ein weißes Shirt mit tiefem Ausschnitt, das sein Brusthaar zeigte.

»Wir kommen wegen Alexandra«, sagte ich zu ihm. Er nickte nur matt, drehte sich um und ging durch den schmalen Eingangsbereich in ein kleines Wohnzimmer mit Kochnische. Ein winziger runder Tisch stand an der Wand, davor zwei Klappsessel. Eddie lehnte sich in den Türrahmen, ich nahm gegenüber Brandner Platz.

»Was ist mit Xandi?«, fragte er schließlich.

Wir brauchten uns nichts vorzumachen. Zwei Polizisten, die am Abend bei ihm auftauchten, mit finsteren Mienen und ohne ein Zeichen von seiner Freundin. Er wusste, was das bedeutete. Aber die Leute müssen es hören. Irgendjemand muss es laut aussprechen, andernfalls können sie es nicht glauben.

»Sie ist tot«, sagte ich. »Sie wurde heute Vormittag bei einer Suchaktion gefunden. Nahe der Diskothek Azzurro. Jemand muss sie gestern Abend auf dem Heimweg abgefangen haben. Es tut mir leid.«

Eine Weile sagte er gar nichts. Er verarbeitete, was er vermutlich ohnehin schon längst geahnt hatte. »Ich habe keine zwanzig Minuten gebraucht«, sagte er dann leise. »Sie hat mich zu Mittag noch gefragt, ob ich sie abholen kann. Sie wollte mit ihren Freundinnen fortgehen. Klar, hab ich gesagt. Ruf einfach an. Und als sie um halb drei Uhr Früh anrief, war ich wach. Ich habe nur auf ihren Anruf gewartet. Sie hat sich sogar noch bedankt. Ist so lieb von dir, Georg, hat sie gesagt. Ich bin sofort los. Aber ich konnte sie nicht finden ...« Er brach ab. Seinen Blick hielt er auf den kleinen, runden Plastiktisch gerichtet. Es waren ganz banale Dinge, die einem in so einem Moment auffielen. Ich bemerkte einen blauen Kaffeebecher mit einem Herz in der Spüle. Er wirkte seltsam deplatziert.

Ich blinzelte, und meine volle Konzentration lag wieder auf Brandner, der zusammengesunken vor mir saß, den Kopf weit nach vorne geneigt.

»Da war dieser Güterzug ... Das Azzurro war hundert Meter vor mir, ich konnte schon die Leute hören, da ist der Bahnschranken runtergegangen, und ich musste stehenbleiben ...« Brandner blickte mich fassungslos an. In nüchterne Worte gewandelt, zwang ihn die Sprache, die logischen Konsequenzen der Geschehnisse anzuerkennen. »Ich stand fünf Minuten dort, während ein schwerer Güterzug an mir vorbeirauschte ... Ich spürte das Vibrieren des Asphalts ... Und dann endlich war der Zug vorüber, die Schranken gingen in die Höhe, das rote Licht erlosch, und ich bin vor das Azzurro gefahren. Von der Xandi keine Spur ... Drei- oder viermal bin ich die Himberger Straße abgefahren, aber ich konnte sie nicht finden ... Also dachte ich, sie wäre mit ihren Freundinnen heimgefahren ...« Er brach erneut ab. »Wissen Sie, was ich mir gedacht habe, als sie als vermisst gemeldet wurde? Was wäre, wenn dieser Zug nicht gekommen wäre ...«

»Wir müssen Sie bitten, morgen Früh ins Büro zu kommen«, unterbrach ich ihn. »Um eine Aussage zu machen.«

»Gibt es irgendwelche Hinweise?«, fragte er schwach. »Wer es ... wer es getan haben könnte?«

Ich überging die Frage. »Sie könnten uns bei den Ermittlungen sehr helfen, wenn Sie morgen ins Büro kommen.«

Er nickte nur schwach. »Es tut mir leid«, wiederholte ich und stand auf. Ich drückte ihn kurz an der Schulter, dann nickte ich Eddie zu. Wir verließen die Wohnung. Brandner bewegte sich nicht.

Nachdem Eddie die Tür hinter uns geschlossen hatte und wir im dunklen Gang des Wohnhauses standen, drehte er sich noch einmal um und blickte zur Wohnung. »Ich glaube nicht, dass er es war«, sagte er.

Bei einem Mordfall sind die Menschen in der nächsten Umgebung des Opfers die ersten Verdächtigen. Reine Statistik.

»Einvernehmen müssen wir ihn morgen trotzdem«, sagte ich.

»Natürlich«, sagte Eddie.

Dann fuhren wir in die Berggasse zurück und machten uns sofort daran, Akten über Männer auszuheben, die in letzter Zeit wegen irgendeines Sexualdelikts in der Nähe des Tatorts angezeigt worden waren. Es waren hunderte.

Es war gegen zwei Uhr früh, als ich in meiner Wohnung ankam, um zumindest noch für ein paar Stunden die Augen zu schließen. Eva schlief längst, genau wie unsere kleine Tochter Katja. Dass ich spät nach Hause kam, war für meine Frau keine Überraschung. Wir hatten uns im Polizeidienst kennengelernt, sie arbeitete als Verwaltungsbeamtin und war meine unregelmäßigen Arbeitszeiten gewohnt. Ich zog mich möglichst leise um, putzte mir die Zähne und schlüpfte unter die Decke.

»Wie war dein Lauf?«, murmelte sie im Halbschlaf.

»Welcher Lauf?«, fragte ich zurück. Dann erinnerte ich mich. Vor nicht einmal 17 Stunden war ich durch den Lainzer Tiergarten gelaufen. Das alles schien ewig her. Wo war mein verschwitztes Laufgewand? Vermutlich noch irgendwo im Büro.

Ich dachte an den kleinen grün-braunen Fleck, die Karikatur einer Oase inmitten einer tristen Betonwüste. Kein Sonnenstrahl hatte es geschafft, sich durch die Wolken zu schlagen, das Licht war trübe und matt gewesen. Ich dachte an den kahlen Baum in der Mitte und an die junge Frau, die daran gebunden worden war. Ich dachte daran, dass dieser Ort der letzte war, den sie jemals gesehen hatte.

»War ganz in Ordnung«, sagte ich nur, doch Eva war bereits wieder eingeschlafen.

Ich schloss die Augen und hoffte auf einen traumlosen Schlaf.

Donnerstag, 27. Oktober
Berggasse, Wien-Alsergrund

Um acht Uhr Früh wuchtete ich mich hinter meinen Eichenholzschreibtisch, Standardausstattung für leitende Beamte des Sicherheitsbüros. Sie waren alle alt und knarzten bedenklich, wenn man sich darauflehnte.

Das Büro, das mir als zweiter Referent der Mordkommission zugeteilt worden war, war nicht besonders groß, sodass der Schreibtisch wie ein überdimensionaler Fremdkörper wirkte. Noch war ich allein, der Schreibtisch gegenüber, hinter dem sonst meine Sekretärin saß, war noch leer. Ein Becher Kaffee dampfte neben mir und leistete mir in diesen frühen Stunden Gesellschaft.

Außerdem stand ein langer Schrank an der Wand, gefüllt mit Akten und Ordnern. Diese Akten, sowie zwei persönliche Fotos, waren die einzigen Gegenstände, mit denen ich mich während der Arbeitsstunden beschäftigte. Ein Foto zeigte mich mit meiner Frau und unserer Tochter Katja. Es war vor einem Jahr in Schönbrunn aufgenommen worden, an einem warmen Spätsommertag. Katja grinste darauf breit in die Kamera und offenbarte einige Zahnlücken. Als wären Glück und Unschuld genug, um alles Böse zu vertreiben. Wäre dem so, sie würde ihren Vater auf einen Schlag sowohl arbeitslos als auch sehr glücklich machen.

Das andere Bild war eine Aufnahme in Schwarz-Weiß eines alten, mit Schnee bedeckten Bauernhauses, hinter dem sich ein mächtiger Gebirgszug abzeichnete.

Es war das Haus, in dem ich meine Kindheit verbracht hatte. Es stand in einem kleinen Dorf am Fuße des Schneebergs. Ich wuchs als Einzelkind auf, mein Vater starb, als ich 14 Jahre alt war. Ich besuchte die einklassige Volksschule des Dorfes, in der mehrere Jahrgänge gemeinsam unterrichtet wurden. Als ich durch ein Stipendium ein Gymnasium besuchen konnte, war das eine große Sache für meine Mutter und mich. Jeden Tag ging ich die vier Kilometer in den nächstgelegenen Ort zu Fuß, um dort den Zug zu nehmen, egal bei welchem Wetter. Dieser Zug brachte mich nach Wiener Neustadt.

Die Zugfahrten waren lang, und ich langweilte mich oft, also suchte ich etwas, um mir die Zeit zu vertreiben. So entdeckte ich meine Liebe zu den Romanheften über Interpol, die von spannenden Fällen in ganz Europa handelten. Mittlerweile wusste ich, dass die echte Arbeitsweise der Interpol ganz anders aussah, als es diese Hefte beschrieben hatten. Doch mein Interesse war geweckt. Kriminelle aufspüren und hinter Gitter bringen? Das klang nach einem erstrebenswerten Ziel für mich.

Gegenüber meiner Mutter wagte ich es nicht, diesen Wunsch zu äußern. Ich fühlte stets, dass ich meiner Familie gegenüber eine Verantwortung trug, selbst wenn es meine Mutter nicht aussprach. So studierte ich zunächst etwas, mit dem ich meine Familie am besten zu unterstützen hoffte: Rechtswissenschaften.

Während ich mich durch meine Prüfungen kämpfte, fragte ich mich jedoch, was ich damit überhaupt anfangen wollte. Denn obwohl eine Karriere in der Juristerei einträglich sein konnte, interessierte ich mich nicht gerade für die Berufe Rechtsanwalt oder Richter. Aber was sonst sollte ich tun?

Damals hatte ich eine Freundin, deren Vater Staatsanwalt war. »Komm doch zu uns«, riet er mir bei einem Abendessen freundlich und klopfte mir herzlich auf die Schulter. »Wir könnten Männer wie dich brauchen.«

Ich begann wenig glamourös am Bezirksgericht für Handelssachen. Das Bezirksgericht für Handelssachen ist zur Entscheidung in erster Instanz für Streitigkeiten aus Handelsgeschäften zuständig. Und genauso spannend, wie es klang, war es dann auch.

Ich suchte verzweifelt nach einer Möglichkeit, von dort loszukommen. Und eines Tages, als ich das Gebäude verließ, stieß ich darauf: An einem Brett in der Eingangshalle hing ein Plakat, auf dem stand: »Wiener Polizei sucht Juristen.« Das war meine Chance. Ich überlegte nicht zweimal.

Ich absolvierte eine verkürzte Polizeiausbildung, in der ich unter anderem lernte, wie ich mit einer Waffe umging, ohne mich selbst zu verletzen. Dann wurde ich 1978 dem Kommissariat des Stadtteils Hietzing zugeteilt und konnte meine Laufbahn in der Verbrechensbekämpfung beginnen. Natürlich bekam ich es nicht sofort mit Serienmördern oder Meisterdieben zu tun. Zunächst bearbeitete ich Berge von Papier, meist ging es um einfache Verwaltungsstrafen.

Es gab damals einige Juristen bei der Wiener Polizei, die meisten in Führungsebenen. Sie mussten einen Fall bearbeiten, bis er vor Gericht kam – dort übernahm ihn dann ein Staatsanwalt.

Wir Juristen kümmerten uns nicht bloß um die rechtliche Seite von Fällen, sondern erledigten auch Polizeiarbeit wie Einvernahmen, Strafanzeigen und Tatbestandsaufnahmen. Doch es hielt mich nicht lang in Hietzing. Ich wusste, wo ich hinwollte: ins Sicherheitsbüro. Wenn jemand bei der Polizei ehrgeizig ist, dann will er ins Gewaltreferat, zuständig für Mord, schweren Raub und Sexualdelikte. Dort spielt man ganz oben mit. Vier Jahre später zog ich in der Berggasse ein und fing im Referat für Diebstahl, Einbruch und Prostitution an. Für die meisten Beamten ist das die erste Station im Sicherheitsbüro.

Ich arbeitete hart. 1988 wurde ich zweiter Referent im Mordreferat. Endlich war ich dort angekommen, wo ich seit zehn Jahren hinwollte: hinter diesen schweren Schreibtisch, auf dem mich jeden Tag unzählige Papiere erwarteten, die Ränder von Kaffeeflecken dunkel gefärbt und unleserlich mit Kugelschreiber bekritzelt.

Das war meine Welt. Es war keine schöne, keine heile Welt. Fast alle von uns tranken und rauchten. Wir trafen uns bei spätabendlichen Runden in Wirtshäusern, bei denen wir über Dinge sprachen, von denen andere Menschen – Zivilisten – nicht einmal in ihren schlimmsten Albträumen etwas ahnten. Kein gesundes Leben. Ich habe mehr als einen Kollegen mit fünfzig oder sechzig an ein überanstrengtes Herz verloren. Viele von ihnen traten völlig ausgebrannt frühzeitig in den Ruhestand, konnten sich aber nicht mehr lang daran erfreuen. Wollte ich so enden? Nein. Aber wollte ich irgendetwas anderes machen? Absolut nicht.

Ich ging gedankenverloren meiner üblichen Morgenroutine nach und blätterte in den aktuellen Tageszeitungen, um mir ein Bild davon zu machen, was die Presse über den Fall und unsere Arbeit zu sagen hatte.

Als ich ein bekanntes Boulevardblatt zur Hand nahm, traf mich beinahe der Schlag. Mir blickte das lächelnde Gesicht von Alexandra Schriefl entgegen, fröhlich und lebendig. Im ersten Moment dachte ich, mein Verstand hätte mir einen schrecklichen Streich gespielt und sie wäre gar nicht gestorben, sondern würde jetzt genau so herumspazieren, mit diesem warmen Blick und den kleinen Grübchen in ihren Wangen, die dieses Foto zeigte. Doch eine gewöhnliche Verkäuferin, sei sie auch jung und hübsch, schaffte es nicht lebendig auf die Titelseite der größten Tageszeitung des Landes. Und mit dieser Erkenntnis war der Spuk vorbei.

Verdammt, die waren schnell gewesen. In jeder größeren Zeitung gab es einen Journalisten für den Lokalteil, der bei uns in der Berggasse ein und aus ging. Fast täglich kam einer von ihnen auf einen Kaffee und einen kleinen Tratsch vorbei. Auch ich hatte schon öfter mit einigen von ihnen zu tun gehabt. Aber über Nacht diese Schlagzeile zu drucken, wo noch nicht mal die gesamte Polizeibelegschaft auf dem neuesten Stand war? Da musste jemand sehr motiviert und bestens vernetzt sein.

Ich blätterte die Zeitung durch. Vier Seiten, die voll waren von Spekulationen, aber auch einigen sehr konkreten Informationen zur Tat. Noch waren die Medien in der Phase ungeteilter Trauer und der Forderung nach Gerechtigkeit. In dieser Phase würden sie vermutlich viele Falschinformationen verbreiten, besonders ein so aufsehenerregender Fall wie dieser lud zu wilden Spekulationen ein. Aber sie würden unsere Arbeit nicht kritisieren. Das kam erst, wenn wir nach einigen Tagen keine Ergebnisse liefern konnten. Dann wurde uns gern Inkompetenz oder ähnlich charmante Dinge vorgeworfen.

»Dr. Geiger.« Die Stimme meiner Sekretärin Margit riss mich aus meinen Gedanken. Margit war 44, trug das braune Haar immer zu einem adretten Dutt hochgesteckt, mit Vorliebe Röcke, die zwischen den Weltkriegen wohl kurz mal in Mode gewesen waren, und ein Parfüm, das mich an die landwirtschaftliche Idylle meines Heimatdorfs erinnerte. Sie lächelte nicht oft und war mir sehr sympathisch.

Sie hängte ihren Mantel über die Lehne ihres Sessels und setzte sich mir gegenüber. Den Blick auf einen Stapel Akten gerichtet, den sie penibel sortierte, sagte sie: »Hofrat Edelbacher will Sie sprechen.«

Das war zu erwarten gewesen. Ich trank meinen Kaffee aus, der mittlerweile kalt geworden war, legte die Zeitung weg und machte mich auf den Weg. Ich musste zwei Flure durchqueren, bevor ich vor seiner Tür stand. Ich klopfte und trat ein.

»Ah, Ernst, bitte, komm nur rein«, sagte er lächelnd und winkte mir von seinem Schreibtisch aus zu. Edelbacher war für seine Fähigkeiten innerhalb der Polizei hoch angesehen.

Unsere Karrieren wiesen einige Parallelen auf: Er hatte als Polizeijurist in Meidling begonnen, sechs Jahre vor mir. Er wurde 1976 ins Sicherheitsbüro versetzt, ebenfalls zuerst in die Abteilung Diebstahl. In seiner Zeit dort konnte er ein paar große Fälle lösen: Er fasste die Mercedes-Bande, die in ganz Europa Autos knackte. Auch die Verhaftung der österreichischen Hardrock-Damenband »Why Not« ging auf sein Konto. Die illustren Damen pflegten nicht nur das Image der harten Frauen auf der Bühne, abseits davon betätigten sie sich als Falschgeldverteilerinnen. Seit 1988 war er Leiter des Sicherheitsbüros, und es war sein großes Ziel, die Polizeiarbeit zu modernisieren.

»Keinen entspannten Feiertag gehabt, was?«, fragte Edelbacher.

Ich ließ mich in einen der Ledersessel fallen, die vor seinem Schreibtisch standen, und seufzte. »Das kann man sagen. Ich war auf Abruf, als es passiert ist.«

»Schon die Zeitungen gesehen?«

Ich nickte düster.

»Das wird sicher noch eine Woche so gehen, wenn wir keine Ergebnisse liefern. Junges, hübsches Mädchen, Sexualmord ... Das ist für die Presse ein gefundenes Fressen. Es ist die Sorte

Verbrechen, die eine Stadt in Hysterie und Panik versetzt. Die Bestie von Favoriten und solche Titel.«

»Wir beginnen heute mit den Vernehmungen«, sagte ich nur.

»Irgendwelche Spuren?«

»Nein«, sagte ich und musterte Edelbachers Miene. »Du weißt, wie der Tatort ausgesehen hat?«

»Natürlich«, sagte Edelbacher nur.

»So etwas habe ich noch nie gesehen«, sagte ich. »Es war wie in einem Film. Einem von der Sorte, für die man sich als Kind spätabends die Treppe runterschleicht, um ihn still und leise zu schauen, obwohl es die Eltern nie erlauben würden. Und dann wochenlang nicht schlafen kann.«

Eine bedeutungsschwere Stille legte sich über den Raum. Mein Blick verharrte auf Edelbachers Schreibtisch, der aufgeräumt und beinahe leer wirkte. Vor allem das Fehlen eines Aschenbechers, normalerweise Standardausrüstung, fiel auf. Edelbacher, ein leidenschaftlicher Tennisspieler, war strikter Nichtraucher und auch damit eine Ausnahme in der Berggasse.

»Umso wichtiger, dass wir den Fall schnell lösen«, sagte Edelbacher, den Blick nach vorne gerichtet. »Brandstätter soll sich um das Tagesgeschäft kümmern, für dich liegt die ganze Priorität auf diesem Fall.«

Ich nickte. Fritz Brandstätter war der erste Mordreferent. Wenn ich an diesem Feiertag nicht auf Abruf gewesen wäre, dann säße jetzt er statt mir hier.

»Was denkst du?«, fragte mich Edelbacher nach einer kurzen Pause.

»Nicht viel«, antwortete ich und zuckte mit den Schultern. »Es gibt wenige Informationen, Spuren auch nicht viele. Hoffentlich findet die Gerichtsmedizin etwas, die haben zumindest Spermaspuren aufgenommen. Und die Vernehmungen.«

»Mich interessiert dein erster Eindruck.«

Ich ließ mir mit meiner Antwort Zeit. »Wer auch immer das getan hat, wollte, dass wir sie so finden. Hat sie hergerichtet für uns. Das war überlegt und kalkuliert. So etwas tut man nur, wenn man eine Botschaft übermitteln will. Es kann gut sein, dass der Täter sein Opfer überhaupt nicht persönlich kannte, dass es ihm nur um die Tat selbst ging. Wenn das der Fall ist«, sagte ich und stand auf, »dann wird es schwer, eine Verbindung herzustellen. Und gleichzeitig erhöht das die Chancen, dass er noch einmal zuschlägt.«

»Dann tun wir alles, damit wir diesen Psychopathen so schnell wie möglich finden.« Edelbachers Ton ließ keinen Zweifel daran aufkommen, wie wichtig ihm diese Angelegenheit war. Und in wessen Verantwortung sie fiel.

Ich nickte und verließ das Büro. Es war Zeit für die ersten Vernehmungen.

Die wenigsten Leute mögen es glauben, aber ein großer Teil der Polizeiarbeit besteht darin, mit Menschen zu sprechen. Mit den unterschiedlichsten Menschen: mit wütenden und ängstlichen, besorgten und panischen, mit reservierten und auch mit sehr, sehr unhöflichen. Wer keine Menschenkenntnis hat, wird es in der Polizei nie weit bringen. Denn oft genug hängt die Auflösung eines Falls davon ab, ob dir dein Gesprächspartner vertraut. Ob du ihm das Gefühl geben kannst, du wärst auf seiner Seite, selbst wenn er nur Millimeter von seiner Verhaftung entfernt ist und ihn nur ein falsches Wort vom Verhörraum in die Zelle bringen könnte. Ein guter Polizist erweckt in seinem Gesprächspartner ein ganz eigenartiges Gefühl, das für die meisten dieser Leute unbekannt ist: In ihnen entsteht die Sehnsucht, sich zu öffnen. Und die Hoffnung, dass es ihnen dann besser gehen wird.

Ein alter Kollege, damals bereits knapp vor dem Ruhestand und nicht nur aufgrund seiner allmählich ergrauenden Haare großväterlich wirkend, gab mir zu meiner Anfangszeit im Sicherheitsbüro einen Rat, der sich mir eingebrannt hatte.

Ich arbeitete damals noch im Referat für Diebstahl. Wir mussten einen jungen Serben vernehmen, der so gut wie kein Wort Deutsch sprach. Ich verbrachte Stunden mit ihm in einem unserer Büros, damals ein kleiner, schlecht belüfteter Raum, in dem wir unsere Vernehmungen durchführten.

Ich stellte ihm immer wieder dieselben Fragen, wie ein Wahnsinniger. Es ging um Geschäftseinbrüche. Am Ende fühlte ich mich, als wäre ich es, der hier eingesperrt war. Resigniert verließ ich den Raum und trat in den dunklen Korridor davor. Mein älterer Kollege löste mich ab und ging zu dem jungen Mann hinein. Ich blickte durch die geöffnete Tür. Der Kollege setzte sich neben den Serben, und die beiden steckten die Köpfe zusammen. Ich konnte sehen, wie mein Kollege eindringlich auf ihn einredete. Dabei sprach er kein einziges Wort Serbisch!

Zeit verstrich, ich holte mir einen Kaffee, ging eine rauchen, erledigte Büroarbeit. Und immer, wenn ich kurz beim Vernehmungszimmer vorbeischaute, sah ich meinen Kollegen mit dem Mann sprechen. Er muss vier oder fünf Stunden dort drin gewesen sein.

Irgendwann kam er in mein Büro. »Er ist jetzt so weit«, sagte er nur. Ich folgte ihm zum Verhörraum, wir setzten uns dem jungen Serben gegenüber, und in brüchigem Deutsch gestand er die Einbrüche.

Diese Episode erinnerte mich immer daran, was ein gutes Gespräch ausmachte: Vorbereitung und eine gute Verbindung waren elementar. Ich musste wissen, mit wem ich sprach und über welches Thema. Im besten Fall wusste ich über das Privatleben meines Gesprächspartners Bescheid, über seine Neigungen und Sorgen, über seine Situation in der Familie und im Beruf. Eine gute Verbindung herzustellen, war schon schwieriger. Manchmal geriet ich an einen Kerl, mit dem ich einfach nicht konnte. Dann wurde recht schnell klar, dass ein Gespräch sinnlos war, und ein anderer Kollege musste übernehmen.

Das Wichtigste ist aber nicht die Vorbereitung oder eine persönliche Verbindung. Das Wichtigste, erklärte mir mein Kollege damals, ist Verständnis. Selbst wenn ich einen Verbrecher aufgrund seiner Taten zutiefst verachte, muss ich ihm im Gespräch das Gefühl geben, ihn zu verstehen. Meistens hat man es in solchen Verhören mit knallharten Typen zu tun, die schnell dichtmachen und keinen Ton von sich geben. Furcht oder Angst verspüren sie kaum. Aber Verständnis vermag sie zu berühren und diese Mauer zu durchbrechen.

Daher traf es mich besonders, als uns die Medien vor einigen Jahren mit Artikeln bombardierten, die behaupteten, wir würden Foltermethoden bei den Verhören anwenden. Menschen Plastiksäcke über die Köpfe ziehen und solche Sachen. Natürlich konnte es manchmal hitzig werden, nicht jedes Verhör lief gesittet ab, und ich hatte auch schon erlebt, dass Ohrfeigen verteilt wurden. Dabei war es stets die verhörte Person, meist nicht gerade ein Unschuldsengel, die das Handgemenge anzettelte. Aber ermittlungstaktisch betrachtet, wären solche Methoden der reine Irrsinn gewesen. Die meisten Kriminellen waren mit Schmerzen vertraut. Wenn sie geschlagen wurden, zogen sie sich völlig zurück, wurden stumm und apathisch. So bekam man keinen Satz aus ihnen heraus.

Was sie nicht gewöhnt waren, war Empathie. »Komm, wir wollen doch beide nach Hause gehen«, sagte man ihnen dann. Und manchmal half das.

Im Fall von Alexandra Schriefl half es nicht viel. Niemand, den wir vernahmen, schien irgendetwas über Alexandra zu wissen. Wir hatten keine einzige brauchbare Spur und hunderte mögliche Verdächtige. Alle Beamten, die wir dafür abstellen konnten, waren mit Vernehmungen beschäftigt. Die Büros waren an diesem Donnerstag zum Bersten voll.

Nach vielen Bitten, Drängen und dem Versprechen, alles vertraulich zu behandeln, hatten wir von den Mitarbeitern des Clubs eine Liste mit ein paar Dutzend Namen von Besuchern bekommen, an die sie sich erinnern konnten. Dazu gehörten überwiegend Stammkunden. Der Großteil der Gäste blieb weiterhin unauffindbar.

Wir hatten bereits eine Zeitungsanzeige aufgegeben, die sich an alle richtete, die während besagter Nacht im Azzurro gewesen waren. Wir hofften darauf, dass sich diese Leute bei uns melden würden.

Ich hatte mich in mein Büro zurückgezogen und wurde laufend mit Vernehmungsprotokollen beliefert, die ich nach irgendwelchen hilfreichen Anhaltspunkten durchsah. Nachdem ich einmal mehr eine lückenhafte Aussage durchgelesen hatte, die nichts anderes über den Abend verriet als die Tatsache, dass der Zeuge zu viel getrunken hatte, kam Eddie in mein Büro.

»Der Freund ist da«, sagte er. »Außerdem die Freundinnen, mit denen Alexandra am Abend der Tat in der Disco war. Vielleicht wollen wir uns die gemeinsam vornehmen?«

»Gern«, sagte ich. »Bisher waren die Einvernahmen nicht besonders ergiebig.«

Ich folgte Eddie in den Besprechungsraum des Mordreferats. Das war gemütlicher als die Vernehmungsräume.

Brandner saß bereits auf einem Stuhl, ähnlich zusammengesunken wie gestern Abend. Sonst war nur noch eine Sekretärin im Raum, vor ihr eine Schreibmaschine und ein Stapel Papier.

Ich erkannte, dass Brandner sein weißes T-Shirt gegen ein blaues Hemd getauscht hatte, das ihm um mindestens eine Nummer zu groß war.

»Guten Tag, Herr Brandner«, begrüßte ich ihn. Er schreckte auf, und ich sah, dass er wohl mindestens so wenig geschlafen hatte wie wir.

»Dürfen wir Ihnen etwas zu trinken anbieten? Wasser, Kaffee vielleicht?«

Brandner schüttelte den Kopf.

»Dann bringen wir es hinter uns.« Eddie und ich setzten uns schräg vor ihn, sodass wir ihn jeder von einer Seite ansehen konnten.

»Bitte geben Sie fürs Protokoll Ihren Namen, Ihr Alter, Ihren Beruf und Ihren Wohnort bekannt.«

»Georg Brandner, 22 Jahre, Elektrotechniker, Altgrabenstraße 14, Stiege 2, Tür 23, Favoriten.«

»Wie war Ihre Beziehung zu Alexandra Schriefl?«, fragte Eddie und versuchte dabei, eine Note Mitgefühl in seine Stimme zu legen.

»Sie war meine Freundin«, sagte Brandner. Er sprach mehr mit dem Tisch vor sich als mit uns. »Wir waren seit ungefähr zwei Jahren ein Paar. Haben uns beim Fortgehen kennengelernt, wir wohnten auch nicht weit voneinander entfernt. Sind ein paarmal ins Kino gegangen und in den Prater. Ich hab sie auf ein Eis beim Tichy eingeladen, dort haben wir uns zum ersten Mal geküsst.« Seine Stimme bebte leicht.

»Kam es öfter vor, dass Alexandra allein ausging und von Ihnen abgeholt wurde?«

»Hin und wieder«, antwortete Brandner. »Manchmal wollte sie mit ihren Freundinnen allein weggehen. Aber sie hatte kein Auto. Also hab ich sie abgeholt.«

»Hat sie Ihnen gegenüber erwähnt, belästigt worden zu sein? Gab es Vorfälle in diese Richtung?«

Brandner reagierte anders, als ich erwartet hatte: Er lachte trocken. »Ob sie belästigt wurde? Was glauben Sie denn? Alexandra war zwanzig Jahre alt, hübsch, beliebt und trug gern Röcke. Das reicht doch schon. Jeder zweite Typ hat ihr irgendwas Dummes nachgerufen. Aber die Xandi hat sich wehren können, die war nicht auf den Mund gefallen. Und sie war ja immer mit ihren Freundinnen unterwegs, da haben die Idioten nach ein paar blöden Sprüchen meist Ruhe gegeben.«

»Gab es eifersüchtige Ex-Freunde? Irgendjemanden, der Alexandra häufiger blöd anredete?«

»Nicht dass ich wüsste«, sagte Brandner. »Sie ging auch gar nicht so oft aus. Während der Woche arbeitete sie in einem Modegeschäft als Verkäuferin, im ersten Bezirk. Sie hat ihrer Mutter viel zu Hause geholfen, vor allem seit ihr Vater vor zwei Jahren gestorben ist. Hat ja auch einen kleinen Bruder. Ich war ihr erster Freund ...« Er brach wieder ab.

»Verstehe«, sagte ich. »Es wäre wichtig, dass Sie uns noch einmal sehr genau schildern, was aus Ihrer Sicht am 25. Oktober passiert ist.«

Brandner sammelte sich kurz, holte tief Luft und begann zu erzählen: »Xandi hatte an dem Tag schon früh Feierabend. Ich hab sie abgeholt, und wir sind in der Innenstadt spazieren gegangen. Ich fragte sie, ob sie heute was vorhätte, und sie meinte, ein paar Freundinnen wollen ins Azzurro. Mir war schon klar, dass sie mich in so einer Mädchenrunde eher nicht dabeihaben wollte. Aber sie hat mich gefragt, ob ich sie abholen könnte, so würden wir uns trotzdem sehen. Ich habe sie dann nach Hause gebracht und bin zu mir in die Wohnung, habe ferngesehen und bin auf der Couch gelegen.«

»Kann das irgendjemand bestätigen?«, fragte Eddie.

Zum ersten Mal blickte ihn Brandner direkt an. »Bestätigen? Warum?«

»Reine Routinemaßnahme«, versuchte ich ihn zu beschwichtigen.

»Sie glauben doch nicht, dass ich …? Ich hab sie doch gesucht!«

»Das ist eine reine Formalität«, sagte ich. »Bitte regen Sie sich nicht auf. Hatten Sie mit irgendjemandem Kontakt?«

»Nein, ich war allein«, sagte Brandner matt.

»Und dann kam der Anruf?«

»Ja, gegen 2 Uhr früh rief sie mich an. Sagte, ich sollte sie vor dem Azzurro abholen.«

»Wie lang haben Sie hingebraucht?«

»Nicht lange«, sagte Brandner. »Ich war ja vorbereitet, angezogen und alles. Ich würde schätzen, irgendwann zwischen 2 und halb 3 Uhr war ich dort.«

»Aber Alexandra haben Sie nicht gesehen?«

Brandner schüttelte den Kopf. »Zunächst habe ich sicher fünf Minuten vor dem Bahnübergang gewartet, weil ein Güterzug mit ungefähr dreißig Waggons vorbeigefahren ist.«

Ich nickte Eddie kurz zu. Diese Information würden wir überprüfen. Womöglich ließe sich der Zeitpunkt von Alexandras Verschwinden so besser bestimmen.

»Als ich endlich weiterfahren konnte, bin ich zuerst zur Tankstelle gefahren, wie vereinbart, aber dort stand sie nicht. Als Nächstes bin ich vor die Disco, bin ausgestiegen und durch die Leute gelaufen, nichts. Dann bin ich die Himberger Straße abgefahren, weil ich dachte, sie ist mir vielleicht entgegengenkommen und ich habe sie verpasst, aber keine Spur.«

»Danach sind Sie heimgefahren?«

»Ich bin die Straße sicher dreimal auf- und abgefahren.«

»Kam Ihnen das nicht verdächtig vor? Dass Alexandra Sie bittet, Taxi zu spielen, und dann nicht zum vereinbarten Treffpunkt erscheint?«

In Brandners Blick lag nun pure Verzweiflung. »Na klar kam mir das seltsam vor. Aber es war 2 Uhr 30 morgens, und ich dachte, wahrscheinlich ist eine ihrer Freundinnen vorbeigefahren und hat sie gleich mitgenommen. Oder es gab ein Missverständnis, wir haben uns irgendwie verpasst, sie wollte nicht mehr warten und hat ein Taxi genommen ... Ich dachte doch nicht, dass ...«

Bevor er sich in Überlegungen verlieren konnte, fragte Eddie: »Ist Ihnen irgendetwas aufgefallen, als Sie die Straße entlanggefahren sind?«

Brandner schüttelte den Kopf. »Ein paar Betrunkene, klar, und vor der Disco war ein großer Auflauf. Aber sonst nichts.«

»Wann sind Sie wieder in Ihre Wohnung gekommen?«

»Muss gegen halb 3 gewesen sein«, sagte Brandner. »Ich habe nur meine Sachen ausgezogen, das Licht abgedreht und bin ins Bett gefallen. Aber ich habe mir fest vorgenommen, gleich nach dem Aufstehen bei Xandi zu Hause anzurufen.«

»Und?«

»Das habe ich auch gemacht. Ihre Mutter hat in ihr Zimmer geschaut, aber da war sie nicht. Ich habe gleich als Nächstes eine Freundin von Xandi angerufen, Lisa Berger, die an dem Abend mit ihr unterwegs war. Aber Lisa meinte, Xandi hätte die Disco gegen 2 Uhr Früh verlassen. Danach hat Lisa sie nicht mehr gesehen. Ihr Vater ist ja auch Polizist, und Lisa meinte, sie wird mit ihm reden. Sie sagte mir, sie wird mich wieder anrufen, wenn sie mehr weiß. Aber ich habe den ganzen Tag auf ihren Rückruf gewartet, vergeblich. Sie war auch nicht mehr zu erreichen. Und am Abend sind Sie gekommen.«

Ich warf Eddie einen Blick zu. »Danke, Herr Brandner. Ich bin sicher, dass das nicht einfach für Sie war. Wir sind fürs Erste fertig. Es kann sein, dass wir wieder auf Sie zurückkommen müssen, wenn sich neue Fragen ergeben.«

»Können Sie mir sagen …«, begann Brandner, doch seine Stimme brach. Er versuchte es erneut: »Können Sie mir sagen, wann es passiert ist? War es, während ich … Bin ich womöglich vorbeigefahren?« In seinem Gesicht stand jetzt blankes Entsetzen. Seine Augen waren so weit aufgerissen, dass ich beinahe sehen konnte, wie es in seinem Kopf arbeitete. Die Selbstvorwürfe, die Was-wäre-wenn-Fragen, die Schuld und die Scham.

»Hören Sie«, sagte ich. »Es hat keinen Sinn, sich den Kopf darüber zu zerbrechen. Sie trifft keine Schuld. Sie hätten nichts tun können, gar nichts. Und wenn ich Ihnen einen Tipp geben darf: Lesen Sie in den nächsten Wochen keine Zeitung. Nehmen Sie sich frei und umgeben Sie sich mit Familie und Freunden.«

Brandner schwieg. Eddie nahm ihn am Ellbogen, half ihm beim Aufstehen und führte ihn sachte nach draußen. Danach ließ er sich mit lautem Seufzen in einen Sessel fallen.

»Scheiße«, sagte er. »Der Junge tut mir leid. Die nächsten Tage werden die Hölle für ihn. Die Journalisten werden ihm die Bude einrennen, und überall wird er Fotos von Alexandra sehen.«

Ich nickte. »Wenn seine Angaben stimmen, haben wir es hier mit einem fast unmöglichen Verbrechen zu tun«, sagte ich. »Alexandra ruft ihn um 2 Uhr Früh an. Keine halbe Stunde später ist er vor Ort. Von ihr fehlt jede Spur. Also sucht er sie. Er hört keine Schreie, nichts. Vermutlich war sie zu der Zeit bereits bewusstlos. Die ganze Sache muss schnell gegangen sein, vor allem wenn wir bedenken, wie viel Mühe sich der Mörder mit dem Tatort gegeben hat. Noch dazu war es dunkel, da dauert das doppelt so lang. Womöglich hat der Täter Alexandra tatsächlich genau in dem Zeitfenster verschleppt, als Brandner vor dem geschlossenen Bahnschranken stand.«

Wir verfielen in Schweigen, jeder hing seinen Gedanken nach. Eddies Miene verriet nicht, woran genau er dachte, aber ich konnte es mir vorstellen.

Ein kurzes Klopfen, dann ging die Tür auf. Ein Beamter brachte eine junge Frau ins Zimmer, sie war stark geschminkt und hatte langes, schwarzes Haar. Ich kannte sie von Fotos aus dem Büro ihres Vaters: Lisa Berger.

»Hallo, Lisa«, sagte Eddie und lächelte ihr aufmunternd zu. »Bitte, komm nur herein.«

Nervös ging Lisa zu dem Sessel, in dem kurz zuvor noch Brandner gesessen hatte. Sie nahm Platz und legte beide Hände vor sich auf den Tisch. Ich konnte sehen, wie sie zitterte.

»Ganz ruhig«, sagte Eddie, der es ebenfalls bemerkt hatte. »Wir stellen dir nur ein paar Fragen, und dann kannst du gehen. Möchtest du ein Glas Wasser?«

Lisa nickte nervös. Ich stand auf, ging den Korridor hinunter in die kleine Gemeinschaftsküche und füllte ein Glas mit Leitungswasser. Kurz darauf stelle ich es vor sie hin, doch sie schien kaum Notiz davon zu nehmen.

»Erzähl doch mal, wie du den Abend erlebt hast«, forderte Eddie sie freundlich auf. Er war gut darin, eine Verbindung zu jungen Menschen aufzubauen.

Lisa suchte nach Worten. »Wir waren zu dritt – Xandi, Maria und ich. Wir sind mit Marias Auto zum Azzurro gefahren und gegen 10 Uhr abends angekommen. Ich weiß das, weil Maria noch meinte, dass so früh nichts los wäre. Am Anfang war wirklich wenig los, aber das hat uns nicht gestört, so hatten wir mehr Tanzfläche für uns. Wir haben den ganzen Abend viel getanzt und einen der Tische besetzt, es gibt nicht so viele im Azzurro. Das heißt, mindestens eine von uns musste immer sitzen bleiben, während die anderen tanzen gehen konnten.«

»Ist dir irgendetwas aufgefallen? Hat Alexandra mit irgendjemandem gesprochen oder getanzt?«

»Xandi hat doch einen Freund«, sagte Lisa und warf uns einen vorwurfsvollen Blick zu. »Ich meine ... hatte ... Sie wollte nur tanzen, das hat sie gern gemacht. Ich hab sie nicht den ganzen Abend im Blick gehabt, aber sie hätte nicht erwähnt, dass ihr irgendwer blöd gekommen ist. Obwohl ihr meistens wer blöd kommt. Uns allen. Als Mädel musst du dir ständig irgendwelche Blödheiten anhören. Zuerst bist du hübsch, und wenn du nichts von den Burschen willst, bist du plötzlich hässlich und blöd. Aber man gewöhnt sich dran, und Xandi hatte immer ein paar gute Sprüche parat.«

»Habt ihr getrunken an dem Abend?«

»Klar«, sagte Lisa schüchtern. »Wir sind ja alt genug.«

»Viel?«

»Nicht genug, um nicht mehr zu wissen, was wir wollen, wenn Sie das meinen.«

Ihre Nervosität war verschwunden. Es war, als wäre sie aus einer Schockstarre aufgewacht. Sie funkelte mich an.

»Ich will nichts andeuten, es ist nur eine Frage. Wie ging es dann weiter?«

Sie lehnte sich zurück, die Arme verschränkt. »Gegen 2 Uhr Früh hat sich Alexandra verabschiedet und gemeint, ihr Freund holt sie ab. Ich bin mit Maria noch etwa eine Stunde geblieben. Dann sind wir raus, und Maria hat mich nach Hause gebracht.«

»Von Alexandra habt ihr nichts mehr gesehen?«

»Nein, wir gingen davon aus, dass Georg sie abgeholt hat. Als er mich am nächsten Morgen anrief, war ich verwirrt. Ich habe es sofort meinem Vater erzählt, und der hat eine Vermisstenanzeige aufgegeben. Und am Abend …«, sie wurde leiser, die Worte kamen nur noch langsam heraus, »am Abend, als er von der Arbeit nach Hause kam, erzählte er mir, was passiert ist.« Die Arme hatte sie nun eng um den Körper geschlungen.

»Wir haben es fast geschafft«, sagte Eddie. »Bitte denk noch einmal genau nach, ob nicht vielleicht doch irgendjemand mit Alexandra geredet hat, jemand, der dir verdächtig vorkam.«

»Nein, mit Alexandra hat niemand geredet …«, sagte Lisa, doch plötzlich schlug sie die Hände vor den Mund. »Mit ihr hat niemand geredet«, brachte sie dann heraus. »Aber mit mir – über sie!«

Eddie und ich waren plötzlich hellwach.

»Daran hab ich gar nicht mehr gedacht, weil es so seltsam war und Alexandra den Kerl gar nicht gesehen hat … Aber als ich allein am Tisch saß, kam ein Typ vorbei, komisches Hemd und viel zu großes Sakko. Zuerst hat er gar nichts herausgebracht, dann hat er nach Alexandra gefragt.«

»Und?«, fragte ich.

»Ich habe gesagt, wenn er mit ihr tanzen will, soll er sie selbst fragen«, sagte Lisa. »Er sah aber nicht so aus, als hätte er damit viel Erfahrung.«

»Weißt du vielleicht noch, wie dieser Kerl aussah?«

Lisa nickte. Ich ließ sofort einen Zeichner holen, um ein Phantombild anfertigen zu lassen.

Es dauerte ungefähr eine halbe Stunde, dann nickte Lisa zufrieden. Ich nahm dem Zeichner das Blatt aus der Hand und sprintete in mein Büro.

Als ich die Tür aufriss, starrte mich Margit an.

»Nehmen Sie das«, sagte ich. »Vervielfältigen. Alle, die im Azzurro waren, sollen es sehen, und so viele Kollegen wie möglich sollen eine Kopie bekommen. Wir suchen nach diesem Mann im Fall Schriefl!«

Sie nahm ehrfurchtsvoll das Blatt entgegen und eilte damit so schnell hinaus, wie es ein damenhafter Schritt ermöglichte.

Kaum war Margit gegangen, nahm ich den Hörer einer unserer schwarzen Telefonapparate, die noch aus den dreißiger Jahren stammten und gerade mal über zehn Anschlüsse verfügten. Wenn ich jemanden außerhalb Wiens erreichen wollte, musste ich bei der Vermittlung anrufen. Zum Glück war das diesmal nicht nötig. Ich ließ die Wählscheibe vor- und zurückspringen.

»Edelbacher«, meldete sich mein Chef.

»Wir haben einen Verdächtigen im Fall Schriefl«, sagte ich.

Einen Moment hörte ich nichts als flaches Atmen.

»Dann sorgen Sie dafür, dass dieser Kerl morgen im Sicherheitsbüro auftaucht.«

Edelbacher legte auf. Was gab es auch mehr zu sagen? Er brauchte nicht zu erwähnen, wie wichtig die Sache war. Wichtig für den ganzen Polizeiapparat und wichtig für die Karriere des leitenden Ermittlers. In diesem Fall also meine.

Ich blieb noch einen Moment in meinem Büro stehen, den Hörer in der Hand. Dann legte ich ebenfalls auf und ging wieder nach draußen, zurück zu den Verhören.

Freitag, 28. Oktober
Himberger Straße, Wien-Favoriten

Er war zurückgekehrt. In den vergangenen zwei Tagen war sein Verstand mit diesem fürchterlichen Ziehen in seinem Bauch in ständigem Kampf gelegen. Es war ein beängstigender Drang, erneut jenen Ort aufzusuchen, an dem er seinem Leben eine entscheidende Veränderung gegeben hatte.

Als er am Morgen danach aufgewacht war, hatte er zunächst Schwierigkeiten gehabt, Traum von Wirklichkeit zu unterscheiden. Die Tabletten, die er seit Jahren fast täglich zu sich nahm und die zu Beginn gegen Schmerzen, Schlaflosigkeit und dieses ewige Rauschen in seinem Kopf geholfen hatten, waren zusammen mit dem Alkohol und Haschisch zu einem bewusstseinsbetäubenden Gemisch geworden. Den Raum, in dem er zu sich kam, erkannte er zunächst nicht wieder. Wie war er hierhergekommen?

Er taumelte in die kleine Küche der Gemeindewohnung, öffnete den Kühlschrank und griff sich eine Dose Bier. War er mit einer Frau zusammen gewesen? Konnte gut sein, an vielen Abenden schleppte er im Suff irgendeine von diesen dummen Gänsen ab und hatte seinen Spaß. Manchen war er zu grob, aber das war ihm egal. Wenn sie erst mal in seinem Schlafzimmer waren, bestimmte er. Er hatte zwar eine Freundin, eine Kassiererin, aber die hielt er nur aus, um an ein bisschen Geld zu kommen. Tatsächlich ging sie ihm auf die Nerven. Ständig erklärte sie ihm, er solle Bewerbungen aussenden und weniger mit seinen Freunden trinken. Als könnte ihm so eine sagen, was er zu tun hatte! Nicht selten war ihm seine Hand beinahe ausgerutscht, aber im letzten Moment hatte er sich beherrschen können. Er brauchte sie zumindest noch so lang, bis er eine neue Frau gefunden hatte, mit einer größeren Wohnung und einer bedingungsloseren Liebe. Bis dahin hatte er seine Tabletten und seine Freunde, die ihm gern ein Bett für eine Nacht zur Verfügung stellten.

Ein pochender Schmerz rüttelte seinen Schädel durch. Er beugte sich über die Spüle und erbrach sich. Der ätzende Geruch brachte für einen Augenblick Klarheit und die Erinnerung zurück. Ja, da war eine Frau gewesen, eine junge Frau ... Eindrücke zogen an ihm vorbei, und er konnte nicht sagen, ob es sich um Realität oder Fantasie handelte, um Wünsche oder deren Verwirklichung. Er lehnte sich gegen den Kühlschrank und griff sich an den Kopf. Er hatte jetzt keine Zeit, seine Gedanken zu ordnen. Erstmal musste er nach Hause.

Auf dem Küchentisch entdeckte er einen kleinen Zettel, auf dem in schwer leserlicher Schrift geschrieben stand: »Sind eine Runde spazieren. Du riechst wie ein Haufen Hundescheiße.«

Er ging in das kleine Zimmer zurück, in dem die zerschlissene Couch stand, auf der er geschlafen hatte. Erst jetzt wurde ihm bewusst, dass er nicht einmal die Hose ausgezogen hatte. Er nahm seinen Pullover, zog ihn über, schlüpfte in Schuhe und Jacke, betrachtete sich lange und gründlich im Spiegel und machte sich dann auf den Weg nach Hause.

Keine zwanzig Minuten später war er in der Wohnung angekommen, die seiner Freundin gehörte. Sie lag in einem monströsen Komplex aus Beton und unrealisierten Träumen von Klassengerechtigkeit. Einst als stolzes Arbeiterheim errichtet, roch es heute in den Ecken nach Pisse, und er hasste die meisten Bewohner, deren Namen er nicht einmal richtig aussprechen konnte.

Er schloss die Tür leise hinter sich, schlüpfte aus Schuhen und Jacke und schlich so leise wie möglich ins Bad, um seine

Kleidung in den Wäschekorb zu werfen. Bildfetzen krochen an ihm hoch wie Nebelschwaden und legten sich ihm vor die Augen. Er begutachtete die Kleidung gründlich, versuchte, Spuren der letzten Nacht daran zu finden, Hinweise auf die Wirklichkeit dieser Schattenbilder.

Doch er konnte kein Blut entdecken.

In Unterhosen ging er in die Küche, um sich noch ein Bier aufzumachen und zwei Eier zu braten, die seine Freundin normalerweise immer für ihn im Kühlschrank hatte. Zu seinem Missfallen musste er feststellen, dass ebendiese Freundin bereits in der Küche auf ihn wartete und ihm vorwurfsvolle Blicke zuwarf.

»Du siehst furchtbar aus«, sagte sie. »Was hast du gestern wieder angestellt?«

»Lass mich in Ruhe«, sagte er. »Mein Schädel brummt. Wir hatten einen guten Abend, was dagegen?«

»Wo hast du geschlafen?«

»Das braucht dich nicht zu interessieren.« Er grinste boshaft. Morgen würde er es ihr erzählen müssen, denn dann würde sie weinen und ihn anschreien und damit drohen, ihn endgültig hinauszuwerfen. Aber bis dahin konnte er sie noch ein wenig leiden lassen. »Ich gehe schlafen«, sagte er, drehte sich wieder um und schlurfte ins Schlafzimmer. Kurz nachdem er ins Bett gefallen war, überkam ihn ein tiefer und traumloser Schlaf. Noch immer benebelt von den Nachwirkungen der Tabletten und des Alkohols verbrachte er den Nationalfeiertag vorwiegend im Dämmerzustand.

Am nächsten Tag, seine Freundin hatte die Wohnung bereits verlassen, briet er sich nach dem Aufstehen ein Omelett zum Frühstück und schenkte sich eine Tasse Filterkaffee ein. Noch immer fühlte er sich verkatert. Mit der Zeitung setzte er sich an den Frühstückstisch.

Als er die Titelseite sah, schob er instinktiv sein Frühstück zur Seite. Er brauchte einen Moment, um zu begreifen, dann breitete er die Zeitung vor sich aus und las jedes einzelne Wort sorgfältig.

War es also doch kein Traum gewesen.

In der Zeitung stand, woran er sich während seines Halbschlafs immer wieder erinnert hatte, ohne zu wissen, wem diese Erinnerungen wirklich gehörten. Aber nun kamen die Bilder zurück, fügten sich in der richtigen Reihenfolge zusammen wie ein Film, dem jemand verlorengegangene Szenen wieder hinzugefügt hatte und der nun endlich Sinn ergab.

Er stand auf der Himberger Straße. Ihm war ganz schwindlig von den kleinen, weißen Kapseln, dem Bier und dem Schnaps. Auf der Tanzfläche war ihm der Duft junger Frauen in die Nase gestiegen, die im hellen Licht aufblitzenden Beine und die langen, elegant gekämmten Haare hatten seinen Kopf beinahe explodieren lassen. Er musste raus, war in die kalte Nachtluft getreten und die Straße ein Stück entlangspaziert. Gedankenverloren stand er an einen Baum gelehnt und überlegte, ob er sich vielleicht übergeben sollte, als er auf der gegenüberliegenden Seite eine junge Frau unter schwach beleuchteten Plakatwänden entlanggehen sah.

Er kannte sie. Er hatte sie schon öfters im Azzurro gesehen. Sie war immer umringt von einer Schar schnatternder Mädchen, die bei jeder Gelegenheit in idiotisches Gekicher ausbrachen. Sie trug eine schwarze Lederjacke und darunter einen Pullover, der die Wölbungen ihres Körpers hervorhob. Das blonde Haar fiel ihr über den Rücken. Er hörte die schwarzen Stöckelschuhe über den Asphalt klappern.

Er hatte es gespürt. Es hatte alles verdrängt, den Schwindel, die Übelkeit, die Langeweile. Die Lust war in ihm hochgekrochen wie eine Schlange.

Stolpernd lief er über die Straße. Sie bemerkte ihn erst, als er bereits knapp hinter ihr war. Womöglich hatte sie ihn gerochen, noch bevor sie ihn gehört hatte.

Sie drehte sich um. Er blieb abrupt stehen.

»Hallo«, sagte er und grinste sie an. »Siehst gut aus in dem Pullover, Puppe.«

»Ich bin nicht deine Puppe«, sagte sie.

»Komm mit, in zehn Minuten sind wir in meiner Wohnung«, sagte er, als hörte er sie nicht, »dann mach ich dir einen schönen Abend.«

»Ich werde mir selbst einen schönen Abend machen, danke«, sagte sie und blickte ihn kühl an, »mit meinem Freund. Er steht dort vorne.« Sie deutete die Straße hinab und er folgte ihrem Blick. In der Ferne waren schwach zwei Autoscheinwerfer auszumachen. Ob das wirklich ihr Freund war?

Während er noch darüber nachdachte, spürte er das Vibrieren. Ein lautes Dröhnen erfüllte die Luft. Einen Moment lang zogen wahnhafte Bilder an ihm vorüber. Ein Erdbeben? Oder ein Hirnschlag? Riss der Boden auf oder schoss ihm das Blut aus den Ohren?

Dann fuhr der Güterzug vorbei und verschluckte die Scheinwerfer des Autos. Das Mädchen brauchte einige Momente länger, um zu realisieren, was passiert war.

»Blöd, dass er nicht hier ist, dein Freund«, sagte er. Die Kühle wich aus ihrem Blick. Sie machte einen Schritt zurück, doch entkommen konnte sie nicht.

»Ich brauche auch nur fünf Minuten«, sagte er. Und dann packte er sie.

Der Rest war von der Zeitung ziemlich detailgetreu nachgezeichnet worden. Als er die Zeilen las, war nichts mehr von der Übelkeit der letzten Tage zu spüren. Sein Kopf brummte nicht mehr. Seine Gedanken waren klar und scharf.

Er legte die Zeitung auf den Tisch, stand auf und zog sich an. Sein erster Weg führte in die Himberger Straße hinab, wo er bereits von Weitem ein Polizeiauto stehen sah. Er zog sich die Mütze tief ins Gesicht und drehte wieder um.

Danach suchte er eine kleine Seitengasse zwischen Himberger Straße und jener Wohnung auf, in der er die vorletzte Nacht verbracht hatte. Mülltonnen, Plastiksäcke und Kisten standen dort aufgestapelt. Nach einigen Minuten fand er, wonach er gesucht hatte. Er hatte sich nicht getäuscht. Er zog einen schwarzen Stöckelschuh und die schwarze Handtasche hervor, die er dort versteckt hatte. Ihr Geruch hatte sich in ihre Sachen gefressen.

Er packte die Gegenstände in den Rucksack, den er mitgebracht hatte, und machte sich wieder auf den Rückweg in die Wohnung.

Er hatte noch einige Stunden Zeit, bevor seine Freundin von ihrer Schicht zurückkommen würde. Er ging in sein »Arbeitszimmer«, einen kleinen Abstellraum, in dem er an einigen »Projekten« arbeitete, wie er seiner Freundin erklärte. Tatsächlich lagen auf dem Tisch ein Radio und Teile eines Fernsehers, an denen er vor einigen Monaten herumgeschraubt hatte. Ansonsten bewahrte er hier seine Pillen, Gras und Erotikmagazine auf. Sie lagen in Kisten, die auf einem hohen Abstellregal standen. Er hatte seiner Freundin strikt untersagt, das Zimmer zu betreten, und er wusste, dass sie sich daran halten würde.

Er hob die Kisten herunter und legte den Stöckelschuh sowie die Handtasche hinein. Er ärgerte sich, dass er kein Haar von ihr mitgenommen hatte. Die hatten ihm besonders gut gefallen.

Als er alles gut verstaut hatte, ging er wieder in die Küche. Dort stand sein Frühstück noch unberührt auf dem Tisch.

Er setzte sich, nahm einen Schluck kalten Kaffee und aß das Omelett, während er nachdachte. Aus dem Zeitungsbericht ging nicht hervor, ob die Polizei eine Spur hatte. Er dachte angestrengt nach, aber er war sich sicher, nichts am Tatort zurückgelassen zu haben. Bloß etwas von seinem Sperma war womöglich an ihrem Oberschenkel zurückgeblieben.

Zunächst hatte sie sich gewehrt, doch als sie verstand, was er vorhatte, war sie erstarrt. Unter dem alles verschlingenden Dröhnen des Zuges hatte er mit einer seiner großen Hände ihren Mund zugehalten, während er sie hinter eine Plakatwand gezerrt hatte.

Es war wie im Rausch geschehen, und doch hatte er alles so klar vor sich gesehen. Zum ersten Mal hatte er die völlige Kontrolle gehabt, die Kontrolle über alles. Er hatte ihr den Rock hochgerissen und seine Hose geöffnet, als sie sich wieder zu bewegen begann.

Er erkannte, dass es keinen Sinn hatte. Also umschloss er ihren Hals mit seinen Händen und drückte zu. Die Schläge, mit denen sie sein Gesicht bedeckte, wurden schwächer. Schließlich sackte sie zusammen.

Erst da bemerkte er, dass wieder Stille eingekehrt war. Kein Zug war mehr zu hören. Er lauschte in die Dunkelheit. Er hörte, wie ein Auto vorbeifuhr. Aber die Plakatwand schützte ihn vor fremden Blicken.

Schon oft hatte er sich ein solches Szenario vorgestellt. Das Gefühl der Macht hatte ihm Lust verschafft. Und nun, als seine geheimsten Sehnsüchte endlich in der Wirklichkeit einer bitterkalten Oktobernacht angekommen waren, verliehen sie ihm das Gefühl von allumfassender Kontrolle. Ohne nachzudenken, wusste er, was er zu tun hatte. Er wollte zu Ende bringen, was er angefangen hatte.

Eine gute Stunde hatte er gearbeitet und weder Kälte noch Müdigkeit verspürt. Die Möglichkeit, dass jederzeit jemand hinter die Plakatwand blickten konnte, kam ihm kein einziges Mal in den Sinn. Er wurde von einem Gefühl getrieben, das ihm in seiner beengten Gemeindebauwohnung völlig fremd war, das er, ohne Arbeit oder Perspektive oder Interesse an irgendetwas, nicht gekannt hatte. Es war das Gefühl, unbesiegbar zu sein.

Seine Gedanken kehrten in die Gegenwart zurück. Er stellte das Geschirr in die Spüle und blickte noch einmal auf die Titelseite der Zeitung.

Seine Tat versetzte eine ganze Stadt in Angst. Er war der Schrecken, der die Menschen nachts in ihren Albträumen heimsuchte. Mit einem Mal hatte er mehr Macht über die Gefühle dieser unbekannten, unbedeutenden Menschen als irgendjemand sonst. Und das Rauschen, das allumfassende und dröhnende Rauschen in seinem Kopf, war verschwunden.

Doch er war unvorsichtig gewesen. Er war spontan und stümperhaft vorgegangen.

Das würde ihm das nächste Mal nicht passieren.

Freitag, 28. Oktober
Berggasse, Wien-Alsergrund

Ein Tag, drei Wochen.

Es gibt Berufe, für die Zeit eine kritische Rolle spielt. Für Ärzte etwa, die in Erfahrung bringen müssen, wie lang das Herz ihres Patienten schon nicht mehr schlägt oder seit wann sein Gehirn nicht mehr mit Sauerstoff versorgt ist. Für Anwälte und Richter sind gewisse Fälle ab einem bestimmten Stichtag verjährt.

Für Ermittlungen der Mordkommission gibt es zwei Fristen, die alle unsere Handlungen begleiten. Die erste Frist beträgt 24 Stunden. Die meisten Mordfälle werden innerhalb eines Tages geklärt, weil die Täter zumeist im direkten Umfeld des Opfers zu finden sind. Manchmal haben sie den Tatort noch nicht einmal verlassen, wenn wir eintreffen, und stellen sich bereitwillig der Polizei.

Die Leiche von Alexandra hatten wir am 26. gefunden, am Nationalfeiertag. Nachdem wir den Tatort gesichert, den Angehörigen Bescheid gegeben und das engste Umfeld befragt hatten, ermittelten wir ab dem 27. im großen Stil.

Es war Freitagvormittag, und damit war unsere Frist von 24 Stunden so gut wie verstrichen. Wenn wir nach Ablauf dieser Frist nichts in Händen hielten, konnten wir uns auf einige lange und harte Wochen einstellen, Wochen ohne allzu viel Schlaf, ohne frühe Feierabende und ohne entspannte Familienausflüge. Dann standen uns langwierige Ermittlungen bevor, deren Ausgang völlig offen war.

Der Mann, der jetzt vor mir saß, war unsere Chance, diese Wochen zu vermeiden. Er war die Möglichkeit, diesen ganzen verdammten Fall hinter uns zu bringen.

»Nennen Sie Ihren Namen, Ihr Alter, Ihren Beruf und Ihre Adresse fürs Protokoll«, hörte ich Eddie sagen.

»Max Klinger, 21 Jahre alt, Bankangestellter, wohnhaft in der Per-Albin-Hansson-Siedlung, Block 2, Tür 34.«

Ich blickte auf. Die Per-Albin-Hansson-Siedlung war nicht weit vom Tatort entfernt. Es war ein Stück Schweden in Wien. Per Albin Hansson war während des Zweiten Weltkriegs der schwedische Ministerpräsident gewesen. Unter seiner Führung hatte Schweden Österreich beim Wiederaufbau nach dem Krieg unterstützt.

In der Siedlung, die drei große Blocks umfasste, gab es Straßen und Gassen, die nach schwedischen Städten wie Malmö oder schwedischen Persönlichkeiten wie Selma Lagerlöf benannt waren. Jedenfalls war es nicht uninteressant, dass der Mann in einer Siedlung wohnte, die vom Tatort zu Fuß erreichbar war.

Wir hatten gestern jeder befragten Person die Phantomzeichnung vorgelegt, die wir nach Lisa Bergers Beschreibung anfertigen konnten. Niemand erkannte den Mann. Doch heute morgen, als wir einen der Barkeeper aus dem Azzurro vernahmen, landeten wir einen Volltreffer.

Der Barkeeper, ein dünner Mann mit zahlreichen Tätowierungen und zwei Ohrringen, die seine Ohrläppchen ungesund weit nach unten zogen, starrte einige Zeit auf das Bild, kratzte sich am Kopf und bekam schließlich große Augen.

»An den erinnere ich mich!«, sagte er. »Der hat sich ganz schön was reingestellt. War viel zu früh da, schien recht nervös, ist den ganzen Abend fast nicht von der Bar weggegangen. Lehnte am Tresen und hat ein Bier nach dem anderen gekippt.«

»Wissen Sie, wie der Mann heißt?«, fragte ich, ohne mir große Hoffnungen zu machen.

»Ich glaube, Krüger oder Klinger«, sagte der Barkeeper und legte den Kopf zur Seite, als ob ihm dann der Name aus dem Ohr purzeln würde. »Der Typ sah aus, als hätte er noch nie ein Bier in der Hand gehabt, und da er einer meiner ersten Gäste war, hab ich ein bisschen mit ihm gesprochen. Glaub, er arbeitet in einer Bank im Vierten oder so.«

Kurz darauf waren wir alle Bankfilialen im vierten Bezirk durchgegangen und tatsächlich: Wir wurden in der Erste Bank fündig. Dort gab es einen Angestellten namens Max Klinger. Zwei Kollegen holten ihn umgehend ab und brachten ihn in die Berggasse.

Und jetzt saß er uns gegenüber, der Mann, der am Abend, an dem sie starb, offenbar unbedingt mit Alexandra tanzen wollte, sich aber nicht zu fragen traute.

Klinger war groß und schlaksig, das schüttere Haar klebten ihm auf der Stirn. Er schien stark zu schwitzen und saß zusammengesunken in seinem Stuhl.

Klinger hatte den Blick starr auf den Tisch gerichtet, versuchte sein Zittern zu unterdrücken und hatte offenbar vergessen, seinen übergroßen grauen Anzug aufzuknöpfen, den er noch immer trug. Diese Person sah so sehr nach Bankangestelltem aus, dass seine Aufmachung beinahe ironisch wirkte.

»Herr Klinger«, sagte ich freundlich.

Sein Kopf zuckte ruckartig in meine Richtung. Seine Augen waren zusammengezogen. Er war offenbar kurzsichtig, doch ich konnte nirgendwo eine Brille entdecken.

»Wollen Sie nicht vielleicht Ihr Sakko ausziehen?«, fragte ich und lächelte.

Klinger schien sich ein wenig zu entspannen. Er hob sich von seinem Stuhl, wackelte kurz gefährlich, blieb dann aber fest stehen. Langsam zog er das Sakko aus und hängte es behutsam über die Lehne. Dann setzte er sich wieder, und wir sahen einander an.

»Ich bin Ernst Geiger und leite die Mordermittlungen im Fall Alexandra Schriefl.« Ich sagte es ganz sachlich und nüchtern, doch die Worte taten ihre Wirkung. Klingers Augen weiteten sich, und ein neuer Schweißfilm trat ihm auf die Stirn.

»Warum ... Wieso wollen Sie mit ... gerade mit mir sprechen?«, brachte er heraus.

»Reine Routine«, sagte ich und lehnte mich ein wenig zurück.

»Sie waren doch während der Nacht des Mordes in der Disco, nicht wahr?«

Klinger zögerte kurz, bevor er antwortete. »Ja, ich war dort.«

»Sie wissen, von welchem Tag ich spreche?«

Er blickte mich verunsichert an. »Natürlich. Der 25. Oktober. Der Tag vor dem Nationalfeiertag.«

»Sie erinnern sich offenbar gut an diesen Abend.«

Das hatte gesessen. Die Gesichtszüge von Klinger wollten sich verzweifelt aus der Starre befreien, in die sie der Bankbeamte zu zwingen versuchte.

»Nein, denken Sie bitte nicht … Es ist nur …« Seine Stimme wurde leiser. Ängstlich stammelte er: »Ich gehe nicht so oft aus, wissen Sie. Praktisch nie.«

»Warum sind Sie an diesem Abend ausgegangen, Max?«

»Es ging jeder aus. Es war doch der Tag vor dem Nationalfeiertag. Ich hörte die Kollegen reden …«

»Sie hörten die Kollegen reden, und trotzdem waren Sie alleine fort?«

Klinger entfuhr tatsächlich so etwas wie ein Lachen. »Sind Sie mit allen Ihren Kollegen befreundet?«

»Nein.«

»Ich auch nicht«, sagte er.

»Wir wissen, dass Sie sich nach Alexandra erkundigt haben. Kannten Sie sie?«

Klinger schüttelte den Kopf. Ich schwieg und wartete, dass er weiterreden würde.

»Ich hatte sie vor diesem Abend noch nie gesehen. Aber auf der Tanzfläche ist sie mir sofort aufgefallen. Die Locken und der Pullover.«

Die Bilder des Tatorts kamen mir in den Sinn. Ein Pullover, an einen Baumstamm gebunden. Locken, die wie Ranken ein ausdrucksloses Gesicht verdeckten. Ich verdrängte sie und konzentrierte mich wieder auf Klinger.

»Sie hat Ihnen gefallen?«

»Ja«, sagte Klinger. »Ja, sie ist ein sehr hübsches Mädchen.« Er stockte kurz. »Ich meinte, sie war ...«

»Erzählen Sie mir, was vorgefallen ist«, sagte ich. »Und lassen Sie nichts aus.«

Klinger seufzte, holte Luft und sagte: »Ich wollte sie ansprechen. Den ganzen Abend schon habe ich mir gedacht, wie wunderbar es wäre, mit ihr zu tanzen. Also bin ich zu einer ihrer Freundinnen und habe gefragt, ob sie mich vorstellen könnte. Aber sie meinte nur, ich solle sie selbst fragen.«

»Was Sie getan haben?«

»Nein«, sagte Klinger beschämt. »Ich habe mich herumgedrückt, und als ich mich endlich überwunden hatte, war sie schon weg. Ich bin nach draußen gelaufen, um nach ihr zu suchen. Ich sah sie in Richtung Tankstelle gehen.«

»Wann war das?«

»Irgendwann zwischen 2 und 2.30 Uhr früh, würde ich schätzen.«

»Was ist dann passiert?«

»Ich ging ihr nach, aber ich glaube nicht, dass sie mich bemerkt hat. Ich konnte sie telefonieren hören, in einer Telefonzelle. Sie sprach offenbar mit ihrem Freund. Können Sie mir das erklären?«, fragte er plötzlich. »Was ist das für ein Kerl? Lässt seine Freundin ganz allein ausgehen. Warum? Kümmert er sich denn nicht um sie? Er muss sie doch beschützen. Ein so schönes Mädchen, ganz allein ...«

Ich sagte nichts. Rückblickend betrachtet wäre Alexandra wohl nicht ermordet worden, wäre ihr Freund an diesem verhängnisvollen Abend bei ihr gewesen. Aber wollte ich in einer Welt leben, in der von einer solchen Möglichkeit ausgegangen werden musste, wenn sich junge Mädchen schminkten und hübsch machten, um abends auszugehen? Ich wollte es nicht. Was nichts daran änderte, dass ich mich damit auseinandersetzen musste.

»Was passierte, nachdem sie telefoniert hatte?«, unterbrach ich Klinger, der im selben Tenor fortgefahren war.

Er starrte mich an. »Nichts. Sie ging die Straße hinunter, bis ich sie nicht mehr sehen konnte.«

»Sie haben nicht mit ihr gesprochen?«

»Nein.«

»Sie haben sie den ganzen Abend beobachtet, waren bei einer ihrer Freundinnen, haben sie nach draußen verfolgt, haben sie belauscht – und haben sie nicht angesprochen?«, fragte ich.

»Nein, habe ich nicht«, sagte Klinger.

»Warum nicht?«, fragte ich, und beinahe musste ich lachen. Das klang lächerlich. Offenbar hatte er den ganzen Abend an nichts anderes gedacht.

»Weil ich Angst hatte«, sagte Klinger plötzlich. Seine Stimme war leise. Das Zittern hatte sich von seinen Händen in seine Stimmbänder hinaufgearbeitet.

»Angst wovor?«

Er blickte mich an, als hätte ich soeben die dümmste vorstellbare Frage gestellt.

»Wovor? Was denken Sie denn? Sehen Sie mich doch an!« Das Zittern war aus seiner Stimme verschwunden. Ich warf einen kurzen Blick auf den Polizisten, der mit uns im Zimmer war. Auch ihm war die Veränderung des Tonfalls nicht entgangen. Wachsam blickte er zu uns herüber.

»Sie hätte mich doch bestimmt abgelehnt! Ich hatte Angst ... dass sie mich zurückweist, vielleicht sogar auslacht ... und was dann? Was bliebe mir dann noch übrig? Sie haben sie doch gesehen, oder?«

Ich nickte.

»Sie war so perfekt ... Was würden Sie tun, wenn Sie das Schönste, was Sie je gesehen haben, ablehnt? Was würde das bedeuten?« Ich blickte ihn an. Klinger atmete schwer.

Und als ich ihn vor mir sah, wurde mir klar: Es ist die Angst, die den Traum von der Wirklichkeit trennt.

Eine Weile sagte niemand etwas.

Schließlich fragte ich: »Was ist dann passiert?«

»Dann bin ich heimgefahren.«

»Kann das irgendjemand bestätigen?«

»Ich habe ein Taxi zu meiner Wohnung genommen. Vielleicht kann der Taxifahrer das bestätigen?«

Ich ließ Klinger mit dem Polizisten im Verhörzimmer zurück, ging in mein Büro und telefonierte mit dem Taxiunternehmen, das mir Klinger genannt hatte. Kurz darauf hatte ich einen missmutig klingenden Wiener am Apparat.

»Was wollen Sie denn wissen, Herr Doktor?«, fragte er, nachdem ich ihm die Situation erklärt hatte. »Arbeiten die Doktoren jetzt schon bei der Polizei?«

»Ich müsste wissen, ob Sie sich erinnern, wen Sie am 26. Oktober um 2.30 Uhr Früh gefahren haben.«

»Warten Sie, ich schau schnell nach.«

Ich hörte ein Poltern, offenbar kramte er in irgendeiner Schublade. »Super Nacht, das kann ich Ihnen sagen. Die ganzen jungen Leute haben vor dem Feiertag ordentlich einen draufgemacht. Brauchen dann immer ein Taxi, das sie nach Hause bringt. Ah, da haben wir es.«

Er las vor: »Disco Azzurro zur Per-Albin-Hansson-Siedlung, Abfahrt 2.17 Uhr, Ankunft 2.25 Uhr.«

»Können Sie sich an den Fahrgast noch erinnern?«

»Und ob ich mich erinnere!« Die Stimme des Taxifahrers klang plötzlich gar nicht mehr gemütlich. »Das war doch der, der mir auf die Motorhaube gekotzt hat! Bevor ich aussteigen konnte, ist er einfach weggerannt, rein ins Haus und Tür zu, dieser Volltrottel. Ist der bei Ihnen? Das ist ein Verbrecher! Der schuldet mir mindestens zwanzig Schilling!«

Bevor mir der Taxifahrer erklären konnte, was wir am besten alles mit seinem betrunkenen Fahrgast anstellen sollten, bedankte ich mich höflich und legte auf. Die Möglichkeit, dass Klinger gewartet hatte, bis der Taxifahrer weg war, dann den Weg zurück antrat und die Tat beging, schien mir, noch dazu in seiner offensichtlichen Trunkenheit, verschwindend gering. Offenbar hielt sein Alibi. Gut für ihn, schlecht für unsere Ermittlungen.

Ich kehrte in den Verhörraum zurück und setzte mich wieder Klinger gegenüber. Offenbar erkannte er, dass ich enttäuscht war, und das machte ihn nur noch nervöser. Er konnte ja nicht wissen, dass ich euphorisch gewesen wäre, hätten wir ihn irgendeiner Straftat überführen können.

»Es scheint, dass sich der Taxifahrer an Sie erinnern kann«, sagte ich. »Sehr gut sogar. Sie dürften seine Motorhaube verunreinigt haben.«

Klinger sank tiefer in seinen Sessel und lief rot an. Entweder hatte er dieses Detail schon völlig vergessen oder es mir verschwiegen. Doch es konnte mir auch egal sein. Für den Fall war es irrelevant.

»Als Sie ins Taxi gestiegen sind, ist Ihnen irgendetwas aufgefallen?«

Klinger dachte angestrengt nach. »Ich glaube, da war ein schwarzer Wagen ... Ein schwarzer Wagen ist im Schritttempo die Himberger Straße hinabgefahren. Das Taxi ist an ihm vorbeigefahren ...«

»Wissen Sie, um welches Modell es sich gehandelt hat? Konnten Sie das Nummernschild erkennen?«, fragte ich, obwohl ich wusste, wie sinnlos diese Frage war.

»Ein VW vielleicht?« Klinger blickte mich an, als könnte ich seinen Erinnerungsversuch bestätigen. »Ich erinnere mich noch, dass es mir seltsam vorkam, wie langsam das Auto fuhr ... Als ob es nach jemandem suchen würde.«

Ich bemühte mich nicht, Klinger zu sagen, dass bereits unzählige Zeugen die verschiedensten Automodelle als verdächtig beschrieben hatten, darunter auch viele schwarze VWs.

Aber eine Suchanfrage nach einem schwarzen VW herauszugeben, noch dazu ohne Kennzeichen, der in der Nacht auf den Nationalfeiertag in der Himberger Straße unterwegs war, da konnte man genauso gut einen Fisch in Wien in die Donau werfen und in Bratislava darauf warten, ihn aus dem Fluss zu ziehen.

Ich wollte Klinger zwar noch nicht vollständig aus dem Kreis der Verdächtigen ausschließen, aber er hatte sich, soweit ich feststellen konnte – bis auf die Verunreinigung – nichts zuschulden kommen lassen.

So vielversprechend diese Spur auch begonnen hatte, sie stellte sich als Sackgasse heraus. Klinger hatte ein Alibi.

Ich seufzte. »Sie müssen noch ein paar Formalitäten bei meinem Kollegen unterschreiben«, sagte ich zu ihm. »Dann können Sie gehen.«

Der Beamte nahm meinem Platz ein, doch ich hörte schon nicht mehr, was er zu dem Bankkaufmann sagte. Mechanisch war ich aufgestanden, hatte meinen Stuhl zurückgeschoben und war auf den Gang getreten. Beißender Zigarettenrauch brachte mich zurück in die Gegenwart. Ich sah Eddie an der Wand lehnen, die Arme vor der Brust verschränkt, in der rechten Hand glomm der Stummel einer Zigarette.

»Wie ist es gelaufen?«, fragte er.

»Beschissen«, antwortete ich. Eddie griff wortlos in die Brusttasche seines Hemdes und fischte eine Packung Camel heraus. Geschickt öffnete er sie mit seiner freien linken Hand und hielt sie mir hin. Ich zog eine Zigarette heraus, er gab mir Feuer, und schon erfüllte unser Qualm den Gang.

»Sehr wahrscheinlich, dass dieser Klinger der Letzte war, der Alexandra lebend gesehen hat«, sagte ich. »Aber er war wohl schon ziemlich betrunken. Und ein Taxifahrer kann sein Alibi bestätigen. Er scheidet also erstmal aus.«

»Das wird Edelmax gar nicht freuen«, sagte Eddie. »Damit sind die ersten 24 Stunden um.«

Ich nickte mit düsterer Miene.

Ein Tag, drei Wochen: die beiden Zeiteinheiten, nach denen jede Uhr in der Mordkommission lief. Wir hatten nun drei Wochen Zeit, diesen Fall zu lösen. Mit jedem Tag würden die Spuren kälter werden, die Hinweise undeutlicher, die Antworten auf unsere Fragen würden sich weiter von der Wirklichkeit entfernen. Nach drei Wochen endeten die aktiven Ermittlungen, danach waren wir auf glückliche Fügungen angewiesen.

Eddie wusste das genauso gut wie ich.

»Auf die nächsten drei Wochen«, sagte ich zu meinem Kollegen und machte mich auf den Weg in mein Büro.

Sonntag, 30. Oktober
Lainzer Tiergarten, Wien-Hietzing

Die Sonne hatte sich noch einmal bitten lassen und brach die klirrende Kälte, die sich mittlerweile über die Stadt gelegt hatte, auf.

Eva und ich hatten beschlossen, den Sonntag zu nutzen, um ein wenig durch den Lainzer Tiergarten zu spazieren. Unsere Kleine fuhr auf dem Kinderrad vor uns her.

Wir gingen gerne hier spazieren, an der Hermesvilla vorbei, diesem »Schloss der Träume«, wie Kaiserin Sisi das romantische Jagdschloss nannte, das ihr Kaiser Franz Joseph zum Geschenk gemacht hatte, in dem Versuch, seine Frau in Wien zu halten, oder auf die Hubertuswarte hinauf, und schafften uns so einen privaten Raum, aus dem wir den Beruf heraushalten konnten.

Wir sprachen dann über Katja, über unseren nächsten Besuch bei meiner Mutter und Skifahren am Schneeberg. Doch heute konnte ich meine Gedanken nicht von der Arbeit lösen. Ich musste immer wieder an das Gespräch mit Edelbacher denken, das ich am Samstag geführt hatte. Oder besser: das er mit mir geführt hatte.

»Ernst«, hatte er gesagt, und seine Augen hatten in meine Richtung geblitzt. »Einen Reinfall wie gestern dürfen wir uns nicht mehr erlauben. Bis jetzt haben wir hunderte Leute befragt und keine einzige verwertbare Spur!«

»Ich weiß«, sagte ich, »aber niemand konnte wissen ...«

Edelbacher hatte bloß abgewunken und mir eine Zeitung vor die Nase gelegt. Ich nahm sie und blätterte darin. Bereits nach wenigen Seiten wurde ich fündig: vier Seiten über die hübsche Verkäuferin Alexandra Schriefl und ihren tragischen, grausamen Tod. Der Artikel hielt nicht mit Informationen und Spekulationen hinter dem Berg. Noch dazu zeigte er zahlreiche Fotos von Alexandra, auf einem davon war sie sogar oben ohne beim Sonnenbaden abgelichtet. Die Taktlosigkeit verschlug mir die Sprache. Ich legte die Zeitung zurück.

»Wie kommen die an solche Fotos?«, fragte ich Edelbacher.

Der zuckte nur mit den Schultern. »Das kann uns egal sein. Was uns nicht egal sein kann, ist eine landesweite Hysterie. Aller Augen, die der Bürger und die der Politik, sind auf die Polizei gerichtet. Nehmen Sie sich den Tag morgen frei, machen Sie was mit Ihrer Familie. Aber am Montag sind Sie als Erster im Büro. Und dann wird nicht mehr geschlafen, bis dieser Fall gelöst ist. Verstanden?«

Ich hatte verstanden. Also versuchte ich, diese letzten Stunden im Sonnenlicht zu genießen, ehe mich die Büroräume der Berggasse verschlucken würden. Aber so richtig wollte es mir nicht gelingen.

»Woran denkst du?«, fragte Eva. Sie bemerkte stets, wenn ich Arbeit mit nach Hause brachte. »Ist es der neue Fall?«

Ich nickte nur. »Wir haben keine Spur. Edelmax macht Druck, weil die Medien den Fall mit jedem Tag stärker ausschlachten. Auf so etwas war bei uns niemand vorbereitet.«

Eva umschloss sanft meinen Unterarm. »Ihr werdet das schon hinbekommen.«

Ich wollte ihr glauben, doch es fiel mir schwer. Schweigend spazierten wir am Lainzer Teich vorbei. Es war schon viele Jahre her, ich hatte damals gerade erst meinen Dienst bei der Polizei angetreten, da war ich an einem nebligen Morgen vor diesem Teich gestanden. Ein Spaziergänger hatte die Polizei verständigt, als er ein weißes Kleid im Wasser treiben sah.

Als ich eintraf, dachte ich zunächst, bei dem Ding im Wasser handle es sich um eine riesige Wasserpflanze. Von einer aufgeblähten, weißen Blüte führte ein dichtes, schwarzes Wurzelnetz fort und schien sich im Wasser zu verlieren. Doch auf den zweiten Blick wurde mir klar, dass es sich um eine Frau in weißer Arbeitskleidung handelte.

Zusammen mit zwei Kollegen fischten wir sie aus dem Wasser. Wie sich später herausstellte, handelte es sich um eine Krankenpflegerin aus der Tschechoslowakei, die in einem nahegelegenen Altenheim gearbeitet hatte. Offenbar war sie frühmorgens an den Teich gekommen, ins Wasser gestiegen und immer weiter hineingewatet, so lange, bis sie den Boden unter den Füßen verloren hatte. Sie war dann vermutlich noch ein paar Meter weiter geschwommen, ehe sie alle Bewegungen einstellte und in die Tiefe gezogen wurde. Ein paar Atemzüge, und die Lungen füllten sich mit Wasser, verdrängten den Sauerstoff aus dem Körper.

Wir fanden keine Spuren von Fremdeinwirkung. Alles deutete darauf hin, dass die Frau freiwillig ins Wasser gegangen war. Das war die erste Leiche, die ich in meiner Laufbahn als Polizist zu sehen bekam.

Was haften blieb, waren nicht die Bilder des bleichen, aufgedunsenen Körpers oder die bläulichen Lippen. Es war der Geruch. Menschliche Leichen haben einen eigenen Geruch, den man nicht mehr vergisst. Es ist etwas, was sie alle, über Zeiten und Orte und Namen hinweg, miteinander verbindet.

»Möchtest du noch eine kleine Runde gehen?«, hörte ich Eva fragen. Als wäre ich gerade erst aufgewacht, nahm ich wahr, wo wir uns befanden. Vor uns lag das Lainzer Tor. »Wir könnten noch bei der Hermesvilla vorbei«, schlug sie vor.

»Nein«, sagte ich. »Mir wäre lieber, wir würden nach Hause gehen.«

Montag, 31. August
Berggasse, Wien-Alsergrund

Ein dumpfes Geräusch ließ mich zusammenzucken. Ich hob den Blick von einem Stapel Protokolle. Eddie starrte auf einen Aktenberg, der soeben in sich zusammengefallen war. Blätter lagen wild verteilt auf dem Schreibtisch. Seit Stunden arbeiteten wir in meinem Büro und gingen die Vernehmungsprotokolle durch. Stündlich trugen Beamte neue Ordner herein, voll mit Protokollen von Gesprächen, die von zahlreichen Beamten durchgeführt wurden. Wir standen an der Spitze der Nahrungskette und sichteten die Ergebnisse. Wenn uns etwas verdächtig vorkam, würden wir den Zeugen noch einmal selbst befragen.

»Wir haben nichts«, sagte Eddie und bestätigte damit meine Gedanken. »Die ganze Woche hocken wir jetzt schon hier und laden einen Discojüngling nach dem anderen vor. Wir haben mehr als fünfhundert Leute vernommen und keine Spur!« Er hatte sich seit einigen Tagen nicht mehr ordentlich gekämmt, und tiefe Ringe hatten sich unter seine Augen geschoben. Sein jugendliches Gesicht hatte sich in eine Maske von Verbitterung und Entnervtheit verwandelt. Ich fragte mich, was er sah, wenn er mir ins Gesicht blickte.

»Das stimmt so nicht ganz«, versuchte ich ihn zu ermutigen. »Wir haben immerhin ganz schön viele Anrufe erhalten, die von einem maskierten Täter erzählen, der in der Gegend schon öfters Frauen belästigt hat. Möglich, dass es da einen Zusammenhang gibt.«

»Ein maskierter Mann«, sagte Eddie und stöhnte auf. »Na, dann ist es ja das reinste Kinderspiel. Wir müssen nur einen maskierten Mann finden, und der Fall ist gelöst.«

Margit kam mit einem Tablett herein. Der Duft von frischem Kaffee lüftete mein Gehirn ein wenig durch. Ich wollte mich gerade bedanken und mir meine Tasse vom Tablett nehmen, als ein Polizist eintrat.

»Wir haben da jemanden«, sagte er, »der könnte euch interessieren.«

Eddie und ich wechselten einen raschen Blick. Ich öffnete eine Lade meines Schreibtischs und nahm einen kleinen Umschlag heraus, den ich in die Innentasche meines Sakkos steckte. Dann folgten wir ihm nach draußen. Sechs Büros waren für die Einvernahmen freigemacht worden, und sie waren fast rund um die Uhr besetzt.

»Werner Pritsch.« Der Polizist legte die Stirn in Falten. »Eindeutiger Fall. Wurde schon mehrmals wegen Belästigung gemeldet. Er ist zwanzig Jahre alt. Zeugen behaupten, ihn in der Disco gesehen zu haben. Es passt zusammen: Wohnt in der Nähe des Tatorts, hat eine einschlägige Vergangenheit und einen Hang zu Gewalt. Auch einige Frauen haben sich bereits über ihn beschwert.«

»Na dann«, sagte ich, als wir vor der Tür des Vernehmungsraums angekommen waren, »versuchen wir unser Glück.«

Eddie und ich betraten den Raum. Zwei Beamte saßen einem jungen Mann gegenüber, der gelangweilt in seinem Stuhl hing. Er hatte schwarzes Haar, schulterlang und nicht gerade gepflegt. Ein schlecht gestutzter Schnurrbart saß in einem langgezogenen Gesicht. Der Mann hätte eigentlich recht gut aussehen können, wenn er sich nur etwas Mühe geben würde.

Die beiden Beamten standen auf. Einer verließ den Raum, der andere lehnte sich schweigend an die Wand. Wir übernahmen jetzt das Kommando.

Eddie und ich setzten uns Pritsch gegenüber, vor uns auf dem Tisch lag der Akt über den Mann. Ich zog ihn zu mir her. Noch immer schien er keine Notiz von uns genommen zu haben. Diese Abwesenheit machte mich unruhig.

»Werner Pritsch?«, fragte ich. Keine Reaktion. »Mein Name ist Dr. Ernst Geiger, das hier ist mein Kollege Ewald Müller. Wir beschäftigen uns mit den Ermittlungen im Fall Schriefl. Sie wissen, wieso Sie hier sind?«

Endlich hob Pritsch den Kopf. Seine braunen Augen waren teilnahmslos, sein Blick hing im Raum wie eine flüchtige Rauchfahne, formlos, ausdruckslos. Ich konnte keine Angst darin erkennen, keine Wut, auch keine Nervosität. Genau genommen konnte ich gar nichts darin erkennen.

»Ja, Ihre Kollegen haben es mir gesagt«, antwortete Pritsch langsam. »Aber es ergibt überhaupt keinen Sinn.«

Ohne darauf einzugehen, fragte ich: »Wo waren Sie am Abend des 25. Oktober, Herr Pritsch?«

»Das habe ich doch Ihren Kollegen schon erzählt.«

»Dann erzählen Sie es uns eben noch einmal«, sagte Eddie und schaffte es, in sein Lächeln genauso viel Gereiztheit wie Höflichkeit zu legen.

»Ich war in der Disco Azzurro.«

»Allein?«, fragte ich, während ich den Akt durchblätterte.

»Ja, ein paar Leute habe ich dort getroffen. Ich bin öfters dort, man kennt sich.«

»Hier steht«, sagte ich, während ich den Akt wieder schloss und auf den Tisch zurücklegte, »Sie wären schon ein paarmal mit dem Gesetz in Konflikt geraten. Mit elf Jahren kamen Sie zu einer Pflegefamilie, drei Jahre später konnten Sie zu Ihren Eltern zurück. Mit 14 Jahren haben Sie zwei Mädchen ausgeraubt und mussten dafür drei Jahre in die Jugendstrafanstalt. Danach waren Sie immer mit einem Fuß im Gefängnis.«

»Und? Vielleicht steht dort auch drinnen, dass ich im Jugendgefängnis eine Schneiderlehre gemacht hab.«

»Sind Sie Schneider, Herr Pritsch?«, fragte ich.

»Nein«, sagte er. »Der Beruf macht mir keinen Spaß.«

»Was macht Ihnen denn Spaß?«

Pritsch zuckte nur mit den Schultern. »Fortgehen zum Beispiel. Mit Freunden was trinken. Die üblichen Sachen.«

»Sind Sie verheiratet?«

»Ich hab eine Freundin«, sagte Pritsch. Als er nicht weitersprach, fragte ich: »Und was macht Ihre Freundin?«

»Die Irmi ist Verkäuferin«, sagte Pritsch. »Arbeitet in einem Supermarkt.«

»Ihre Freundin arbeitet also«, sagte Eddie. »Und Sie sind zu Hause?«

»Ich schaue mich gerade um«, sagte Pritsch und funkelte meinen Kollegen feindselig an.

»Hören Sie«, sagte ich. »Hier steht, Sie sind schon öfters durch Gewalttaten aufgefallen. Ein paar Frauen haben ausgesagt, sie seien von Ihnen belästigt worden. Was sagen Sie dazu?«

Pritsch lehnte sich wieder zurück. »Warum geht ein Mädel in die Disco? Damit ein Kerl sie anspricht. Sollen sich nicht aufregen, wenn das passiert, oder?«

»Es geht hier nicht nur um Ansprechen.«

»Hören Sie«, sagte Pritsch, und zum ersten Mal war ein angriffslustiger Ton in seiner Stimme zu erkennen, »das ist bei den Mädeln halt so, zuerst sind sie super drauf und wollen was von dir, und wenn es nicht mehr passt, hast du sie belästigt. Ist doch alles Blödsinn.«

»Kannten Sie Alexandra Schriefl?«, fragte Eddie und wechselte damit das Thema. Vielleicht würde Pritsch so seine Verteidigung fallen lassen.

»Ich hatte nie mit ihr zu tun. Jetzt hab ich die Fotos in der Zeitung gesehen, und da hab ich bemerkt, dass ich sie vielleicht ein paarmal im Azzurro gesehen habe. Ich geh häufiger in die Disco.«

»Da ist Ihre Freundin nie dabei?«

Pritsch sah mich an, als hätte ich gerade gefragt, mit welchem Buchstaben das Alphabet beginnt. »Was braucht ein Mädel in die Disco gehen, wenn es eh einen Freund hat? Nein, die bleibt schön zu Hause, wenn ich mit ein paar Burschen auf ein Bier gehe.«

»Wie lange waren Sie denn in der Disco?«

»Muss ein Uhr Früh gewesen sein oder so, als ich heimgegangen bin.«

»Und Ihre Freundin kann das bestätigen?«, fragte ich.

»Nein«, antwortete Pritsch. Eddie und ich horchten auf.

»Ich bin nicht nach Hause«, erklärte Pritsch weiter. »Ich bin zu meinen Brüdern. Die teilen sich eine Wohnung, auch in Favoriten. Da hab ich einen Schlüssel und kann jederzeit rein. Ich hatte ein bisschen was gebechert, also bin ich zu ihnen gegangen. Wohnen nicht weit weg. Wollte nicht, dass sich die Irmi aufregt, nur weil ich ein bisschen was getrunken habe.«

»Machen Sie das häufiger?«, fragte Eddie. »Ein bisschen über den Durst trinken?«

»Manchmal«, sagte Pritsch und verschränkte die Arme vor der Brust. »Wenn ich einen guten Abend habe. Warum, ist das illegal?«

»Nein«, sagte Eddie. »Vielleicht ungesund«, fügte er dann hinzu.

»Ihre Brüder können Ihre Behauptung bestätigen?«, fragte ich.

»Sicher«, sagte Pritsch. »Rufen Sie einfach an.«

»Das werden wir«, antwortete ich. Ich zog den Umschlag, den ich aus meinem Büro mitgenommen hatte, aus meiner Sakkotasche. Pritsch musterte mich argwöhnisch.

»Ich möchte Ihnen jetzt drei Bilder zeigen, Herr Pritsch«, sagte ich. »Keine Sorge, es sind ganz gewöhnliche Kleidungsstücke. Ich möchte, dass Sie dabei an eine schöne Frau denken, Ihre Irmi zum Beispiel. Und dann möchte ich, dass Sie ein Kleidungsstück als Geschenk für sie wählen.«

Pritsch blickte zwischen Eddie und mir hin und her, als versuche er, aus unseren Mienen zu erkennen, welche Falle wir ihm stellen wollten. »Was soll das werden? Ist das ein Verhör, oder wollen Sie mir Kleidung verkaufen?«

»Würden Sie uns den Gefallen tun?«, fragte ich höflich.

»Was auch immer«, sagte Pritsch, doch ich merkte, wie er nervöser wurde. Er wusste nicht, worauf wir hinauswollten, und das verunsicherte ihn offenbar.

Ich legte drei Fotos vor mich auf den Tisch. Mit der linken Hand schirmte ich sie ab, sodass Pritsch sie nur schwer erkennen konnte. Eines schob ich auf die linke Seite, eines zwischen Eddie und mich, eines auf die rechte Seite. Eddie ließ seine rechte Hand über das Bild fallen, das ihm am nächsten war, ich hatte meine Hände auf den zwei anderen Fotos. Zugleich schoben wir sie in Pritschs Richtung, bemüht, einen großen Abstand zwischen den einzelnen Bildern zu lassen.

Als wir unsere Hände wegnahmen, wurde auf der linken Seite des Tisches ein altmodischer, schwarzer Wollmantel sichtbar, in der Mitte lag das Bild von schwarzen Stöckelschuhen und auf dem Bild, das Eddie an der rechten Tischkante platziert hatte, war ein bordeauxroter Strickpullover zu sehen.

Pritsch starrte so konzentriert auf den Tisch, dass er gar nicht bemerkte, wie ich aufmerksam seine Reaktion beobachtete. Vermutlich fühlte er sich wie bei einem 3-Hütchen-Spiel, ohne zu wissen, was sich hinter den Fotos verbarg.

Und dann kam sie: die Reaktion, auf die ich gewartet hatte. Sein Kopf bewegte sich leicht nach rechts, als würde der bordeauxrote Pullover seinen Blick magnetisch anziehen. Seine Augenbrauen zuckten, und seine Wangenmuskeln spannten sich für den Bruchteil einer Sekunde an. Innerhalb eines Atemzugs hatte Pritsch die Fassung wiedergewonnen, doch etwas war in seinem Blick aufgetaucht. War es die Angst gewesen, als Mörder enttarnt zu werden? Ein Wiedererkennen? Womöglich sogar Lust, Begierde, ein seltsamer Fetisch, der ihn bereits bei der Tat überfallen und ihn dazu gebracht hatte, diesen Pullover als Requisite bei der Inszenierung des Tatorts zu verwenden? Das waren alles Vermutungen, und eine Reaktion, die noch dazu nur den Bruchteil einer Sekunde gedauert hatte, war bei Weitem nicht genug, um Pritsch irgendetwas anzuhängen. Doch nach Tagen mit Verhören, die alle ins Leere gelaufen waren, war das die erste vielversprechende Wendung. Worte können lügen, Blicke nicht.

Pritsch hatte wohl bemerkt, dass seine Bewegung, so klein sie auch gewesen war, verräterisch gewirkt haben konnte. Er ließ den Kopf langsam von einer Ecke des Tisches zur anderen gleiten, als wäre es von Anfang an sein Plan gewesen, die einzelnen Fotos auf diese Weise zu mustern. Als sein Blick über die schwarzen Stöckelschuhe glitt, hatte er sich bereits besser im Griff, doch erneut zogen sich seine Augenbrauen kurz zusammen und seine Pupillen hüpften nach rechts, um noch einmal zum Pullover zu schielen. Beide Kleidungsstücke sahen jenen, die für unseren Fall eine wichtige Rolle spielten, zum Verwechseln ähnlich.

Vor einigen Tagen hatte ich die Fotos erhalten. Für mich war klar, dass der Täter irgendeine Verbindung zu den Kleidungsstücken haben musste.

Zuletzt blieb sein Blick beim Bild mit dem schwarzen Mantel hängen. Sein Gesicht entspannte sich merklich. Er zog es zu sich und hielt es uns entgegen.

»Der hier«, sagte er.

»Finden Sie nicht, dass der ein wenig langweilig wirkt?«, fragte Eddie unschuldig.

»Mein Geschmack ist doch wohl meine Sache!«, stieß Pritsch wütend hervor.

»Und außerdem, was soll das überhaupt? Was sind das für Fragen? Warum zeigen Sie mir diese Kleidungsstücke?«

»Ich hoffe, Sie verstehen, dass wir nicht über unseren Fall sprechen dürfen«, erklärte ich mit ruhiger Stimme. »Aber vielen Dank für Ihre Kooperation. Das war sehr hilfreich.«

»Sind Sie sicher, dass Sie nicht lieber den Pullover nehmen würden?«, fragte Eddie erneut. »Ich finde ja, der sticht geradezu heraus. Meiner Freundin würde er ausgezeichnet stehen. Was denken Sie?«

»Ich denke, Ihre Methoden sind völliger Schwachsinn.« Pritsch ging an die Decke. »Ich hab schon diesen blöden Mantel genommen, was wollen Sie noch?«

Darauf hatten wir gewartet. Pritsch verlor allmählich die Fassung, seine Verteidigung bröckelte. Wenn wir Antworten aus ihm herausbekommen würden, dann jetzt.

»Sie haben Alexandra nicht gekannt?«, fragte ich.

»Nein«, sagte Pritsch energisch, »das habe ich Ihnen ja schon …«

Doch Eddie ließ ihn nicht ausreden: »Sie hatten am Abend des Mordes keinen Kontakt mit Alexandra?«

»Nein, ich …«

»Sie haben Sie nicht angesprochen, als sie auf der Himberger Straße unterwegs war?«

»Nein!«

Pritsch schrie fast. Er hatte sich nach vorne gebeugt, und es wirkte, als könnte er jede Sekunde explodieren. Der Beamte, der bis dahin an der Wand gelehnt hatte, straffte die Schultern. Doch so schnell sich die Stimmung aufgeheizt hatte, so schnell fiel sie wieder in sich zusammen.

Pritsch atmete aus und lehnte sich zurück.

»Ich weiß nicht, was Sie da reden. Ich habe mit der Sache nichts zu tun. Rufen Sie meine Brüder an, überprüfen Sie mein Alibi. Ich habe nichts getan.«

Bevor ich etwas antworten konnte, ging die Tür auf.

»Dr. Geiger«, sagte der Beamte, der uns zum Verhör geführt hatte. »Es ist etwas hereingekommen, das sollten Sie sich anschauen.«

»Wir sind gerade mitten in einem Verhör!«, fuhr ihn Eddie an.

»Die Ergebnisse von der Gerichtsmedizin«, sagte der junge Mann schüchtern. »Ein Kollege vom EKF wartet in Ihrem Büro.«

Die Ergebnisse aus der Autopsie waren eingetroffen!! Mit etwas Glück würden wir gleich ein paar Hinweise mehr haben und konnten sie einsetzen, um etwas aus Pritsch herauszubekommen. Denn ich war mittlerweile überzeugt davon, dass er irgendetwas verbarg.

»Gut, wir werden Ihr Alibi prüfen«, sagte ich zu Pritsch. »Bitte warten Sie solange hier. Mein Kollege«, ich wandte mich an den Beamten, der das Gespräch verfolgt hatte, »wird sich bis dahin mit Ihnen unterhalten.«

»Sie bleiben auch hier«, sagte ich zu dem jungen Beamten, der gerade hineingestürmt war, als wir den Raum verließen.

»Kümmere du dich um sein Alibi«, sagte ich zu Eddie, als wir im Gang standen. »Je mehr wir wissen, desto besser.«

Eddie nickte.

Auf dem Rückweg in mein Büro schwirrten mir etliche Gedanken im Kopf herum. Pritsch hatte seine Fassung wiedererlangen können, doch mit den Fotos hatten wir einen wunden Punkt getroffen. Wenn es uns gelingen würde, ihn noch einmal zu so einer Reaktion zu zwingen, könnten wir ihn möglicherweise zu einem Geständnis bringen. Aber was würde er gestehen? Ob er wirklich der Mörder von Alexandra Schriefl war, darauf traute ich mich noch nicht zu wetten. Menschen können viele Motive haben, etwas zu verschweigen. Und nicht jede Tat, die man verheimlicht, ist gleich Mord.

Mit diesen Überlegungen betrat ich mein Büro. Margit saß am Schreibtisch und tippte eifrig in ihre Schreibmaschine. Vor meinem Tisch stand Ferdl Gennad, der auch am Tatort gewesen war.

»Ernst«, sagte er und streckte mir die Hand hin.

»Ferdl«, sagte ich und schüttelte sie. »Was hast du für mich?«

Er hob die kleine, braune Mappe hoch. Sie verharrte auf halbem Weg zwischen uns, denn bevor er sie mir übergab, erklärte er: »Ganz frisch von Dr. Ruben. Nicht viel Neues. Was wir bereits am Tatort vermutet haben, hat sich als richtig herausgestellt. Das Opfer ist erdrosselt worden, es gibt keine Abwehrspuren. Offenbar stand das Opfer unter Schock und konnte sich nicht wehren.« Bei den nächsten Worten blickte mich Gennad mit dem analytischen Blick an, für den er berüchtigt war. »Es kam allerdings zu keiner Penetration, offenbar hat der Täter das Opfer entkleidet, auf ihren Oberschenkel ejakuliert und sie danach erdrosselt. Die ganze Mühe mit dem

Pullover hat er sich post mortem gemacht. Wir können davon ausgehen, dass die Sache sehr schnell gelaufen ist.«

»Verstehe«, sagte ich. »Danke. Sonst noch etwas?«

»Die Gerichtsmedizin hat das Sperma analysiert«, sagte Gennad und reichte mir nun doch die Mappe. »Blutgruppe A.«

»Was?« Ich glaubte, mich verhört zu haben.

»Der Täter hat Blutgruppe A«, wiederholte Gennad gleichmütig. »Das wird uns natürlich nicht helfen, ihn zu finden, aber zumindest kann es uns helfen, Kandidaten auszuschließen.«

»Entschuldige mich«, sagte ich. »Ich muss zurück zu einem Verhör.«

Gennad, normalerweise für seine stoische Ruhe bekannt, blickte nun doch etwas verdutzt, als ich an ihm vorbeirauschte. Den Weg zum Verhörzimmer, in dem Pritsch saß, lief ich fast.

Vor der Tür wartete bereits Eddie auf mich. Wie so oft, wenn er keine guten Nachrichten hatte, steckte eine Zigarette zwischen seinen Lippen.

»Ich habe die Brüder erreicht«, sagte er mürrisch. »Beide behaupten, Pritsch war um 1 Uhr zu Hause und hat während der vermeintlichen Tatzeit bereits seinen Rausch ausgeschlafen. Ich habe sie trotzdem herbestellt, so ganz traue ich der Sache nicht …«

»Er war es nicht, Eddie«, unterbrach ich meinen Kollegen.

»Du müsstest doch wissen, dass Alibis von Verwandten so nützlich sind wie beim Papst der …«

»Gennad vom EKF hat mir gerade die Ergebnisse aus der Gerichtsmedizin gebracht«, schnitt ich ihm erneut das Wort ab, bevor er blasphemisch werden konnte. »Sie haben das Sperma ausgewertet. Der Täter hat Blutgruppe A.«

»Und?«, fragte Eddie.

»Ich habe vorhin in seiner Akte gelesen«, sagte ich. »Werner Pritsch hat Blutgruppe 0.«

»Scheiße«, sagte Eddie, und dann sagte er eine Weile gar nichts mehr.

Er vergaß die Zigarette in seiner schlaff herabhängenden Hand. Die Asche fiel in kleinen Bröckchen auf den Boden. »Das kann nicht sein«, sagte er schließlich. »Du warst doch dabei, wir beide haben es gesehen ... Dieser Typ weiß etwas! Er hat mit dieser Sache zu tun, das muss ich einem erfahrenen Kriminalisten wie dir doch nicht erzählen!«

Ich seufzte. »Eddie, ich verstehe dich. Ich gebe zu, was ich dort drin gesehen habe, war mehr als verdächtig. Aber was einem die Erfahrung auch zeigt, ist, dass man mit Gefühlen manchmal einfach falsch liegt. Und wir haben hier eindeutige Fakten, die gegen unsere Gefühle sprechen. Ein paar verdächtige Blicke und überstürzte Reaktionen wiegen vor keinem Gericht der Welt einen Blutgruppen-Vergleich auf.«

Eddie wollte etwas erwidern, doch er erkannte, dass ich recht hatte, also ließ er es bleiben.

»Dann bleibt uns wohl nichts anderes mehr übrig, als den Kerl heimzuschicken«, sagte er.

Ich nickte.

»Könntest du das übernehmen?«, fragte er tonlos. »Ich glaube, dazu bin ich heute nicht in der Lage.«

»Klar«, sagte ich. »Mach dir keinen Kopf.«

Während Eddie sich umdrehte und ins Stiegenhaus verschwand, betrat ich den Verhörraum. Die beiden Beamten standen gelangweilt vor Pritsch. Offenbar hatte sich das Gespräch totgelaufen. Pritsch hatte die Arme auf den Tisch gelegt und blickte mich ausdruckslos an.

»Herr Pritsch, ich bedanke mich für Ihre Kooperation. Sie können jetzt gehen.«

Pritsch lächelte. Es war kein Lächeln der Erleichterung, nicht einmal ein Lächeln aus Boshaftigkeit oder Schadenfreude, weil wir erneut ins Leere gegangen waren. Es war das Lächeln eines Mannes, der für sich keinen anderen Ausgang gesehen hatte als ebendiesen, der nur bestätigt bekam, was für ihn ohnehin unausweichlich war – Triumph.

»Kein Problem«, sagte er, als er aufstand und um den Tisch in meine Richtung kam. »Ich helfe der Polizei gerne, wo ich kann.«

Dann war er aus dem Zimmer und meinem Sichtfeld verschwunden. Die beiden Beamten sahen keine Notwendigkeit mehr, noch länger hierzubleiben, und verließen den Raum ebenfalls, um mit ihrer Arbeit weiterzumachen, die vermutlich aus noch mehr Vernehmungen bestand.

Nur ich blieb im Raum zurück, ratloser als je zuvor.

Freitag, 11. November
Berggasse, Wien-Alsergrund

Innerhalb der vergangenen zwei Wochen hatten wir beinahe mehr Anrufe mit Hinweisen auf potenzielle Täter erhalten, als es Einwohner in Wien gab. Wahrsagerinnen boten uns ihr drittes Auge an, das sehen konnte, was uns weltlichen Kriminalisten verborgen blieb. Pensionisten schworen, ihre Nachbarn mussten etwas mit der Sache zu tun haben, da sie laut waren, seltsam aussahen und im Stiegenhaus nicht grüßten.

Die Zeitungen berichteten von drei jungen Männern, die Alexandra angeblich gefolgt waren. Dann wieder soll es ein rotes Auto gewesen sein, das im Schritttempo hinter Alexandra hergefahren war. Oder ein schwarzes. Ein VW, oder ein Audi, oder war es doch ein Fiat? Manchmal konnte man das Gefühl bekommen, es war alles zusammen.

Der Besitzer der Disco Azzurro, der sich so amikal als Jürgen vorgestellt hatte, setzte sogar eine Belohnung von 10.000 Schilling für Hinweise aus, die zur Ergreifung des Täters führten. Vermutlich hatte er diese Prämie nicht ganz selbstlos ausgeschrieben, denn seit dem Vorfall hatte das Azzurro viel unbezahlte Werbung als Ausgangspunkt eines Gewaltverbrechens bekommen. Eine Werbung, auf die es wohl verzichten konnte.

Doch alle Hinweise und Prämien änderten nichts an der Tatsache, dass wir keine Spur hatten. Seit wir Pritsch hatten laufen lassen und auch der Bankbeamte Klinger entlastet worden war, gab es keinen konkreten Verdächtigen, den wir mit der Tat in Verbindung bringen konnten.

Hunderte Beamte bemühten sich nach wie vor, in ganz Favoriten nach einem Satz oder auch nur einem Wort zu suchen, das ernsthaft mit dem schrecklichen Tod von Alexandra Schriefl in Verbindung stand. Die Vernehmungen und Befragungen gingen ununterbrochen weiter, doch die Zahl der dafür abgestellten Beamten verringerte sich mit jedem Tag. Die Intervalle, in denen Polizeistreifen täglich am Tatort vorbeifuhren, um zu sehen, ob sich etwas verändert hatte, wurden länger und länger.

Alles deutete darauf hin, dass wir diesen Fall ungelöst zu den Akten würden legen müssen. Denn das Leben mit seinen Verbrechen und Dramen ging weiter, so unvorstellbar das auch für alle schien, die direkt von Alexandras Tod betroffen waren, für ihre Familie und Freunde. Neue Fälle würden schon bald unsere Aufmerksamkeit erfordern und die vergangenen Wochen zu einer Erinnerung werden, die sich aus unseren Büros an Orte stahl, in denen unabgeschlossene Rätsel ihrer Lösung harrten: in die kleinen Nischen, die zwischen Klarheit und Schlaf liegen.

»Das Ganze ist ein Albtraum«, hatte Edelbacher zu mir gesagt, als er mich vor wenigen Tagen in sein Büro zitiert hatte. »Mittlerweile fangen schon Zivilisten an, am Schriefl-Mord zu arbeiten, und stellen irgendwelche völlig abwegigen Fragen. Die Zeitungen hören nicht auf, Theorien zu verbreiten. Und die Menschen haben Angst.«

Er wirkte nicht mehr so wütend und energisch wie noch zu Beginn der Ermittlungen. Eher resigniert. »Wir werden mit ein paar Leuten zum Begräbnis fahren, vielleicht finden wir dort noch eine Spur. Womöglich finden wir unter den Trauernden jemanden, der uns verdächtig erscheint.« Besonders viel Hoffnung konnte ich nicht in seiner Stimme hören.

Daran musste ich denken, als ich versuchte, die schwarze Krawatte zu binden, die ich mir für diesen Anlass mitgenommen hatte. Ohne Spiegel gar keine so leichte Aufgabe.

In Kürze würde Alexandras Begräbnis von auf dem Zentralfriedhof stattfinden. Hunderte Menschen und ein großes Medienaufgebot wurden erwartet. Ein paar von uns würden auch dabei sein und die Augen offen halten. Vielleicht hatte Edelbacher ja recht und wir landeten einen Glückstreffer, auch wenn ich nicht wirklich daran glaubte. Der Täter war zu geschickt, zu akribisch vorgegangen. Er würde sich keinen solchen Fehler erlauben.

Ich warf einen letzten Blick auf meinen etwas seltsam verrutschten Windsor-Knoten, packte meinen Mantel, verließ das Büro und stieg die Treppe ins Erdgeschoß hinab.

Dort wartete bereits Eddie, ebenfalls in schwarzem Anzug und dunklem Mantel. Er nickte mir zu.

Wir schritten auf den Ausgang zu, ich hatte die Türschnalle schon in der Hand, als mich eine Stimme zurückhielt: »Dr. Geiger!«

Ich drehte mich um. Ein Beamter kam auf mich zugeeilt.

»Dr. Geiger?« Was vorher ein Ausruf gewesen war, kam nun als zögerliche Frage aus seinem Mund.

»Das bin ich«, antwortete ich. »Was gibt es?«

»Es geht um die Himberger Straße ... Der Fall Schriefl ...« Er suchte kurz nach Worten, entschied sich dann aber, die Ausführungen knapp zu halten: »Sie sollten sich etwas ansehen.«

»Wir sind schon spät dran«, sagte Eddie.

»Fahr du los«, meinte ich. »Ich komme dann nach.«

Während Eddie das Gebäude verließ, ging ich mit dem Mann in das nächste leerstehende Büro.

»Na dann«, sagte ich, nachdem ich dem Beamten eine Zigarette angeboten hatte. Das Nikotin beruhigte ihn offenbar. »Erzählen Sie mal.«

»Wir haben ja die Anordnung, am Tatort in der Himberger Straße vorbeizufahren, wenn wir mal in der Nähe sind, nur um nach dem Rechten zu sehen ... Na ja, es sah eigentlich alles aus wie immer, kein Mensch weit und breit. Aber ich musste ... Nun, ich musste aussteigen ...« Plötzlich wurde der Mann rot. »Die Natur hat gerufen, Sie verstehen.«

Ich sagte nichts und zog nur eine Augenbraue in die Höhe.

»Natürlich nicht am Tatort, bitte, was denken Sie. Aber als ich schon mal draußen war, dachte ich, warum nicht etwas genauer hinschauen. Zuerst hab ich gar nichts bemerkt, war ja nur ein kurzer Blick, wollte mich schon umdrehen, und da ist mir plötzlich was ins Auge gestochen ...«

»Was?«, fragte ich ungeduldig.

»Ich glaube, der Täter hat etwas zurückgebracht.«

»Wie bitte?«

Bevor der Polizist antworten konnte, fragte ich schnell: »Sie haben den Tatort doch nicht unbewacht gelassen?«

Der Beamte blickte mich entrüstet an. »Natürlich nicht, was glauben Sie denn? Mein Kollege und ich haben gleich einen zweiten Streifenwagen angefordert. Die Kollegen bewachen den Tatort, und ich bin in die Berggasse gekommen, um den zuständigen Kriminalisten zu benachrichtigen.«

»Ich muss noch etwas holen, Sie fahren den Wagen vor«, sagte ich. »In fünf Minuten treffen wir uns draußen. Das möchte ich mir sofort anschauen.«

Ohne ein weiteres Wort lief ich zurück in mein Büro, öffnete einen Aktenschrank und zerrte die Mappe mit den Informationen zum Tatort heraus. Ich entnahm ihr einige Fotos. Vielleicht würden wir neue Informationen bekommen, wenn ich die Bilder von damals mit der Situation verglich, die ich gleich sehen würde.

Kalter Wind empfing mich, als ich ins Freie trat. Ein Polizeiauto wartete bereits mit laufendem Motor vor dem Eingang des Sicherheitsbüros. Ich stieg ein und ließ mich in den Beifahrersitz sinken.

Die ganze Fahrt lang blickte ich schweigend nach draußen. Es zogen dieselben grauen Betonblöcke und dieselben mit Graffiti beschmierten U-Bahn-Abgänge an mir vorbei wie bereits am Nationalfeiertag, als ich diese Strecke das erste Mal gefahren war. Dunkle Wolken hingen wie eine zu niedrige, viel zu staubige Zimmerdecke über der Stadt und warteten darauf, die gepflasterten Fußwege in reißende Bäche zu verwandeln.

Als wir vor der Plakatwand zum Stehen kamen, sah ich, dass die Werbung weiter abgeblättert war. Nun war nur noch ein kleiner Junge links unten zu erkennen, der auf einer Bank saß und mit erwartungsvollem Blick nach oben schaute, wohl auf die frischen Steaks, die sein Vater gerade zubereitet hatte. Was auch immer er mit so hoffnungsvollem Blick bedachte, es war nicht mehr auszumachen.

Der Polizist räusperte sich, als ob er etwas sagen wollte, entschied sich dann aber anders und stieg aus. Ich folgte ihm. Auf der gegenüberliegenden Straßenseite parkte ein zweiter Streifenwagen und dort, wo die Werbebande endete und den Durchgang zum wilden Gestrüpp dahinter freigab, standen drei Beamte und rauchten.

Als sie uns kommen sahen, warfen sie rasch die Zigaretten zu Boden und traten sie aus. An Tatorten sollte man nicht rauchen, auch wenn die Tat schon einige Wochen zurücklag.

Mein heller Staubmantel flatterte im Wind, und ich drückte ihn eng an mich. Stumm nickte ich den Kollegen zu.

»Wie ich sagte«, begann der Beamte, der mich hergebracht hatte. »Ich wollte nur kurz den Tatort kontrollieren, routinemäßig sozusagen … und da entdeckte ich das hier.«

Ich sah nicht gleich, was er meinte. Auf den ersten Blick wirkte alles wie immer: Die Rosenhecken fristeten ein trauriges Dasein und hingen schlaff herab, ein paar Plastiktüten und Blechdosen lagen herum, vereinzelt wucherten einsame Grasbüschel über den Boden. In der Mitte derselbe dürre, kahle Baum, der wie ein Skelett aus dem Erdboden wuchs.

Ich musste daran denken, wie ich hier vor zwei Wochen der Leiche von Alexandra Schriefl gegenübergestanden war, derselben Alexandra Schriefl, die gerade in einem schlichten Sarg aus Kirschbaumholz die Stufen der Luegerkirche hinabgetragen wurde, begleitet von einer schwarzgekleideten Trauerprozession, zu denen unter anderem mein Kollege Eddie und ein Fotograf vom EKF zählten, erhellt durch das Blitzlichtgewitter diverser Medienvertreter.

Begräbnisse waren dazu da, Abschied zu nehmen, im besten Fall mit dem Verlust einer geliebten Person abzuschließen. Doch wie sollte das möglich sein, wenn der Mörder dieses unschuldigen jungen Mädchens noch frei herumlief?

Ich spürte Regentropfen, die gegen meine Stirn trommelten und langsam über mein Gesicht Richtung Erdboden liefen. Es war so still, dass ich sie beinahe fallen hören konnte.

»Dr. Geiger?«, fragte der Beamte vorsichtig. Meine Abwesenheit hatte ihn offenbar verunsichert.

Seine Worte zwangen mich zurück in die Gegenwart. Ich ließ meinen Blick aufmerksam über den Boden gleiten. Und dann sah ich es. Ein Gegenstand, der nicht hierhergehörte, vor dem Fuße des Baumstamms platziert: ein schwarzer Stöckelschuh. Er war vom Regen durchnässt, aber ansonsten unbeschädigt und so behutsam abgestellt, als würde er in einem Geschäft in der Innenstadt zum Verkauf angeboten.

»Rufen Sie sofort in der Berggasse an«, sagte ich. »Die sollen die Leute vom EKF schicken.« Der Beamte eilte zum Auto.

Ich holte die Fotos heraus, die ich mitgenommen hatte. Ein Blick genügte: Dieser Schuh gehörte Alexandra Schriefl. Er war in der Nacht ihres Todes verschwunden. Der Mörder hatte ihn, genauso wie ihre Handtasche, mitgenommen. Und jetzt wieder zurückgebracht.

Warum? Als Erinnerung daran, dass er uns überlegen war? Um uns zu beweisen, dass er genau wusste, was er tat? Ich konnte meinen Blick nicht davon losreißen. Ein Gefühl von

Schwerelosigkeit überkam mich, von einer Leere, die immer dann entstand, wenn ich verzweifelt nach einer Antwort suchte, aber nichts als neue Fragen fand.

Aus weiter Entfernung konnte ich das Heulen einer Sirene näherkommen hören.

Der Regen wurde stärker, und ich vergrub meine Hände tief in den Taschen meines Mantels. Dieser Schuh war eine grausame Erinnerung daran, dass das Begräbnis von Alexandra Schriefl nicht das Ende war.

Und irgendjemand da draußen wollte, dass wir das nicht vergaßen.

2000

Donnerstag, 14. September
Berggasse, Wien-Alsergrund

Ich war in meinem Beruf schon lange nicht mehr gerannt. Tatsächlich konnte ich mich gar nicht mehr erinnern, wann ich das letzte Mal meinen Puls so nach oben getrieben hatte. Bei einem Bankraub vielleicht.

Als ich vor der Berggasse zum Stehen kam, musste ich erstmal tief durchatmen. Die Anstrengung presste mir den Schweiß aus den Poren. Als ich wieder etwas zu Atem gekommen war, betrat ich das Foyer.

Eddie wartete bereits auf mich.

»Was ist denn mir dir los?«, fragte er. »Ich dachte, du läufst Marathons?«

»Da wird nicht gesprintet«, erwiderte ich knapp.

»Wir sollten zunächst in dein Büro gehen«, sagte Eddie ernst.

Wir gingen in den ersten Stock. »Was zu trinken?«, fragte ich, nachdem sich Eddie in einen meiner grauen Kunststoff-Sessel gesetzt hatte.

»Nein, danke.«

Ich schenkte mir ein Glas Wasser aus einer Karaffe ein, dann setzte ich mich hinter meinen Schreibtisch und blickte ihn erwartungsvoll an.

»Und?«, fragte ich schließlich, als ich die Spannung kaum noch ertragen konnte.

»Alexandra Schriefl, 26. Oktober 1988«, sagte Eddie.

»Ich erinnere mich gut, danke«, antwortete ich.

»Vor wenigen Tagen, am 8. September«, begann Eddie zu erzählen, »wurde eine Polizeistreife von einem Gastwirt angerufen. Es gäbe einen Zwischenfall mit einem seiner Gäste. Kannst du dir denken, in welcher Straße das Gasthaus liegt?«

Ich hatte ein ungutes Gefühl, doch ich schüttelte den Kopf.

»Himberger Straße. In dem Gasthaus fand eine Hochzeitsfeier statt, es war schon spät, die Gäste hatten bereits einiges getrunken. Plötzlich startete einer der Hochzeitsgäste eine Streiterei. Zuerst mit Leuten der Hochzeitsgesellschaft. Als der Wirt dazwischengehen wollte, randalierte der Gast im Lokal. Dem Wirt blieb nichts anderes übrig, als die Polizei zu rufen.«

Eddie machte eine kurze Pause und blickte mich an. »Jetzt wird es interessant. Ein betrunkener Gast, der ein wenig randaliert, das kommt vor. Doch als die Polizisten eintrafen, mussten sie feststellen, dass der Gast nicht so einfach zu beruhigen war. Er ist regelrecht durchgedreht. Hat die Polizisten angegriffen, und obwohl sie zu zweit waren – und nüchtern – hatten sie Probleme, ihn zu überwältigen. Jedenfalls war das ein tätlicher Übergriff an Polizeibeamten, kein Kavaliersdelikt. Du weißt, was wir solchen Fällen mit dem Täter machen?«

Plötzlich verstand ich, worauf Eddie hinauswollte. »Wir holen uns seinen Speichel.«

Eddie nickte. »Ganz genau. Wir nehmen eine Speichelprobe und überprüfen die DNA. Reine Routine. Der Typ hat sich nicht einmal dagegen gewehrt, vermutlich wusste er gar nicht, was das genau bedeutet. Die Kollegen im Labor haben also die DNA ausgewertet und die Ergebnisse durch unsere DNA-Datenbank laufen lassen.«

Nach dem Fall des berüchtigten Serienmörders Jack Unterweger hatte die österreichische Polizei endlich begonnen,

DNA-Spuren abzunehmen und auszuwerten. Der Unterweger-Fall stellte uns vor nicht gekannte Herausforderungen und brachte einen notwendigen Modernisierungsschub der Kriminalpolizei. Doch steckte die DNA-Datenbank damals noch in den Kinderschuhen.

Daher mussten wir die Datenbanken nach wie vor beständig mit neuen Informationen füttern. Es war weder logistisch möglich noch ethisch vertretbar, von jedem österreichischen Bürger eine DNA-Probe zu nehmen und in die Datenbank der Polizei einzuspeichern. Also arbeiteten wir uns langsam vor. Zunächst entnahmen wir von allen Häftlingen eine Probe, die eine längere Haftstrafe verbüßen mussten. Außerdem mussten wir nach schwereren Vergehen ebenfalls eine Speichelprobe abnehmen. Tätliche Übergriffe an Polizeibeamten waren so ein Fall.

Meist ergaben die neuen DNA-Ergebnisse keine Treffer, doch manchmal, wenn wir Glück hatten, konnten wir damit ein Verbrechen klären, das viele Jahre zurücklag. Hatten wir damals Sperma, Speichel, Blut oder andere Körperflüssigkeiten am Tatort, waren diese konserviert worden. Somit konnten wir auch nach Jahrzehnten noch die DNA daraus extrahieren. Tauchte also jemand in unserer DNA-Datenbank auf, dessen genetischer Code am Tatort eines ungelösten Mordfalls zurückgeblieben war, standen die Chancen gut, dass es sich dabei um den Täter handelte.

Denn die Wahrscheinlichkeit, dass zwei Menschen dieselben genetischen Merkmale aufweisen, lag bei eins zu einer Billion.

Ich erinnerte mich noch genau daran, dass der Mörder von Alexandra Schriefl, dessen DNA wir durch das am Tatort gefundene Sperma sicherstellen konnten, der erste Eintrag in der Datenbank gewesen war. Doch bisher hatten wir keine Treffer erhalten. Bis heute.

»Du kannst dir nicht vorstellen, was die für Augen gemacht haben, als die Maschine das Ergebnis geliefert hat«, sagte Eddie. »Es gab genau eine übereinstimmende DNA-Probe: jene vom Mordfall an Alexandra Schriefl.«

Ich war wie elektrisiert. Am liebsten wäre ich sofort aufgesprungen und losgestürmt, obwohl ich noch nicht gar nicht wusste, wohin. Doch ich zwang mich zur Ruhe. Diese Sache musste vorsichtig angegangen werden. Die DNA-Technik wurde, trotz ihrer Präzision, von den Medien und den Bürgern immer wieder kritisiert, wohl auch, weil sie nicht genau verstanden, wie sie funktionierte. Außerdem hatten wir uns damals bereits blamiert, als wir trotz intensiver Ermittlungen keine einzige brauchbare Spur finden konnten. Wir hatten damals nicht einmal jemanden gehabt, der als dringend tatverdächtig gelten konnte. Wir durften uns keine Fehler mehr erlauben.

»Und?«, fragte ich, nachdem ich meine Gedanken so weit geordnet hatte. »Haben wir einen Namen?«

Eddie sagte nichts, er griff bloß in die Innentasche seines Sakkos und holte ein zusammengefaltetes Blatt Papier heraus. Ich erkannte, dass es sich dabei um einen Ausdruck handeln musste, vermutlich war ihm das Dokument gefaxt worden. Er schob es mir über den Schreibtisch zu. Und tatsächlich sah ich ein Lächeln in Eddies Gesicht.

»Du wirst es nicht glauben.«

Ich nahm den Zettel und faltete ihn auseinander. Als ich die Daten überflog, die vom Erkennungsdienst geschickt worden waren, glaubte ich es tatsächlich nicht.

»Eddie«, sagte ich und hatte das Gefühl, überhaupt nichts mehr zu verstehen, als ich den Namen noch einmal las, nur um ganz sicherzugehen. Doch er stand dort, schwarz auf weiß.

»Das ist unmöglich.«

STRUMPFHOSE

1989

Donnerstag, 2. Februar
Per-Albin-Hansson-Siedlung, Wien-Favoriten

»Anna, untersteh dich!«

Die Stimme ihrer Mutter hallte durch die enge Wohnung, knallte von einer Wand an die nächste und prallte schließlich gegen die Tür ihres bereits viel zu kleinen Kinderzimmers, zu klein jedenfalls für ein fünfzehnjähriges Mädchen.

Die Außenwelt konnte die Tür erfolgreich abhalten, doch sie schien fast durch die Naturgewalt zu bersten, die ihr aus dem Zimmer entgegenschlug. Die wütenden Gitarrensoli von Slash, die realitätsverzerrenden Synthie-Pop-Klänge von Depeche Mode oder die melancholische Stimme von Robert Smith ließen die kleine Gemeindewohnung erzittern, und Nachbarn bekamen regelmäßig Angst, die festen Betonbauten der Per-Albin-Hansson-Siedlung könnten durch diese Schwingungen in sich zusammenbrechen.

Anna teilte diese Angst nicht. Für sie war es eher unbezahlte Kulturvermittlung. Jeder Bewohner der Hansson-Siedlung Nr. 2, Stiegenhaus B, wurde seit einigen Monaten mit den kulturellen Höhepunkten dieser tristen Dekade beglückt, ob Guns 'n' Roses, Dire Straits oder The Cure. Während ihre Klassenkameraden Madonna, Queen oder Tina Turner hörten, erkannte Anna die Tragik ihres jungen Lebens, diese erdrückende Enge.

Sie kam kaum aus dem Arbeiterbezirk Favoriten heraus. Ihre Schule lag drei Straßenbahnstationen entfernt, die wenigen Freundinnen, die sie hatte, konnte sie in fünf Minuten zu Fuß erreichen. Die Per-Albin-Hansson-Siedlung bot alles, was ihre Mutter und sie für ihr tägliches Leben brauchten. Es gab einen Supermarkt und eine Trafik, sogar eine Bücherei und nicht weit entfernt das Erholungsgebiet Laaer Berg.

»Alles, was wir brauchen, ist nur einen Steinwurf entfernt«, pflegte ihre Mutter glückselig zu sagen, doch Anna machte das alles andere als glücklich. Sie fand es todlangweilig. Sie fühlte sich, als hätte man ihr bereits mit 15 Jahren einen Sarg angefertigt und würde sie jetzt zwingen, darin zu leben.

Strapped in the chair of the city's gas chamber / Why I'm here I can't quite remember / The surgeon general says it's hazardous to breathe

dröhnte es aus der Stereoanlage, die Anna zu Weihnachten bekommen hatte. Ein Geschenk, das ihre Mutter mittlerweile sehr bereute.

Um sich lebendig zu fühlen, hatte Anna zu drastischen Mitteln greifen müssen. Als sie sich ihre schönen, langen schwarzen Haare schulterlang schneiden ließ, war ihre Mutter bereits den Tränen nahe gewesen. Als sie nach einem weiteren Friseurbesuch dann mit dunkelblauen Haaren heimgekommen war, wusste ihre Mutter nicht mehr, wie sie darauf reagieren sollte. Zum Glück verstand sie kaum Englisch, sonst hätten sie die Texte, mit denen Anna den ganzen Tag die Wohnanlage beschallte, wohl endgültig in die Verzweiflung getrieben.

Zwischen die beiden hatte sich das altersübliche Unverständnis geschlichen, mit dem sich ein pubertierender Teenager und eine alleinerziehende Mutter zwangsläufig begegneten. An vielen Tagen wurde in der Wohnung Familie

Rakmanica nur mit Schreien, Schweigen oder dem Knallen zugeschlagener Türen kommuniziert. Und seit drei Monaten war es besonders schlimm.

Vor drei Monaten, als die Zeitungen voll gewesen waren von dem grausamen Mord an dieser jungen Frau, nur ein paar Jahre älter als Anna, nicht weit von ihrem Wohnblock entfernt, war ihre Mutter von einer paranoiden Angst erfüllt worden. Seitdem hatte sich Annas Welt noch enger zusammengezogen.

Dabei war ihr erst Ende letzten Sommers ein Ausweg aus diesem dunklen Tunnel offenbart worden, zu dem ihr Leben zu werden drohte. Angefangen hatte alles, so ungern Anna das auch zugab, mit einem Jungen.

Sie war in der ersten Schulwoche nach den Sommerferien auf den Schulhof getreten, weil sie keine Lust hatte, sich an dem Getratsche ihrer Klassenkameraden zu beteiligen, das jede Pause ihr Klassenzimmer erfüllte.

»Willst du eine?«, hörte sie, und zunächst hatte sie nur eine Zigarette gesehen, die ihr unter die Nase gehalten wurde. Erst als sie ihren Blick den Arm entlangwandern ließ, der die Zigarette so herausfordernd in ihre Richtung streckte, blickte sie in das Gesicht eines großen, schlaksigen Jungen, um dessen Mund der erste zaghafte Flaum zu erkennen war. Er hatte unruhige, braune Augen und trug ein viel zu warmes Flanellhemd.

Sie hatte noch nie eine Zigarette geraucht, sie hatte noch nicht mal eine angefasst. Ihre Mutter würde sie umbringen.

»Klar«, sagte sie, als würde sie jede Pause nichts anderes tun, als Zigaretten von Jungs anzunehmen.

Der Junge im Flanellhemd gab ihr Feuer. Anna tat aus Nervosität einen kräftigen Zug und versuchte angestrengt, das Husten, das sich seinen Weg durch ihren Hals bahnte, zu unterdrückten. Schließlich hielt sie es nicht mehr aus.

Der Junge lachte, während sie nach Luft schnappte und sich auf die Brust klopfte. »Keine Sorge«, sagte er, »das lernst du schon.«

Seitdem hatte ihr Michael nicht nur gezeigt, wie man Zigaretten rauchte, ohne zu husten, sondern sie auch in die Welt der Musik eingeführt. New Wave, Hardrock, Synthie, alles was dunkel und rauchig und wütend klag, spielte Michael auf Kassetten und gab sie Anna mit nach Hause.

Bald schon waren Anna die Kassetten nicht mehr genug. Michael nahm seine Gitarre mit in die Schule und brachte ihr ein paar einfache Lieder bei. Manchmal küssten sie sich. Das Beste jedoch war, dass sie mit Michael jeden Freitag in die Bar Krawall ging, die in der Nähe des Reumannplatzes, im Zentrum von Favoriten lag. Dort spielten jedes Wochenende andere Bands, manchmal auch einfach nur ein paar junge Leute, die für einen Abend gemeinsam Musik machen wollten. Für Anna war das alles aufregend: Der Reumannplatz, von dem sie sich sonst fern hielt, die wilde und laute Musik, die rauchgeschwängerte Luft, das Bier, für das sie eigentlich noch zu jung war.

Michael redete nicht viel, er verbrachte die meiste Zeit damit zu rauchen oder Musik zu hören, aber dadurch fühlte Anna sich ihm näher als allen ihren Schulkameraden, die nicht warten konnten, jedes noch so kleine und unbedeutende Detail aus ihrem Privatleben zu erzählen. Gemeinsam mit Michael erklärte sie jedem, der es hören wollte, wie gut und richtig die Auflösung der Nationaldemokratischen Partei war, einer rechtsextremen Absplitterung der FPÖ, die der Verfassungsgerichtshof 1988 verboten hatte. Sie demonstrierten gegen den Besuch des sowjetischen Premiers Michail Gorbatschow in den USA, gegen die Präsidentschaft Kurt Waldheims, den Michael und sie für einen alten Nazi hielten, und malten Schilder, auf denen sie mehr Demokratie und Freiheit für die Staaten des Ostblocks forderten. »Was die Leute dort wollen«, hatte ihr Michael erklärt, »ist kein Kapitalismus wie bei uns oder eine kommunistische Diktatur wie in der Sowjetunion. Was die Leute wollen, ist ein echter Sozialismus.«

Der bisherige Höhepunkt ihrer Freundschaft war die Demonstration vor dem Wiener Burgtheater gewesen, als Thomas Bernhards Theaterstück »Heldenplatz« am 4. November des Vorjahres Premiere feierte. Michael hatte sie mitgenommen, da es seiner Meinung nach die Freiheit der Kunst zu verteidigen galt.

Das Stück »Heldenplatz« sorgte bereits seit Wochen für Diskussionen. Es sollte das 100-Jahre-Jubiläum des Burgtheaters genauso feiern wie an den Anschluss Österreichs an das nationalsozialistische Deutschland fünfzig Jahre zuvor erinnern. Und das Stück zu diesem so polarisierenden Ereignis sollte niemand anderer als Thomas Bernhard schreiben, der damals wohl populärste Autor Österreichs – und gleichzeitig der schärfste Kritiker des Landes.

Da Bernhard Österreicher in seinem Stück nicht als Opfer, sondern vielmehr als willfährige Komplizen des Nationalsozialismus darstellte, warf man ihm sogar Landesverrat vor. Beinahe die gesamte Medienlandschaft sah in jenem Stück eine Volksbeleidigung. Um diesen Vorwurf zu untermauern, druckten Zeitungen Passagen aus dem Stück ab wie jene: »Österreich selbst ist nichts als eine Bühne, auf der alles verlottert und vermodert und verkommen ist. Eine in sich selbst verhasste Statisterie von sechseinhalb Millionen Alleingelassenen, sechseinhalb Millionen Debile und Tobsüchtige.«

Die Politik, erklärte Michael Anna, bewies nur, wie richtig Bernhard lag. Sie machte sich selbst zum Inhalt seines Stücks, indem sie die Kunstfreiheit nicht verteidigte, sondern sich den medialen Attacken anschloss. Ex-Kanzler Bruno Kreisky, Präsident Waldheim, Vizekanzler Alois Mock und der rechtspopulistische Oppositionsführer Jörg Haider sprachen sich alle gegen eine Aufführung aus. Sie fand trotzdem statt.

Als Anna am Abend der Aufführung vor dem erleuchteten Burgtheater stand, Michaels Hand gedrückt, hatte sie Angst. Menschen schrien und buhten gegen die Aufführung, skandierten »Treibt ihn aus der Stadt« in Richtung Burg. Ein Mann kam sogar mit Säcken voller Pferdeäpfel, die er vor dem Eingang des Burgtheaters ablud.

Trotz ihrer Angst stimmte Anna in die Rufe derer ein, die Bernhards Stück verteidigten, die nicht die Augen verschließen wollten vor einer Vergangenheit, die aus dem schuldbeladenen, kollektiven Gedächtnis eines ganzen Landes getilgt worden war.

Am nächsten Tag lasen Michael und sie in den Zeitungen, dass das wahre Spektakel drinnen stattgefunden hatte. Burschenschafter hatten sich Sitze im Burgtheater gesichert und immer wieder mit lauten Rufen versucht, die Aufführung zu stören, während tosender Applaus der übrigen Anwesenden sie ein ums andere Mal übertönte und zum Schweigen brachte. Anna fühlte sich als Teil dieses Widerstands, als eine Verfechterin einer gerechten Sache, die größer war als sie selbst. Sie fühlte sich stolz.

Zum ersten Mal sah sie ihre Existenz als etwas, das über den zehnten Wiener Gemeindebezirk hinausgehen könnte. Sie bekam ein Gefühl dafür, welche Person sie sein konnte und welche Person sie sein wollte.

Doch seit drei Monaten, seit Alexandra Schriefl nach dem Verlassen der Disco Azzurro, die Anna vom Vorbeigehen kannte, ermordet worden war, durfte sie nach 6 Uhr abends kaum noch das Haus verlassen. Egal wie misslich die politische Weltlage auch war oder welche Grundfreiheiten es zu verteidigen galt. Ihre Mutter war unnachgiebig. Nach Einbruch der Dunkelheit blieb die Wohnungstür versperrt.

Dreimal hatte es Anna geschafft, sich heimlich hinauszuschleichen, doch jedes Mal hatte ihre Mutter sie bemerkt, und es hatte eine fürchterliche Schimpftirade gegeben.

»Denkst du, das ist ein Witz?«, hatte ihre Mutter empört gerufen. »Das Mädchen ist nicht mal 15 Minuten von hier ermordet worden! Und der Mörder läuft noch immer frei herum! Vielleicht lebt er hier ganz in der Nähe und wartet nur darauf, wieder zuschlagen zu können!«

Mögliche Täter gab es genug. Wo Anna auch hinging, fast überall begleiteten sie Blicke, die schamlos jeden Zentimeter ihres Körpers musterten. Egal ob ältere Herren in der Straßenbahn, Familienväter am Spielplatz der Siedlung, Nachbarn im Stiegenhaus oder Schulkameraden im Klassenzimmer. Sie alle dachten, Anna bemerke es nicht. Doch natürlich bemerkte sie es.

Seit sie sich die Haare gefärbt hatte und nur noch Schwarz trug, stellte sie zufrieden fest, dass sich diese Blicke gewandelt hatten. Zunächst musterte man sie überrascht, nur um sie dann zu ignorieren. Hinter ihrem Rücken hörte sie ein stetes Tuscheln, aber solange man sie in Ruhe ließ, war ihr das egal. Ihrer Mutter erzählte sie von alldem nichts.

Heute war es wieder so weit gewesen. Anna hatte ihre Mutter um Erlaubnis gefragt, morgen mit Michael ins Krawall zu gehen. Ihre Mutter hatte es verboten.

»Wie lange soll das noch so gehen?«, hatte Anna gefragt. »Bis sie den Mörder finden? Selbst wenn sie das schaffen, wird einfach ein anderer Mann ein Mädel umbringen, das ihn abweist.«

»Wenn du volljährig bist, kannst du so viele Dummheiten machen, wie du willst«, hatte ihre Mutter stur gesagt. »Bis dahin bin ich für dich verantwortlich, junges Fräulein!«

»Du kannst mich mal«, hatte Anna gesagt. Noch bevor ihre Mutter etwas entgegnen konnte, war sie in ihr Zimmer gerannt, hatte die Tür zugeschlagen, die Musik auf höchste Lautstärke gedreht und sich aufs Bett fallen lassen. Jetzt starrte sie auf die Decke und wünschte sich weit, weit fort. Wohin genau, wusste sie nicht, aber das war auch nicht so wichtig. Jeder Ort schien ihr besser als dieser hier.

The third time I saw lightning strike, hörte Anna Robert Smith melodiös flüstern, *it hit me in bed / It threw me around / And left me for dead. For a second that room was on the moon / then everything went black / I left that house on fire / And I never went back.*

Die Musik verstummte, der Kassettenrekorder gab ein Klicken von sich, und die plötzliche Stille tat dem Zimmer regelrecht Gewalt an. Anna lauschte und hörte, wie die Haustür ins Schloss fiel. War ihre Mutter einkaufen gegangen? War das womöglich ihre Chance?

Leise und vorsichtig öffnete Anna die Tür. Sie spähte durch den engen Flur Richtung Küche. Es war niemand zu sehen.

Anna drückte die Klinke nach unten, doch hatte ihre Mutter hinter sich zugesperrt. Anna holte eine ihrer Haarnadeln und führte ein Ende in das Schlüsselloch ein. Während Michael ihr Griffe an der Gitarre beigebracht hatte, lernte er von Anna, wie man eine alte Tür mit einer Haarnadel aufbekommen konnte. »Wahnsinn«, hatte Michael gesagt. »Jetzt kann ich meinem Alten Zigaretten klauen, wann immer ich will.«

Anna hatte ein besseres Motiv: Sie brach aus ihrem Gefängnis aus und holte sich die Freiheit zurück, die ihr zustand. Als das Schloss aufsprang, schlüpfte sie in ihre Schuhe, öffnete die Tür, trat nach draußen, warf ein paar rasche Blicke durch das Stiegenhaus und sperrte hinter sich mit der gleichen Methode wieder zu.

Morgen würde ihr das nicht gelingen, da würde ihre Mutter den ganzen Tag in der Küche sitzen und die Wohnungstür im Auge behalten, um dafür zu sorgen, dass Anna nicht ausging. Aber zumindest konnte sie heute einige Stunden herumstreifen, ihrer Mutter ein wenig Sorgen bereiten und irgendwann, wenn die Februarkälte nicht mehr auszuhalten war, zurückkommen.

Als sie nach draußen trat, war es fünf Uhr Nachmittag. Wolken bedeckten den Himmel. In der Nacht hatte es geschneit, aber mittlerweile verwandelten sich auch die letzten weißen Klumpen in grauen Matsch.

Anna stapfte los. Sie würde um den Gaisbergteich gehen, vielleicht sogar bis zum Laaer Berg. Doch bevor sie diese Wanderung in Angriff nahm, brauchte sie Proviant. Eine Packung Lucky Strike würde sie sich von ihrem zusammengekratzten Taschengeld noch leisten können.

Bedacht darauf, nicht zufällig ihrer Mutter über den Weg zu laufen, durchquerte sie den Hof und steuerte die Trafik an. Mit gesenktem Blick trat sie ein.

Im kleinen Verkaufsraum standen zwei Männer, beide blätterten in Zeitschriften. Zielstrebig ging Anna zur Kassa, hinter der die Zigarettenpackungen an der Wand hingen. Eigentlich war sie noch zu jung, um Zigaretten zu kaufen, aber so genau hatten es die Verkäufer hier noch nie genommen. Sie war so darauf bedacht, schnell wieder rauszukommen, dass sie das kleine Etwas fast übersah. Im letzten Moment vermied sie einen Zusammenstoß.

Als sie den Blick senkte, sah sie zunächst nur eine große, lila Schultasche. Braune, lange Haare quollen dahinter hervor, mit einer lila Spange darin. Die Kleine hatte offenbar nicht bemerkt, wie knapp sie einer Kollision entgangen war. Unbekümmert legte sie ein Micky-Maus-Heft auf den Tresen und zählte sorgfältig die Schillingmünzen in ihrer Hand ab.

Sie legte das Geld auf den Tresen, nahm das Heft, drehte sich zu Anna um und lächelte sie an. Mit diesem Lächeln, von dem Anna nicht sagen, konnte ob es ihr oder dem Heft galt, verließ sie die Trafik.

»Was darf's sein?«, fragte sie der Verkäufer.

Anna wandte sich um. Etwas in diesem kleinen, unbekümmerten Mädchen und ihrem Heft hatte sie an sich selbst erinnert. 15 Jahre und schon so melancholisch, dachte sie.

Aber Anna konnte nichts daran ändern. Sie musste an eine Zeit denken, in der ihr Favoriten noch nicht wie ein einziges großes Grab vorgekommen war. In der sie mit ihrer Mutter stundenlang auf Spielplätzen verbringen konnte, an heißen Sommertagen einen viel zu großen Eisbecher beim Tichy aß oder durch den Kurpark Oberlaa spazierte.

»Lucky Strike?«, fragte der Verkäufer, der Anna offenbar erkannt hatte.

»Nein, danke«, sagte Anna schnell, »nur einen Kaugummi.«

Mit einem Lächeln verließ sie die Trafik, kehrte kaugummikauend zu ihrer Wohnung zurück, fand die Tür versperrt vor, öffnete sie mit ihrer Haarspange, zog Schuhe und Mantel aus, ging in ihr Zimmer, ließ sich aufs Bett fallen und wartete.

Wenig später hörte sie, wie die Tür aufging. Kurz darauf klopfte es sacht an ihrer Tür, und ihre Mutter steckte den Kopf herein. Als sie Anna auf dem Bett liegen sah, war ihr die Erleichterung anzumerken. Sie hatte die unversperrte Tür bemerkt und war vermutlich vom Schlimmsten ausgegangen.

»Anna«, sagte sie sanft. »Tut mir leid wegen vorhin. Ich mache mir einfach Sorgen …«

»Schon gut, Mama«, sagte Anna, drehte sich zu ihr und lächelte sie an. »Ich habe mir gedacht, vielleicht bleibe ich dieses Wochenende zu Hause. Und wir gehen mal wieder in Oberlaa spazieren.«

»Das ist eine tolle Idee«, antwortete ihre Mutter. Beide blickten einander noch einen Moment lang an, dann schloss die Mutter leise die Tür.

Anna legte eine Kassette in ihren Kassettenrekorder, setzte sich die Kopfhörer auf und lauschte der verführerischen Stimme von David Byrne:

Home is where I want to be / Pick me up and turn me round / Feet on the ground / Head on the sky / It's ok, I know nothing's wrong / nothing.

Freitag, 3. Februar
Per-Albin-Hansson-Siedlung, Wien-Favoriten

Das Stiegenhaus war bereits abgesperrt worden, als Brandstätter eintraf.

Mit schweren Schritten stieg er nach oben. Einige Bewohner mussten zufällig gerade etwas vor die Tür stellen, als er vorbeiging. Neugierige Augenpaare spähten durch Türspalte, doch er ignorierte sie.

Brandstätter wusste, dass bald das ganze Wohnhaus voller Uniformierter sein würde, aber bis jetzt standen nur zwei Polizisten vor dem Aufgang in den 14. Stock und bewachten die Treppen mit versteinerten Mienen.

Als sie den ersten Mordreferenten sahen, traten sie zur Seite. Bevor Brandstätter die letzten Stufen nach oben stieg, lockerte er seine Krawatte und zog den Mantel aus. Vom Treppensteigen war er ins Schwitzen geraten.

Er sammelte seine Konzentration für die letzten Meter.

»Fritz«, begrüßte ihn Eddie Müller. Er hatte die Handschuhe bereits übergestreift.

Eddie war 15 Minuten nach dem Anruf in der Berggasse hier eingetroffen. Er war immer so verflucht schnell, dachte Brandstätter. Wie macht er das bloß? Vermutlich das Alter, sportliche Betätigung und eine gesündere Lebensweise. An der Motivation allein konnte es nicht liegen.

Brandstätter war gerade mit einem anderen Fall beschäftigt gewesen. Ein Disco-Besitzer war in der Nacht vor seinem eigenen Lokal in Floridsdorf totgeschlagen worden. Ziemlich hässliche Sache, jemand hatte den Kopf des Mannes auf den Randstein gelegt und war draufgetreten. Es gab einige Verdächtige, das Opfer schuldete einigen Leuten Geld und hatte bei allen einen schlechten Ruf. Immer schwierig, wenn das Opfer ein Arschloch war, dachte Brandstätter. Dann kommt so ziemlich jeder als Täter infrage.

Er war auf dem Rückweg in die Berggasse gewesen, als er den Anruf erhielt. Bereits nach wenigen Worten hatte er das Blaulicht eingeschaltet und war auf dem schnellsten Weg in die Per-Albin-Hansson-Siedlung gefahren.

Ein Blick reichte. Was Brandstätter sah, erinnerte ihn auf grausame Weise nur zu gut an ein anderes Bild, das er vor Monaten auf zahlreichen Tatortfotos gesehen hatte.

Bis zu diesem Moment waren die Ermittlungen im Fall Alexandra Schriefl an einem toten Punkt angelangt. Die Beamten der Berggasse waren daran in einem Artikel der auflagenstärksten Boulevardzeitung erinnert worden, in dem eine nicht so glanzvolle Bilanz des Jahres 1988 gezeichnet worden war. Bei allen Erfolgen der Polizei wurden die Leser daran erinnert, dass die Bestie von Favoriten noch frei herumlief.

Brandstätter machte zwei Schritte nach vorn, um die Situation besser einschätzen zu können. Das Mädchen trug nur noch einen gelben Regenmantel. Sie lag auf dem Bauch, der Kopf war vornübergebeugt, langes, braunes Haar verdeckte ihr Gesicht.

Brandstätter verspürte das dringende Bedürfnis, sich eine Zigarette anzuzünden, aber das war an einem Tatort verboten. Der leblose Körper wirkte auf dem kalten Boden des Flurs wie achtlos weggeworfen. Das Böse, dessen überwältigende Dimension in der Kindheit nichts weiter als eine instinktive, weit entfernte Ahnung sein sollte, war mit aller Gewalt in ebendiese Kindheit eingebrochen und hatte sie ausgelöscht. Der Ort war erfüllt von der schlimmsten Sorte Hoffnungslosigkeit, jener, die nach der Zerstörung von Unschuld kam.

Brandstätter war schon lange bei der »Mord«. Anders als bei vielen seiner Kollegen war das nicht sein erklärtes Ziel gewesen, er war eher so reingerutscht. Er hatte immer gewissenhaft und sachlich seine Arbeit getan, sich politisch bedeckt gehalten und war schließlich zum ersten Mordreferenten aufgestiegen. Nicht Interesse an menschlichen Abgründen trieb ihn an, sondern schlichtes Pflichtbewusstsein. In seiner kleinen Wohnung in Meidling wartete eine Frau auf ihn, mit der er seit dreißig Jahren verheiratet war, und nur einige Straßen entfernt wohnte seine Tochter, die mittlerweile studierte. Er war zufrieden mit dem Leben, das er sich neben dem täglichen Grauen seiner Arbeit hatte aufbauen können, und er gehörte sicherlich nicht zu jenen Beamten, die lieber lange Nachtschichten schoben als den Abend hinter dem heimatlichen Esstisch zu verbringen.

Das war auch der Grund, dass er sich in diesem Moment fragte: Wie konnte man nach so etwas weitermachen? Wie konnte man Hoffnung haben, an Unschuld glauben, unbelastete Freude empfinden, wo doch vor ihm der Beweis lag, wie wenig all diese kurzen Momente des Glücks ausrichteten?

Solche Fragen sind für eine Karriere in der Mordermittlung nicht besonders hilfreich. Er machte weiter, weil irgendjemand weitermachen musste. Und zufällig war er dieser Jemand.

Er straffte die Schulter. »Was wissen wir?«, fragte er Eddie.

»Christina Beranek, zehn Jahre alt, wohnte hier, in der Per-Albin-Hansson-Siedlung.« Eddies Stimme war unbewegt, doch Brandstätter wusste, dass diese wenigen, nüchternen Fakten bei seinem Kollegen dieselbe Übelkeit auslösten wie bei ihm.

»Ist gestern nach der Schule verschwunden. Laut der Mutter nicht nach Hause gekommen. Die Verwandten haben angeblich das ganze Haus abgesucht und nichts gefunden.«

»Und sie sind daraufhin nicht zur Polizei gegangen?«

»Die Großeltern haben gestern Abend die Polizei verständigt«, meinte Eddie. »Die Suche verlief bis heute Früh ergebnislos. Doch dann …« Eddie suchte nicht nach Worten, er hatte nur Mühe, sie auszusprechen, »… wurde sie gefunden.«

»Von wem?«

Eddie richtete seinen Blick auf den Boden des Stiegenhauses, als er antwortete: »Vom Vater.«

Das Letzte, was Brandstätter jetzt sein wollte, war professionell. Und doch war es das Einzige, was er in dieser Situation sein konnte, wie er ihr begegnen konnte, ohne verrückt zu werden. »Und er hat nichts angefasst?«

»Wie bitte?«

»Er findet seine Tochter in ... in diesem Zustand. Und lässt sie dann so liegen?«

»Für die Spurensicherung ist das doch wichtig, oder?«, fragte Eddie.

»Ja, für die Spurensicherung ist das ein Glück«, brummte Brandstätter. »Aber viele Menschen hätten sich wohl im Schock auf das Kind gestürzt und versucht, es irgendwie wiederzubeleben.« So unmöglich das auch war, fügte er in Gedanken hinzu.

»Vielleicht hat er es nicht getan, weil er sie nicht losbinden wollte?«, fragte Eddie.

Das war eine Möglichkeit. Und bei all dem Grauen, das sich hier fand, der für Brandstätter erschreckendste Aspekt des Tatorts. Der Täter hatte eine Strumpfhose um den Hals des Opfers gewickelt und an das Stiegengeländer gebunden. Das Opfer hing in Schräglage über dem Boden, ewig gefangen in einer Bewegung des Fallens, die einen Aufschlag ankündigte, der nie kommen sollte.

Das Mädchen war offensichtlich mit einem Kleidungsstück in eine Position gebracht worden, die den Tatort als Schauspiel inszenieren sollte. Ein Muster, das erst vor wenigen Monaten und nur wenige Kilometer entfernt zum ersten Mal aufgetaucht war.

Eddie schien die Gedanken seines Kollegen gelesen zu haben. »Das kann kein Zufall sein, oder?«

»Du warst damals vor Ort«, erinnerte sich Brandstätter. »Was meinst du?«

»Es ist noch zu früh für eine Einschätzung«, meinte Eddie. »Doch selten ist mein erster Eindruck so eindeutig gewesen. Ich denke, wir haben es hier mit einem Muster zu tun.«

»Fehlen auch persönliche Gegenstände?«, fragte Brandstätter. »Das war doch beim ersten Opfer so, oder? Wenn das Mädchen direkt nach der Schule verschwunden ist, müsste irgendwo ihre Schultasche sein, aber hier kann ich sie nirgends sehen.«

Einer der EKF-Beamten, die bisher still vor sich hingearbeitet, den Boden sowie das Stiegengeländer mit Pulver bestrichen und nach Fingerabdrücken abgesucht hatten, kam nun auf die beiden Kriminalbeamten zu. Es war Gennad.

»Ich hätte mich verdammt noch mal früher pensionieren lassen sollen«, murmelte er zur Begrüßung. Dann fiel sein Blick auf Brandstätter: »Tag, Chef.«

»Was habt ihr?«, fragte ihn der.

»Einen Scheißdreck«, gab er barsch zurück. So eine emotionale Reaktion war normalerweise gar nicht seine Art. »Die Ähnlichkeiten zu dem noch ungelösten Schriefl-Fall sind euch bestimmt auch schon aufgefallen? Könnte natürlich ein Nachahmungstäter sein, aber das glaube ich nicht. Die Übereinstimmungen sind zu groß, auch wenn dieser Mord hier drinnen stattgefunden hat. Aber für die Schlussfolgerungen werdet ihr bezahlt, nicht ich«, fügte er hinzu.

Dr. Ruben kam nach oben geeilt, sein Schnaufen hallte durch das Stiegenhaus. Seine gewohnte Hektik konnte er auch an einem Tatort wie diesem nicht ablegen. Er wirkte stets, als wäre er auf dem Weg zu einem Notfallpatienten. Eine seltsame Erscheinung für einen Gerichtsmediziner.

»Tag, Herr Brandstätter«, grüßte der Doktor. »Ich war schon hier, glauben Sie nicht, ich wäre nachlässig. Alles erledigt, zumindest was man sich anschauen kann, bevor die Leiche in die Sensengasse kommt … Ich musste nur dringend einem menschlichen Bedürfnis nachgehen, eine Dame im Stockwerk unter uns war so gut, mir ihr Bad zu überlassen …« Er räusperte sich und versuchte, Luft in seine Lungen zu pressen. Die Beamten waren seine Abschweifungen mittlerweile gewohnt.

»Jedenfalls«, begann Dr. Ruben gewichtig, »ist die Inszenierung post mortem passiert. Der Täter hat eine komplizierte Methode gewählt, um sein Opfer zu erdrosseln. Zunächst hat er die Strumpfhose um ihren Hals gewickelt und zugedreht. Offenbar war das nicht genug, also hat er die Strumpfhose um einen Schuh gebunden, um so eine höhere Drehwirkung zu erzeugen. Wobei wir davon ausgehen können, dass es für den Täter ein Leichtes gewesen wäre, sein Opfer einfach mit bloßen Händen zu erwürgen. Stark genug muss er gewesen sein.«

»Todeszeitpunkt?«, fragte Brandstätter.

Der Arzt schnaufte. Brandstätter wusste, wie ungern Gerichtsmediziner nach dem Todeszeitpunkt gefragt wurden. Diese Informationen waren immer nur unpräzise zu bestimmen.

»Vermutlich irgendwann in der Nacht«, antwortete er. »Aber ganz sicher bin ich mir nicht. So wie ich das sehe, gibt es zwei Möglichkeiten. Entweder der Täter hat das Opfer noch am Nachmittag hierhergebracht und seine Tat hier begangen. In diesem Stockwerk gibt es keine Wohnungen, und es kommt selten jemand vorbei, aber es wäre trotzdem ein großes Risiko. Die zweite Möglichkeit …«

»Er hat sie in eine Wohnung mitgenommen«, vervollständigte Brandstätter seine Gedanken.

Dr. Ruben nickte. »Dann hätte sie niemand gefunden. Der Täter hat sie die Nacht über festgehalten und irgendwann in den frühen Morgenstunden hier abgelegt. Die Gefahr, entdeckt zu werden, bestand trotzdem, war aber so viel geringer.«

»Warum diese ganze Mühe?«, fragte Eddie. »Der Täter geht ein großes Risiko ein.«

Diesmal war es Gennad, der sich meldete. Der EKF-Beamte deutete auf den toten Körper. »Sieh dir das an, Eddie«, sagte er, schärfer als gewöhnlich. »Sieht das nach dem Werk eines Menschen aus, der sich darum kümmert, erwischt zu werden? Der an so etwas überhaupt denkt?«

Die Beamten mussten Gennad zustimmen. Das war nicht das Werk eines Menschen, der in geregelten Bahnen dachte. Was es auch so schwierig machte, den Fall zu lösen.

»War es das gleiche Vorgehen wie bei Schriefl?«, fragte Brandstätter.

Dr. Ruben zuckte die Schultern. »Wir müssen erst einmal die Einschätzung der Obduktion abwarten. Aber auf den ersten Blick bin ich ziemlich sicher, dass es sich auch hier um ein Sexualverbrechen handelt.«

»Scheiße«, sagte Brandstätter nur.

Er ging den Tatort noch einmal ab und machte sich ein paar Notizen, konnte aber nichts entdecken, was ihn wirklich weitergebracht hätte.

»Der Täter ist offenbar genauer und vorsichtiger vorgegangen als letztes Mal«, sagte Eddie in Brandstätters Rücken. »Außer dieser seltsamen Inszenierung hat er keine Spuren hinterlassen. Zumindest keine, die wir mit freiem Auge erkennen konnten.«

»Was machen wir?«, fragte Eddie, als Brandstätter zu Gennad, Dr. Ruben und ihm zurückkehrte.

»Wir fahren in die Berggasse zurück und erstatten Bericht«, sagte Brandstätter. »Edelbacher will sicher sofort davon wissen. Und dann werden wir jeden Bewohner in diesem Gebäude befragen. Zu jeder Tages- und Nachtstunde werden wir Leute hier herumlaufen lassen, wenn es sein muss. Das Gebäude wird außerdem durchsucht. Wir müssen die Schultasche finden. Was ist mit dem Vater?«

»Der wird zurzeit betreut«, sagte Dr. Ruben nur.

»Wir müssen die Familie befragen, so bald wie möglich. Vor allem, wie ihre Suchaktion gestern verlaufen ist. Oberste Priorität ist es für uns, die letzten Stunden von Christina so gut wie möglich zu rekonstruieren. So können wir hoffentlich den Kreis der Verdächtigen eingrenzen.«

Als Brandstätter und Eddie nach unten stiegen, kamen ihnen weitere Polizisten entgegen, dazu zwei Sanitäter mit einer Trage.

Es war ungefähr ein Uhr Nachmittag, als sie unter den grauen Himmel traten. Die Betonbauten der Siedlung ragten schief über ihnen nach oben, als ob sie versuchen würden, in die Wolken zu stechen und Sonnenstrahlen den Weg zu bahnen. Es gelang ihnen nicht.

Endlich konnte sich Brandstätter eine Zigarette anzünden. Manchmal dachte er, dass es diese kurzen weißen Stangen waren, die seine geistige Gesundheit erhielten. Er inhalierte tief und spürte, wie der Qualm seine Lungen umspielte und sie beruhigend streichelte, ehe er ihn wieder ausstieß.

»Wenn sich wirklich herausstellt, dass es derselbe Täter war«, sagte Eddie nach einer Weile, während sein Blick den Rauchschwaden folgte, die sich Richtung Wolken davonmachten, »dann wird es für uns richtig ungemütlich. Dann waren die Geschichten über Alexandra in den Zeitungen nur ein Vorgeschmack auf das, was jetzt kommt.«

»Die Medien sind mir im Moment scheißegal«, sagte Brandstätter, warf die Zigarette zu Boden und trat sie aus. »Im Moment sitzt mein einziges Problem in der Berggasse und erwartet von uns, dass wir ihm einen Täter liefern, der schwieriger zu fassen ist als der eigene Schatten.«

Er zog sich den Mantel über, den er bis dahin über den linken Arm geworfen hatte. Dann ging er zu seinem Auto, das direkt auf dem Gehsteig vor dem Stiegenhaus B der Per-Albin-Hansson-Siedlung Nr. 2 stand.

Brandstätter stieg ein und umfasste das Lenkrad mit beiden Händen. Er musste fest zupacken, um das Zittern zu unterdrücken. Kurz und kräftig schlug er dreimal mit seinen Händen auf das Armaturenbrett. Es schien ihm die einzig angemessene Reaktion, doch danach kam er sich lächerlich vor.

Fritz Brandstätter startete das Auto, rumpelte vom Gehsteig und machte sich auf den Weg zurück in die Berggasse.

Freitag, 3. Februar
Berggasse, Wien-Alsergrund

Seit Jahresbeginn war ich stellvertretender Leiter des Erkennungsdienstes. Edelbacher lag dieser Bereich besonders am Herzen. Moderne Ermittlungen brauchten einen modernen Erkennungsdienst. Ich hatte den Job nur unter der Voraussetzung angenommen, auch meinen Posten in der Mordkommission behalten zu können. Doch die neuen Aufgaben bedeuteten, dass ich mehr Zeit in der Berggasse verbrachte. An Tatorte und zu Zeugenbefragungen fuhren andere Kollegen. Ich überblickte zwar alles, was sich im Mordreferat abspielte, aber Laufarbeit hatte ich nur noch wenig zu leisten. An manchen Tagen vermisste ich die schmutzige Feldarbeit, die mit dem Beruf des Kriminalbeamten verbunden sein konnte.

Ich war überrascht, meine Sekretärin so früh bereits auf mich zueilen zu sehen. Mir blieb kaum Zeit, Mantel und Aktentasche abzulegen. Margit empfing mich noch im Flur. »Hofrat Edelbacher will Sie sehen«, sagte sie.

Vor der Tür zum Büro des Chefs kam mir Brandstätter entgegen. Er blickte mich vielsagend an. Ich öffnete die Tür und sah vor mir ein Bild, das mir bekannt vorkam und auf das ich gut und gern hätte verzichten können.

Edelbacher saß hinter seinem Schreibtisch, den Oberkörper nach vorne gelehnt, die Hände verschränkt. Tiefe Sorgenfalten gruben sich in seine Stirn.

Brandstätter und ich setzten uns ihm gegenüber.

»Und?«, fragte Edelbacher schließlich, nachdem das unbehagliche Schweigen unerträglich geworden war und meine angespannten Nerven vollends zu zerreißen drohte. »Ist es derselbe Täter?«

»Das können wir natürlich noch nicht sagen«, antwortete Brandstätter mechanisch.

»Derselbe Täter?«, fragte ich. »Soll das heißen …«

Edelbacher nickte. »Wieder ein Mord in Favoriten. Gleiches Muster wie bei Schriefl.«

Brandstätter reichte mir die Mappe mit Fotos und Berichten über den Tatort. Während ich darin blätterte, gab er eine kurze Zusammenfassung der Ereignisse.

Als ich aufblickte und meine Aufmerksamkeit wieder Brandstätter zuwandte, sagte er gerade: »Es gibt jedenfalls Indizien. Die zeitliche und räumliche Nähe der beiden Taten sind ungewöhnlich. Noch dazu fehlten dem Opfer ebenfalls Kleidungsstücke. Das hervorstechende Merkmal ist jedoch die Inszenierung des Tatorts.« Er machte eine kurze Pause, als wartete er auf meine Bestätigung.

»Der Täter hat ein Kleidungsstück des Opfers benutzt, um es zu strangulieren und danach in eine unnatürliche Position zu bringen, in der wir es finden sollten. Wenn man so etwas einmal sieht, vergisst man es nicht. Ich musste beim Betreten des Tatorts sofort an die Fotos vom Schriefl-Fall denken.«

»Alexandra Schriefl wurde im Freien umgebracht«, warf Edelbacher ein. »Offenbar eine spontane Tat, auf dem Nachhauseweg überfallen und hinter eine Plakatwand gezerrt. Dieses Mädchen war einen ganzen Tag lang verschwunden, bis wir es in einem Wohnhaus fanden. Diese Tat wirkt viel strukturierter, sie wirkt geplant.«

»Womöglich ist der Täter diesmal auch anders vorgegangen«, warf ich ein. »Viele Serienmörder werden bei der ersten Tat von ihren Trieben überwältigt, bemerken aber, dass die Umsetzung ihrer Fantasie nicht an ihre Vorstellungen heranreicht. Deshalb planen sie ihr weiteres Vorgehen präziser.«

»Ist das unser Täter denn?«, fragte Edelbacher. »Ein Serienmörder?«

»Falls die Theorie stimmt und es sich um denselben Täter handelt«, antwortete ich, »ist es wahrscheinlich, dass er noch öfter zuschlagen wird. Die Tat folgt einem Muster. Der Täter inszeniert seine Taten. Er hinterlässt seine persönliche Signatur, er will uns schockieren. Er will gesehen werden.«

»Dann soll er sich stellen, verdammt noch mal«, stieß Edelbacher hervor. »Dann sind ihm ein paar Monate Schlagzeilen garantiert.«

»Ich würde vorschlagen, alle verfügbaren Männer durchsuchen die Siedlung«, meldete sich Brandstätter zu Wort. »Und wir klopfen an alle Türen. Jeder Mann in dieser Siedlung, der über 14 Jahre alt ist, sollte befragt werden. Vielleicht tauchen einige Verdächtige aus dem Schriefl-Fall wieder auf. Ich halte es für besonders wichtig, so viel wie möglich über die letzten Stunden von Christina Beranek herauszufinden. Wer hat sie gesehen und wo, mit wem? Vielleicht finden wir so eine Spur zum Täter.«

»Tun wir das«, sagte Edelbacher. »Außerdem habe ich Kollegen im deutschen Wiesbaden angerufen. Ich weiß, dass die dort über fortschrittlichste Kriminaltechnik verfügen, vor allem was Spurensicherung angeht.« Edelbacher war in technischen Fragen immer auf dem neuesten Stand. Es war ein offenes Geheimnis, dass er auch ganz gern einige der neuen Methoden in der österreichischen Polizei etabliert hätte, doch wie so oft war das Geld nicht gerade in Massen vorhanden.

»Die schicken uns ein paar Kollegen herüber. Dafür werden wir den Boden, auf dem wir das Opfer gefunden haben, herausschneiden und ins Labor bringen. Den Beton, das Metallgeländer, alles. Wir dürfen nichts unversucht lassen.«

»Noch etwas anderes ist ungewöhnlich«, sagte Brandstätter. »Das erste Opfer war jung, ja, aber eine erwachsene Frau. Diesmal handelt es sich um ein Kind.«

»Zwei Möglichkeiten«, sagte Edelbacher, obwohl ich bereits ahnte, worauf er hinauswollte. »Entweder es sind tatsächlich zwei verschiedene Täter. Oder«, fuhr er mit einer Stimme fort, die sich über die einzelnen Sätze schleppte, »er hat mit Absicht diesmal ein jüngeres Opfer gewählt. Offenbar musste er Alexandra Schriefl mit seinen Händen erwürgen und hat sie erst danach mit ihrem Pullover an den Baum gekettet. Womöglich hat er gezielt nach einem Opfer gesucht, das weniger Gegenwehr leistet.«

Mein Gefühl sagte mir, dass der Chef damit recht hatte. Aus ermittlungstaktischer Sicht war das furchtbar, denn dann würde es erneut schwierig werden, irgendeine persönliche Verbindung zwischen Täter und Opfer herzustellen.

»Meine Herren«, sagte Edelbacher schließlich, »ich darf Sie daran erinnern, dass die Medien und die Öffentlichkeit auf Ergebnisse drängen. Die Geduld ist überstrapaziert. Noch dazu ist Innenminister Löschnak mit dem Vater des Opfers bekannt, offenbar haben sie vor Jahren gemeinsam im Magistrat gearbeitet. Wir haben also auch Druck von ganz oben.« Er seufzte. »Ich würde sagen, Sie beide dürfen sich jetzt eine anstecken, bevor es zurück an die Arbeit geht. Aber bitte vor der Tür.«

Ohne ein weiteres Wort traten wir auf den Gang hinaus. Brandstätter zog ein silbernes Etui aus der Innentasche seines Jacketts, klappte es auf und holte zwei Zigaretten heraus. Er reichte mir eine und steckte auch sich selbst eine in den Mund. Dann gab er mir Feuer.

Während ich rauchte, dachte ich noch einmal über Edelbachers Worte nach. Einen Menschen zu töten, gerade weil er schwächer war. Weil man dadurch seine kranken und perversen Ideen am einfachsten ausleben konnte. Es war die völlige Gleichgültigkeit gegenüber anderem menschlichem Leben, es war die höchste und schlimmste Form des Narzissmus. Sollte diese Theorie zutreffen – und etwas in mir sagte, dass sie es tat – dann hatten wir es mit einem hochgradigen Psychopathen zu tun. Wird man mit so einem Tatort konfrontiert, fragt man sich unweigerlich: Was ist das für ein Mensch, der das tun kann? Wie sieht er aus? Wie lebt er, aus welchen Umständen kommt er? Man erwartet sich eine Bestie, eine Ausnahmeerscheinung, eine Verletzung der Norm. Doch wir wussten längst, dass die grausamsten Morde oft von jenen Menschen verübt werden, die völlig durchschnittlich aussehen und leben. Oft haben sie selbst eine Familie, mit Töchtern, die womöglich im gleichen Alter wie das Opfer sind.

Nichts ist so grausam wie Sinnlosigkeit. Selbst wenn Gründe unzureichend oder unlogisch sind, selbst wenn die Antwort auf das Warum noch keinen Toten wieder zum Leben erweckt hat, so erlaubt sie doch so etwas wie Abgeschlossenheit. Ist diese Abgeschlossenheit auch nur eine Illusion, gibt sie doch Trost. Doch was sollte man in so einem Fall den Trauernden sagen? Es hätte genauso gut jedes andere Mädchen in dieser Siedlung, vielleicht in diesem Bezirk treffen können? Sinnlosigkeit, und das ist das Paradoxe daran, funktioniert in beide Richtungen. Wir lieben oft ohne rationalen Grund, und es ist genau dieses Fehlen jeglicher Gründe, das unsere Gefühle so stark macht. Doch gleichzeitig ist Sinnlosigkeit ein grausames Monster, das unsere Träume und Gedanken verschlingt. Jeder Mord ist sinnlos, könnte man meinen. Und das stimmt in gewisser Weise auch. Doch die grausamsten von ihnen sind jene, die einige Fragen für immer unbeantwortet lassen.

Doch so weit waren wir noch nicht. Wir hatten zunächst nichts anderes als Theorien. Erst die folgenden Tage und Wochen würden zeigen, ob wir damit richtig lagen. Die Ergebnisse der Obduktion, das Spezialteam aus Wiesbaden, das Edelbacher angefordert hatte, und Zeugenbefragungen würden vielleicht völlig neue Erkenntnisse hervorbringen. Zumindest mussten wir darauf hoffen.

Ich nahm einen letzten, tiefen Zug von meiner Zigarette. Schon die zweite am heutigen Vormittag.

»Ich mache mich sofort an die Arbeit«, sagte ich.

Ich spürte, wie mir Brandstätters Augen mit jener Intensität folgten, die einem nur das Unaussprechliche in den Blick zu legen vermag.

Samstag, 4. Februar
Rossauer Brücke, Wien-Alsergrund

Normalerweise fiel es mir leicht, die Distanz zu einem Fall zu wahren. Sonst wäre es langfristig gar nicht möglich, in der Mordkommission zu arbeiten.

Doch ab und zu erwischte es mich. Dann war ich kein unbeteiligter Beobachter mehr, der die Fakten möglichst rational und neutral zu analysieren versucht. Dann fühlte ich mich tief betroffen von dem, was um mich herum geschah.

Auch ich war ein Vater. Meine Tochter war fünf Jahre alt. Ich konnte nicht verhindern, dass ich mir immer wieder die gleiche Szene vorstellte: Wie Christinas Vater an diesem verhängnisvollen Morgen seine Tochter gefunden hatte, wie er die Spuren der Verwüstung und der sinnlosen Gewalt an diesem unschuldigen Körper gesehen hatte. Unweigerlich musste ich mich fragen, was ich an seiner Stelle getan hätte. Aber die Wahrheit war, dass ich es nicht wusste. Denn manche Dinge sind einfach unvorstellbar, nicht nachzuvollziehen, in ihrer Tragweite unbegreiflich, selbst wenn es mein Beruf war, sie zu begreifen und ihnen auf den Grund zu gehen.

Ich stand auf der Rossauer Brücke, starrte auf den Donaukanal und rauchte. Ich konnte die Leere im Gesicht des Vaters nicht vergessen, als wir ihn heute als Zeugen vernommen hatten. Es war, als hätte jemand mit einem Schlag alle Emotionen aus seinen Gesichtszügen gerissen und weggeworfen und seine Augen mit einem schweren Tuch verhängt.

Brandstätter führte die Einvernahme, Eddie und ich hielten uns im Hintergrund. Der Vater war ein kräftiger Mann mit Schnauzer, sein Haar lichtete sich bereits. Ich sah ihn zum ersten Mal, konnte mir aber vorstellen, dass er in den vergangenen zwei Tagen um Jahre gealtert war.

»Können Sie uns sagen«, redete Brandstätter auf den katatonisch wirkenden Mann ein, »was am Tag von Christinas Verschwinden passiert ist?«

»Sie ging in der Früh in die Schule, so wie jeden Tag. Dort war sie dann auch, wir haben ja gleich in der Schule angerufen, als sie nicht nach Hause gekommen ist. Sie besucht den Hort, dort isst sie zu Mittag, meine Frau und ich sind beide berufstätig. Christina kommt oft erst um fünf nach Hause, manchmal auch später.«

Ihm fiel es offensichtlich schwer, in der Vergangenheitsform über seine Tochter zu reden, so als wäre die Sprache stark genug, um ihren Tod zumindest für Augenblicke aufzuheben. »Als es dann finster wurde, machten wir uns Sorgen, meine Frau und ich. Wir haben bei den Großeltern nachgefragt, die wohnen auch in der Siedlung, nur einen Block entfernt. Aber die wussten nichts. Dann haben wir die Lehrerin angerufen, und die hat uns erzählt, dass sich Christina wie jeden Tag nach der Schule auf den Heimweg gemacht hat.

Wir haben bei allen Freundinnen von Christina nachgefragt, ob sie vielleicht mitgegangen ist. Mit jedem weiteren Telefonat wurde meine Frau nervöser. Dann hat sie schließlich nur noch geweint.«

Der Vater machte eine Pause. War das überhaupt noch die richtige Bezeichnung, Vater? Oder war es ein weiterer Versuch der Sprache, zu verschleiern, dass es diese Bezeichnung schon nicht mehr gab, dass sie unrettbar verloren war? Nein, erkannte ich, als ich ihn dort sitzen und mit den Worten ringen sah. Dieser Mann war nichts anderes als Vater, er würde nie wieder etwas anderes sein. Darin bestand die wahre Tragik.

»Als wir nicht mehr wussten, was wir tun sollten, habe ich noch mal den Schwiegervater angerufen. Er hat eine Vermisstenanzeige aufgegeben, und zusammen mit ein paar Freunden und Beamten haben wir die ganze Wohnhausanlage durchsucht, aber wir konnten nichts finden.«

»Haben Sie auch den 14. Stock der Stiege 2 untersucht?«, fragte Brandstätter.

Der Vater schüttelte den Kopf. »Ich selbst nicht, aber meine Freunde schwören, dort auch nachgeschaut zu haben. Da war sie ... Sie war nicht ...« Er brach ab.

Es gab zwei Möglichkeiten, die Brandstätter ebenso klar waren wie mir. Entweder die Freunde des Mannes logen und sie hatten es mit der Suche nicht so genau genommen. Oder das Opfer war zu diesem Zeitpunkt noch nicht dort gewesen.

Dann stellte sich die Frage: Wo war Christina gewesen? Wie und wann war sie dorthin gekommen?

»Wir suchen bereits nach Christinas Schultasche. Vermutlich hat der Täter sie mitgenommen. Gibt es sonst noch etwas, was Ihrer Tochter abgenommen worden sein könnte?«

Der Vater schloss die Augen, als er antwortete. Ich wusste nicht, ob er es tat, um eine Antwort auf Brandstätters Frage zu finden, oder um alle Bilder zu vergessen, die damit verbunden waren. »Eine schwarze Jeanshose«, sagte er dann. »Sie ist schon recht alt und hat auf den Knien aufgenähte Flecken. Sie war Christina zu weit, aber es war ihre Lieblingshose, sie zog sie so oft an, es war fast unmöglich, sie zu waschen ...«

Das passte zu dem, was wir bisher über den Täter wussten. Als ich die Fotos des Tatorts gesehen hatte, dachte ich mir bereits, dass der Täter eine Hose mitgenommen haben musste. Nun würden wir in der ganzen Siedlung und darüber hinaus nach einer schwarzen Jeanshose suchen. Wenn wir Glück hatten und sie fanden, konnten wir vielleicht Spuren sicherstellen.

»Hat Ihre Tochter jemals von seltsamen Begegnungen erzählt?«, fragte Brandstätter so neutral wie möglich. »Irgendjemand, der sie beobachtet haben könnte ...«

Ich weiß nicht, ob es die Nüchternheit in Brandstätters Stimme war oder der Umstand, dass dem Vater vor Augen geführt wurde, was seiner Tochter zugestoßen war. Jedenfalls sprang der Mann, bis dahin eine Salzsäule, auf und hieb mit der Faust auf den Tisch. Ich konnte sehen, wie die Haut über einem seiner Knöchel aufplatzte, doch das schien er nicht zu spüren.

»Was macht ihr hier eigentlich?«, schrie er, und es war zu erkennen, wie wichtig dieses Schreien für ihn war. Es hatte sich über Stunden in seinem Körper aufgestaut, drohte ihn von innen zu verbrennen. Alle Adern in seinem Hals waren zum Zerreißen gespannt, der Kopf so rot, dass er beinahe glühte. Jeder Muskel war angespannt, die Wut hatte ihn elektrisiert. Jetzt würde sie sich entladen.

»Meine Tochter wurde vergewaltigt und dann wie ein Stück Müll liegengelassen! Alle konnten sie sehen! Sollten Sie nicht dort draußen sein, verdammt noch mal, anstatt mir irgendwelche dämlichen Fragen zu stellen?!«

Brandstätter wollte ihn einbremsen, und auch Eddie war bereits in Richtung Tisch gestürzt, doch der Mann kam gerade erst in Fahrt.

»Glauben Sie, ich kriege dieses Bild jemals wieder aus meinem Kopf? Als ich die letzte Stufe nach oben gestiegen bin, wo ich mich doch erst gar nicht dort oben umschauen wollte, weil dort oben sonst nie jemand ist ... Und als ich nach oben stieg, konnte ich etwas spüren, ich habe einfach gespürt, dass dort oben etwas wartete. Ich sah sie nach der letzten Stufe. Ich sah einen Körper, der ihrem so ähnlich war, ich sah eine Jacke, wie sie eine getragen hatte, aber das konnte unmöglich sie sein. Ich bemerkte zunächst den Strumpf und wie seltsam sie kopfüber hing.« Der Vater zitterte jetzt nur noch, Wellen aus Verzweiflung und Schuld trieben durch sein Blut und durchzuckten jeden Muskel. So plötzlich, wie die Gefühle über ihn hereingebrochen waren, so plötzlich verebbten sie. Er sank wieder auf den Stuhl zurück und sagte mit leiser Stimme: »An die nächste Stunde kann ich mich gar nicht mehr erinnern. Ich hab wohl geprüft, ob sie noch atmet. Als ich keinen Atem feststellen konnte, was hab ich da gemacht ... Ich muss nach unten gegangen sein, zurück in unsere Wohnung ... Und dann hab ich die Polizei gerufen, doch alles ist so verschwommen ...«

Er blickte auf, all die Wut war verflogen. Der Schleier, der sich um seine Pupillen gelegt hatte, war zerrissen. Doch die braunen Augen waren mit einer grausamen Klarheit durchsetzt, und durch sie konnte ich beinahe sehen, was auch sie mitangesehen hatten.

»Wissen Sie, woran ich immerzu denken muss? Wie waren ihre letzten Stunden? Was hat dieses Monster mit ihr getan? Wie viel Angst, wie viel Schmerz musste sie erleiden, bevor ... bevor es ...« Er schrie auf wie ein geschlagenes Tier und umklammerte die Kante des Tisches. Dann vernahm ich einen tiefen Seufzer und sah, wie der Körper vor mir zusammensackte. Der Mann weinte.

»Wo war ich? Wie ein Idiot bin ich irgendwo herumgelaufen, hab ihren Namen gerufen und bei Nachbarn gefragt. Hat sie gehofft, dass ich komme? Dass ihr Vater sie beschützt? Daran denke ich. Ich werde nie wieder an etwas anderes denken.«

Brandstätter stand auf und packte den Mann an der Schulter. Es hatte keinen Zweck, ihn weiter zu befragen, und es war auch fraglich, ob er uns irgendetwas Wichtiges erzählen konnte.

»Wir sind fertig«, sagte Brandstätter schließlich. »Sie können gehen.«

»Lässt dich die Sache auch nicht los?«

Die Stimme meines Kollegen riss mich aus den Gedanken. Eddie schlenderte mit langsamen Schritten auf mich zu, den Blick auf den Fluss gerichtet. Neben mir angekommen, stützte er die Hände auf die Betonmauer und lehnte sich nach vorne.

»Denkst du, der Vater hatte recht?«, fragte er mich nach kurzem Schweigen. »Dass wir unnötig Zeit verschwenden?«

»Was hätten wir denn deiner Meinung nach tun sollen?«, fragte ich ihn.

Er zuckte mit den Schultern. »Ich weiß nicht ... Wir haben alles genauso getan, wie es getan werden sollte. Nach Protokoll gehandelt. Aber«, fügte er hinzu, »vielleicht reicht das Protokoll hier nicht.«

»Was meinst du?« Ich suchte seinen Blick, doch der war nicht zu fassen.

»Viele meinen, die Welt ist nicht schwarz und weiß, sondern komplex und hat unzählige Schattierungen. Deswegen haben wir auch all diese unverständlichen und komplizierten Gesetze. Aber was, wenn das nicht stimmt?« Nun sah er mich doch an. »Was, wenn es in Wirklichkeit ganz einfach ist? Wenn es schlechte und gute Menschen gibt, und wir verlernt haben, diesen einfachen Unterschied zu erkennen?«

»Ich glaube nicht, dass er so einfach ist«, sagte ich.

»Vielleicht nicht«, sagte er, doch er klang nicht sonderlich überzeugt.

»Machst du auch Feierabend?«, fragte ich ihn, um das Thema zu wechseln.

»Nein«, antwortete Eddie, »für mich geht es gleich weiter. Ich kann sowieso an nichts anderes denken.«

Ich rauchte fertig und warf meine Zigarette in den Fluss. Der Wind kam über das Wasser geglitten und fuhr mir in den Mantel. Ich schlug den Kragen hoch und kehrte der untergehenden Sonne, die lange schon keine Wärme mehr spendete, den Rücken zu. Ich drückte Eddies Schulter und verließ die Brücke Richtung Berggasse. Dort bog ich in eine Seitenstraße ab, in der mein Auto stand. Als ich den Motor anließ, dachte ich daran, wie uns der Mann angesehen hatte. Nie aufhören, Vater zu sein. Zum ersten Mal hatte diese Vorstellung auch etwas Erschreckendes für mich.

Als ich den Blinker setzte und auf den Franz-Josefs-Kai abbog, schwor ich mir, die kommende Nacht neben dem Bett meiner Tochter zu verbringen, ihre Hand zu halten und nicht von ihrer Seite zu weichen. Ich würde über sie wachen, sie beschützen. Dafür sorgen, dass ihr nichts und niemand Leid zufügen konnte.

Zumindest heute Nacht.

Mittwoch, 8. Februar
Sensengasse, Wien-Alsergrund

Eddies Humor war für gewöhnlich nicht sonderlich subtil, aber die Ironie verstand sogar er. Der Umstand, dass die kleine Seitenstraße mit Namen Sensengasse zwischen Spitalgasse und Währinger Straße das gerichtsmedizinische Institut beherbergte, hatte zahlreiche Witzeleien hervorgebracht.

Doch spätestens, wenn man das Gebäude betrat, das war Eddie schnell klar geworden, endete der Spaß.

Die Gerichtsmedizin lag in der Sensengasse, dahinter ragte der Narrenturm in den Himmel, die erste psychiatrische Klinik in Kontinentaleuropa, die aber schon seit mehr als hundert Jahren keine Patienten mehr beherbergte. Der massive Rundbau mit den zahlreichen Fenstern wirkte jedoch noch immer abschreckend.

Dr. Ruben hatte heute morgen in der Berggasse angerufen und verkündet, dass die Obduktion abgeschlossen sei. Eddie hatte sich sofort auf den Weg gemacht, zusammen mit Ferdinand Gennad, der sich den braunen Fallakt unter den Arm geklemmt hatte.

Immer, wenn Eddie durch die Türen dieses unauffälligen, grauen Gebäudes trat, wurde er von einer gespenstischen Stille empfangen. Eile herrschte hier keine.

Schummriges Licht erhellte die Gänge. An den Wänden standen Bahren mit zugedeckten leblosen Körpern. Manche warteten auf ihre Untersuchung, andere hatten diese schon hinter sich und würden bald ihre letzte Ruhestätte finden. Zumindest drängelte sich niemand vor, dachte Eddie.

Dr. Ruben kam ihnen entgegen, eine schwarze Krawatte mit goldener Krawattennadel blitzte unter dem langen, weißen Kittel hervor.

»Immer muss ich durch die Straßen gehen, und immer spür ich, es ist einer hinter mir her. Das bin ich selber!«, begrüßte er die Beamten. Gennad und Eddie schenkten ihm bloß verständnislose Blicke.

»Dieses Zitat kommt aus ›M – Eine Stadt sucht einen Mörder‹«, erklärte Dr. Ruben mit hochgezogener Augenbraue. »Das Meisterwerk von Fritz Lang. Darin geht es um eine Bestie, die Morde an Kindern verübt, im Alltag aber ein unauffälliger Bürger ist.«

»Und Sie denken, das trifft auch auf unseren Täter zu?«, fragte Eddie, während er dem Mediziner ans Ende des Ganges folgte. Sie betraten einen Raum, dessen Licht gedämpft war, als wollte man die Toten nicht stören. In der Mitte des Raumes stand eine Liege aus Metall, auf der Christinas Leiche lag. Darüber beugte sich eine Gestalt, von der Eddie nur den Rücken erkennen konnte. Sie trug ebenfalls einen weißen Arztkittel und hatte schmale Schultern. Mehr konnte er auf den ersten Blick nicht erkennen.

»Es sieht zumindest danach aus«, erklärte Dr. Ruben, während er ans andere Ende der Liege ging. »Die Ähnlichkeiten überwiegen.«

»Gibt es Hinweise?«, fragte Gennad.

»Wenige«, antwortete eine leise, aber bestimmte Stimme. Sie kam von dem Mediziner, der über die Leiche gebeugt arbeitete. Es war eine Stimme, die Eddie hier noch nie gehört hatte.

Als sich der Mediziner umdrehte, erkannte Eddie auch sofort, warum: Es handelte sich um eine Medizinerin.

»Eine Frau in der Gerichtsmedizin«, entfuhr es Gennad.

»Darf ich vorstellen«, sagte Dr. Ruben, ohne zu lächeln, »meine neue Assistentin, Maria Zalesch.«

»Doktor Zalesch.« Die Medizinerin gab Eddie die Hand. »Ich bin erst seit wenigen Wochen hier. Davor habe ich in den USA Medizin studiert.«

Bei der Erwähnung der USA machte Dr. Ruben ein Gesicht, als hätte das Land soeben den Dritten Weltkrieg erklärt. »Und nun möchte Doktor Zalesch lernen, wie wir rückwärtsgewandten Österreicher so arbeiten«, sagte er.

Zalesch ignorierte den Unterton.

»Tatsächlich«, sagte sie kühl, »kommen in Wien nicht nur Mordfälle in die Gerichtsmedizin, sondern alle ungeklärten Todesfälle. Damit gibt es mehr Übung für uns Gerichtsmediziner als in irgendeiner anderen Stadt.«

»Der Tod ist ein Wiener«, sagte Dr. Ruben nun mit einem gezwungenen Lächeln.

Eddie konnte seinen Blick nicht von der Medizinerin abwenden, auch wenn er wusste, wie unprofessionell das war. Sie hatte langes, blondes Haar mit dunklen Strähnen darin, das sie hinter ihre spitzen Ohren gestrichen hatte. Stechende, braune Augen und eine kleine Nase verliehen ihr ein markantes, selbstsicheres Gesicht. Sie trug weder Make-up noch Lippenstift. Ihr Gesichtsausdruck war distanziert. Eddie wusste nicht, was er von ihr halten sollte.

Gennad offenbar ebenfalls nicht. »Und sowas tun Sie sich an, junges Fräulein?«, fragte er.

»Ich habe zuvor in New York gearbeitet«, meinte Zalesch nur, als wäre das Antwort genug.

»Nun«, räusperte sich Dr. Ruben. »Zum vorliegenden Fall. Vielleicht möchten Sie, werte Kollegin ...?«

Erneut überging Zalesch den ironischen Unterton. »Das Opfer weist sowohl vaginal als auch anal Spuren einer gewaltvollen Penetration auf«, sagte Zalesch mit ruhiger Stimme. »Aber anders als bei Alexandra Schriefl konnten wir kein Sperma finden. Wir gehen davon aus, dass der Täter diesmal ein Kondom benutzt hat. Vermutlich hat er das Opfer an einem Ort festgehalten und dort getötet. Das würde erklären, warum wir keine Spuren finden konnten. Er hat alle sorgfältig beseitigt.«

»Diese Tat war geplant«, sagte Eddie. »Er hat alles vorbereitet. Er hatte einen Raum, vermutlich wusste er sogar schon, wo er später die Leiche platzieren kann.«

Zalesch nickte. »Das denke ich auch.«

»Nana«, sagte Dr. Ruben. »Das Schlussfolgern überlassen wir den Herren Beamten.« Er schenkte Eddie und Gennad sein breitestes Lächeln.

»Sonst nichts?«, fragte Gennad.

»Keine Fingerabdrücke, keine Haare, nichts«, sagte Dr. Ruben. »Nicht einmal Fasern.«

»Die könnten wir ohnehin nicht untersuchen«, meinte Zalesch. »Dafür müssten wir die Schweizer um Hilfe bitten.«

Dr. Ruben warf ihr einen missbilligenden Blick zu. »Es sieht nicht so aus, als würde die Obduktion einen großen Durchbruch bringen. Wir können bloß sagen, dass dieser Mord jenem an Alexandra Schriefl ähnlich war. Zu ähnlich für zwei verschiedene Täter, würde ich sagen. Aber das war es auch schon.«

»In den USA probieren Wissenschaftler bereits DNA-Analysen aus«, meinte Zalesch. »Das könnten wir jetzt gut gebrauchen. Damit lassen sich nicht nur Verdächtige ausschließen, wie mit der Blutgruppe. Man kann sie damit überführen.«

»Das klingt zu schön, um wahr zu sein«, brummte Gennad mit seiner gewohnten Portion Wiener Grant. »Was einen Fall wirklich löst, ist Laufarbeit. Am Tatort im Dreck knien und dann hunderte Leute befragen. Es gibt keine Wundermittel.«

»Was bringt das ganze Fragen, wenn Sie nicht wissen, wonach Sie suchen?«, warf Zalesch ein.

»Wonach wir suchen?« Gennad schnaubte. »Nach einem Monster.«

»In den USA habe ich mitbekommen, wie an neuen kriminalistischen Methoden gearbeitet wird«, erklärte sie. »Psychologen legen dort ein psychologisches Profil des Täters an. Es gibt Spezialisten, die eine Beschreibung des Täters anfertigen können, seine Ängste und Wünsche, mögliche Vorstrafen oder Fetische. Dadurch weiß die Polizei, wonach sie sucht. Denn ›Monster‹ ist als Beschreibung nicht sonderlich präzise.«

Eddie gefiel, was die junge Frau da sagte. Er hatte bereits mit den Kollegen Brandstätter und Geiger versucht, sich in den Kopf des Täters hineinzuversetzen. Bislang ohne Erfolg.

»Aber wie«, fragte er, »soll sich eine gesunde Person in so einen Irren hineinversetzen?«

»Vielleicht gehen Sie das von der falschen Seite an«, meinte Zalesch. »Vielleicht können wir Informationen über den Täter gewinnen, wenn wir uns in die Opfer hineinversetzen. Warum sucht er sich genau diese Mädchen aus? Was sind diese Mädchen für ihn, wie wirken sie auf ihn?«

»Aber wie sollen wir das herausfinden?«, fragte Eddie.

»Vielleicht, indem Sie mal eine Frau befragen«, meinte Zalesch.

Gennad schien von diesen neuen Methoden weniger zu halten. Nachdem er die Ärztin eine Weile angeschaut hatte, schüttelte er bloß den Kopf.

»Psychologisches Profil«, murmelte er. »Die Welt wird langsam verrückt.«

Dr. Ruben verfolgte das Gespräch mit Gelassenheit, so als wollte er ausdrücken: Lasst sie nur reden. Hier in Österreich fassen wir unsere Täter noch auf ordentliche Weise.

»Meine Herren«, sagte er schließlich. Eddie und Gennad traten an die Leiche. Während der Mediziner auf weitere Details hinwies, schoss Gennad Fotos für den Akt. Eddie konnte seinen Blick nicht vom Gesicht des Opfers lösen. Er wollte etwas darin erkennen, obwohl er selbst nicht genau wusste, was. Erlösung vielleicht, oder Frieden? Was auch immer es war, es blieb seinen Augen verborgen.

Dr. Rubens Bericht war kurz und bündig, und Gennad hatte schnell alle Fotos beisammen. Der Mediziner führte die beiden Beamten nach draußen. Die junge Ärztin musste den Raum währenddessen verlassen haben, zumindest konnte Eddie sie nirgendwo entdecken.

»Am Ende von Langs Film«, sagte Dr. Ruben, als er die beiden Beamten zum Ausgang begleitet hatte, »schnappt eine Bande von Verbrechern den Mörder. Sie können ja nicht zulassen, dass ein Kindsmörder das Bild, das die Gesellschaft von Kriminellen hat, derart in den Dreck zieht. Also halten sie Tribunal über ihn. Und wollen ihn am Ende lynchen.« Dr. Ruben öffnete den beiden die Tür und winkte sie mit ausladender Handbewegung hinaus. »Die Polizei schreitet noch rechtzeitig ein und verhindert diesen Akt der Selbstjustiz. Ein Sieg für die Gerechtigkeit, finden Sie nicht?« Der Doktor verbeugte sich leicht und verschwand wieder in den nur unzureichend ausgeleuchteten Gängen des Instituts.

Für einen Moment musste Eddie über die Worte des Mediziners nachdenken. Was für eine Gerechtigkeit hatte ein solcher Mensch verdient? Konnte man den Leuten wirklich einen Vorwurf machen, wenn sie ihn einfach auf dem nächstbesten Baum aufknüpften? Wäre der Welt damit nicht viel eher ein Gefallen getan? Aber Eddie wusste, dass diese Gedanken dem Ethos der Polizei widersprachen. Also verdrängte er sie und trat nach draußen in die strahlende Wintersonne.

Eddie entdeckte Zalesch, die an einer Hauswand lehnte und rauchte.

»Geh du schon mal vor«, sagte er zu Gennad. »Ich möchte die Frau Doktor noch schnell etwas fragen.«

»Fragen«, sagte Gennad. »Schon klar.«

Eddie ging zu der Medizinerin. Schweigend steckte sie ihm eine Packung Marlboro hin, doch Eddie schüttelte den Kopf.

»Diese DNA-Analyse ...«, sagte er ohne Umschweife. »Wie funktioniert die?«

Zalesch legte den Kopf in den Nacken und blies den Rauch in die Luft. Eddie hatte noch nie jemanden so elegant mit einer Zigarette umgehen sehen.

»Dieses Verfahren steckt noch in den Kinderschuhen«, sagte sie und blickte Eddie durchdringend an. »Aber es wird sich durchsetzen. In Amerika werden bald Dinge möglich sein, von denen wir hier noch nicht mal zu träumen wagen. Sie könnten die Ermittlungsarbeit revolutionieren, auch hierzulande. Aber dafür braucht es die richtigen Leute. In Österreich traut man dem Fortschritt nur über dem Weg, wenn er in der Verkleidung des Altbekannten daherkommt.«

»Wenn Sie Informationen zu diesen Verfahren haben«, sagte er und streckte ihr seine Karte hin, »dann schicken Sie mir die doch bitte zu. Ich wäre Ihnen sehr verbunden.«

Die Medizinerin blickte ihn stumm an. Hatte sie seine Frage überrascht? Zumindest bildete er sich ein, dass sie ihn interessiert anblickte.

»Sie haben recht«, sagte er. »Wir brauchen die richtigen Leute dafür.«

Er verabschiedete sich und ging zu Gennad, der neben dem Polizeiwagen stand und wartete.

»Schönes Gespräch gehabt?«, fragte er.

»Ich habe Sie nach Informationen zu modernen gerichtsmedizinischen Verfahren gefragt«, sagte Eddie und stieg in das Auto.

»Diese jungen Leute«, murmelte Gennad und stieg ebenfalls ein.

Mittwoch, 8. Februar
Berggasse, Wien-Alsergrund

Nicht nur der Tatort und der Tathergang bei den Fällen Schriefl und Beranek waren ähnlich, sondern auch der Verlauf der Ermittlungen.

Wie im Mordfall Schriefl wurden alle zur Verfügung stehenden Beamten abgestellt. Es war bald abzusehen, dass der Fall

Beranek zur größten Ermittlung der österreichischen Polizeigeschichte werden sollte. Tag und Nacht durchstreiften Polizisten die Per-Albin-Hansson-Siedlung, um Anwohner zu befragen, in dunklen Winkeln nach möglichen Spuren zu suchen und selbst die Augen offenzuhalten nach allem, was irgendwie verdächtig wirkte. In dieser Woche war die Siedlung besser geschützt als die Wiener Hofburg, wo der Bundespräsident seinen Sitz hat.

Doch die Ermittlungserfolge waren sogar noch enttäuschender als im Fall Schriefl, wo wir zumindest die Spermaspur des Täters sicherstellen und daraus seine Blutgruppe bestimmen konnten. Im Fall Christina Beranek hatten wir nichts.

Bloß die Schultasche des Mädchens konnten wir finden. Der Täter hatte sie einen Stock tiefer im Zählerkasten versteckt. Wir hatten sie umgehend analysieren lassen, doch auch auf ihr keine Spuren entdecken können. Entweder der Täter war sehr sorgfältig vorgegangen, oder er hatte alle Spuren beseitigt, bevor er die Schultasche losgeworden war. Mit den Methoden, die uns zur Verfügung standen, konnten wir jedenfalls nichts entdecken, was uns geholfen hätte.

Wir fragten den Hausmeister, wer Zugang zu diesen Kästen hatte.

»Zu den Zählerkasten?«, wiederholte er mit schleppender Stimme.

»Keine Ahnung, wer dazu noch einen Schlüssel hat. So einen Schlüssel kann man in jeder Eisenwarenhandlung kaufen, glaub ich. Da müssen Sie die Bewohner fragen.«

Was wir auch taten. Doch es war unwahrscheinlich, dass der Täter die Frage nach einem solchen Schlüssel bejahen würde, sollte er zu den Bewohnern der Siedlung gehören.

Es waren all diese Fehlschläge und Sackgassen, die den heutigen Tag so bedeutsam machten. Heute würden die Spezialisten aus Wiesbaden ihre Einschätzung abgeben. Dr. Konstantin Schwarz war mit zwei Kollegen auf Edelbachers Bitte hin angereist. Sie hatten einen Großteil des Kunststoffbodens, auf dem das Opfer gefunden worden war, abtragen und in ein Labor bringen lassen, genauso das Geländer, an dem sich der Täter möglicherweise festgehalten hatte.

Eddie, Edelbacher und ich saßen in Edelbachers Büro und warteten auf die Ergebnisse von Dr. Schwarz. Brandstätter war heute auswärts unterwegs, um den Mord an einem Diskothek-Besitzer zu untersuchen.

Die Anspannung war zu spüren. Ohne konkrete Spuren konnten wir weiterhin nur Zeugen befragen und auf ein Wunder hoffen.

Es klopfte. Eddie brachte mit einer schnellen Handbewegung seine Haare in Ordnung, dann trat auch schon Dr. Schwarz ein.

Schwarz gab Edelbacher die Hand, dann Eddie und schließlich mir. Sein Händedruck war stramm, er vermittelte Kompetenz, Korrektheit und sogar ein klein wenig Mitgefühl. Als hätte Schwarz stundenlang geübt, um den passenden Händedruck für jede soziale Situation bereit zu haben.

Der Mediziner war groß und dünn, und ich hatte ihn seit seinem Eintreffen noch nicht in etwas anderem als einem schwarzen Anzug mit schwarzer Krawatte gesehen. Er trug eine Nickelbrille, die Enden seines Bügels verschwanden hinter großen Ohren. Er und seine Kollegen von der Polizei Wiesbaden galten als absolute Koryphäen auf dem Gebiet der Tatortsicherung.

Schwarz nahm neben Eddie und mir Platz, den Blick auf Edelbacher gerichtet.

»Die Untersuchungen sind abgeschlossen«, sagte er so nüchtern, dass es wie eine wichtige wissenschaftliche Entdeckung klang. Klar waren die Untersuchungen abgeschlossen, deswegen saßen wir ja hier.

»Und?«, fragte Edelbacher geduldig.

»Wir haben mit Pulver und Licht gearbeitet«, sagte Schwarz, »den Boden auf jede mögliche Reaktion mit jeder möglichen Substanz untersucht. Das Einzige, was wir gefunden haben, waren Haare des Opfers und einen Fußabdruck, der vermutlich vom Täter stammt.«

»Sonst nichts?«, fragte Edelbacher.

Schwarz zog eine Augenbraue hoch. »Kein Sperma, keine Haare, nicht mal Fingerabdrücke auf dem Geländer. Der Täter hat entweder nichts berührt, oder er trug Handschuhe.«

»Keine einzige verwertbare Spur? Sind Sie sicher?«, fragte Eddie, und seine Stimme klang so gebrochen, dass es genauso gut eine Beschwörung hätte sein können, um den Lauf der Ermittlungen zu verändern.

»Natürlich bin ich sicher«, sagte Schwarz, ohne ihn anzusehen. »Wir haben alle verfügbaren Methoden angewandt. Gäbe es eine Spur, wir hätten sie gefunden. Ich habe mir die Berichte des Schriefl-Mordes angesehen«, sagte Schwarz mit so gewichtiger Stimme, als wäre das nicht selbstverständlich, sondern Ergebnis eines genialen Einfalls, »offenbar hat der Täter dazugelernt.«

»Das haben wir auch schon bemerkt«, sagte Eddie.

Ein tiefer Seufzer ließ Edelbachers Schnauzer erzittern.

»Wir haben zumindest Fußspuren«, sagte er schließlich zu Schwarz. Der nahm es mit ungerührter Miene zur Kenntnis, so als ob die Wiener Polizei dankbar sein könnte, dass ein Experte wie er das Schuhprofil entdeckt hatte, gleichbedeutend mit der Entdeckung der Elektrizität.

»Brauchen Sie noch etwas?«, fragte er, in einem Ton, der andeutete, dass er noch Wichtigeres zu tun hatte.

»Danke, das war soweit alles.«

Als Schwarz aufstand, wirkte es, als hätte ihn ein Kran in die Höhe gezogen. Er nickte und stolzierte hinaus.

Edelbacher stützte den Kopf in die Hände. »Fußspuren, wunderbar. Wir wissen doch noch nicht einmal, was in den Stunden vor dem Verschwinden des Opfers passiert ist. Niemand will etwas gesehen haben.«

»Wir suchen mit allen verfügbaren Männern«, wandte Eddie ein. »Wir befragen jeden Bewohner in diesem Haus. Aber wir können nicht alle Wohnungen nach Spuren durchsuchen. Weder ist das rechtlich gedeckt, noch haben wir genug Männer dafür. Die Siedlung ist riesig.«

»Aber wir können davon ausgehen, dass der Mörder dort lebt«, warf ich ein. »Oder zumindest in der Gegend. Zwei Taten, die einander so ähnlich sind, in so kurzer Entfernung, das kann kein Zufall sein. Vielleicht war das sein großer Fehler – sich kein neues Gebiet gesucht zu haben.«

»Das denke ich auch«, stimmte Edelbacher zu. »Aber das Problem bleibt. Wir können nicht tausend Leute auf Herz und Nieren überprüfen ...«

In diesem Moment klopfte es heftig an der Tür.

»Bitte«, rief Edelbacher, sichtbar verärgert, dass er während dieser Besprechung gestört wurde. Ein junger Kriminalbeamter trat ein.

»Hofrat Edelbacher«, sagte er und stand dabei unnatürlich steif da. »Man hat mich zu Ihnen geschickt, um Ihnen zu sagen ...«

»Was ist denn?«, fragte Edelbacher ungeduldig.

»Ich war heute in der Hansson-Siedlung zu Befragungen«, sagte der Beamte. »Und da war ein Mädchen dabei, das behauptet, sie hat das Opfer am Tag des Verschwindens gesehen.«

Edelbacher fuhr sich mit seinen Händen über das Gesicht. »Ernst, Eddie«, sagte er, »ich möchte, dass ihr den Kollegen begleitet. Er soll euch zu dieser Zeugin führen. Vielleicht finden wir dann endlich einen Teil dieses unübersichtlichen Puzzles, der uns zumindest erahnen lässt, mit was für einer Bestie wir es hier zu tun haben.«

Mittwoch, 8. Februar
Per-Albin-Hansson-Siedlung, Wien-Favoriten

Als Eddie und ich aus meinem Auto stiegen, schien die wärmende Nachmittagssonne auf die Betonbauten der Per-Albin-Hansson-Siedlung. Die Wohnhäuser kamen mir vor wie graue Kolosse, die sich, einer empörten Masse gleich, bedrohlich über mir erhoben und sich über mir zu krümmen schienen, als wollten sie mich unter sich begraben, wie tonnenschwere Wellen aus längst vergangener Zeit. Einer Zeit, in der sie für Hoffnung standen, für das Versprechen eines guten Lebens einer vergessenen Klasse, jene der Arbeiter. Von dieser Hoffnung war nichts mehr zu spüren. Die Wände der Durchgänge waren mit obszönen Zeichnungen und Sprüchen beschmiert, einige Lampen waren zerbrochen, die Gänge zwischen den Wohnblöcken wirkten düster und trostlos. Aus Sozialbauten waren Bauten für Sozialfälle geworden.

Eddie und ich folgten dem Beamten in einen der Häuserblocks. Er führte uns in den vierten Stock, wo er vor einer Tür stehen blieb, auf der ein Schild mit dem Namen »Rakmanica« klebte. Der Beamte klopfte. Wenige Augenblicke später öffnete uns eine Frau mit kurzem krausem braunem Haar und hervortretenden Wangenknochen.

Sie schien den Beamten wiederzuerkennen, denn ohne weitere Fragen trat sie zur Seite und ließ uns ein. Ich betrat einen engen Flur, der sich wie ein Schlauch durch die Wohnung zog. Die Frau schloss die Tür, drängte sich an uns vorbei und ging voraus.

Nach wenigen Schritten befanden wir uns in einer kleinen Küche, an der Wand stand ein Esstisch mit zwei Stühlen. Auf einem davon saß ein Mädchen, noch keine 18 Jahre alt. Sie hatte kurzes schwarzes Haar mit einem seltsamen Blaustich und viel zu viel Lidschatten. Auf ihrem schwarzen T-Shirt konnte ich ein bleiches Gesicht erkennen, vermutlich ein Sänger.

Eddie setzte sich ihr gegenüber, der Beamte und ich blieben dahinter stehen. Die Mutter lehnte sich gegen den Kühlschrank und beobachtete die Szene aufmerksam. Sie wirkte wie jemand, der an harte Arbeit gewöhnt war und dem man so schnell nichts vormachte.

»Du bist also«, Eddie warf einen kurzen Blick auf seinen Notizblock, auf dem er die wichtigsten Informationen des Beamten notiert hatte, »Anna?«

Das Mädchen nickte mit dem Kopf, was vermutlich Ja bedeuten sollte.

»6. Klasse des Felix-Slavik-Gymnasiums hier in Favoriten?«

Wieder ein Nicken.

»Und du hast Christina Beranek am Tag ihres Verschwindens, dem Donnerstag, gesehen?«

»Ja«, rang sich Anna zu einer leisen Antwort durch.

»Wann war das?«

»Gegen halb sechs«, sagte sie, und die Zögerlichkeit war aus ihrer Stimme verschwunden. So verängstigt das Mädchen auch sein mochte, es war nicht dumm und wusste um die Wichtigkeit seiner Aussage. Diese Erkenntnis entspannte mich ein wenig.

Eddie wartete, bis Anna weitersprach. »Ich habe einen Spaziergang gemacht und in der Trafik vorbeigeschaut. Sie stand vor mir an der Kassa und hat ein Micky-Maus-Heft gekauft.«

»Und du weißt ganz sicher, dass es Christina war?«

Anna nickte. »Ich wäre fast in sie hineingelaufen. Lange braune Haare, eine pinke Schultasche und ein gelber Regenmantel. Ich weiß noch …« Anna schluckte und für einen Moment sah es so aus, als würde ihre Stimme versagen. Ihre rechte Hand zuckte, doch dann atmete sie tief aus und sprach weiter: »Sie lächelte. Ich dachte zuerst, sie lächelt mich an, aber vielleicht war das nur Einbildung. Sie war offenbar glücklich über dieses Heft. Mit diesem Lächeln ist sie aus dem Laden gegangen. Danach habe ich sie nicht mehr gesehen.«

»Warum warst du in der Trafik?«

Anna zuckte mit den Schultern »Wollte nur ein paar Zeitschriften durchschauen.«

Eddie bemerkte es nicht, da er sich ganz auf Anna konzentrierte, aber ich registrierte, wie Annas Mutter die Schultern straffte. Ahnte sie, dass ihre Tochter nicht die Wahrheit sagte?

»Du musst keine Angst haben, Anna«, mischte ich mich vorsichtig ins Gespräch ein. »Wir versuchen bloß, ein möglichst genaues Bild von Christinas Tagesablauf zu zeichnen. Dabei kannst du helfen, wenn du uns die Wahrheit erzählst. Du brauchst dich nicht vor uns zu fürchten.«

Dieser kleine Zuspruch zeigte Wirkung. Dankbar sah Anna mich an. »Ich wollte Zigaretten kaufen«, gestand sie. »Deswegen wäre ich auch fast mit ihr zusammengestoßen. Ich wollte nur schnell rein, eine Packung kaufen und dann wieder raus.«

»War sonst noch jemand in der Trafik?«, fragte Eddie.

»Ich hab nicht so sehr auf meine Umgebung geachtet«, sagte Anna und klang dabei fast entschuldigend. »Aber ich bin mir sicher, dass noch zwei Männer in der Trafik waren.«

Mein Blick fiel auf Eddie, der sich nach vorne gelehnt hatte. Ich versuchte, mir nicht allzu große Hoffnungen zu machen. Bereits im Schriefl-Fall hatte sich mehr als eine vielversprechende Spur als Fehlalarm herausgestellt.

»Kannst du die Männer beschreiben?«, fragte Eddie. Die Veränderung in seiner Stimme war klar zu hören. Auch Anna spürte das.

»Ich kann mich wirklich nicht mehr gut erinnern«, sagte sie. »Ich glaube, der eine Mann hatte braune lange Haare und war etwas größer ...« Sie zögerte. »Der andere trug einen grauen Anzug und war etwas dicker.«

Alle Hoffnung, die sich leise in mir aufgebaut hatte, zerfiel mit einem Schlag. Weder war die Beschreibung besonders akkurat, noch würde sie vor Gericht halten. Anna war sich selbst zu unsicher, das würde keinen Richter überzeugen.

Eddie gab noch nicht auf und hakte weiter nach, doch Anna konnte sich an nichts Genaueres erinnern. Schließlich sah auch Eddie ein, dass es keinen Sinn mehr hatte. Er bedankte sich bei Anna für ihre Hilfe und verabschiedete sich. Die Mutter brachte uns zur Tür.

»Danke für Ihre Hilfe«, sagte Eddie zur Verabschiedung und wollte sich schon abwenden, doch die Frau trat zu uns auf den Gang und schloss die Tür hinter sich.

»Ich will Ihnen einmal was sagen.« Wen genau sie ansprach, war nicht zu erkennen, wahrscheinlich uns alle. »Was denken Sie, wie das Leben in so einem Wohnhaus für ein Mädchen ist? Ständig wird einem nachgeschaut, blöde

Bemerkungen kann man sich manchmal über zwei Stockwerke anhören. Ich geh schon ungern nach Sonnenuntergang draußen herum, über Anna will ich gar nicht reden.«

»Wir tun alles, was in unserer Macht steht, um den Täter so schnell wie möglich zu finden ...«

»Es geht nicht um einen einzelnen Mann«, sagte die Frau scharf. »Wenn Sie diesen Wahnsinnigen fassen, gibt es in ein paar Jahren einen neuen. Es geht auch gar nicht nur um Mord. Was ist mit den Frauen, die ich mit geschwollenen Augen durch die Stiegenhäuser laufen sehe? Oder mit dem Gewimmer, das aus verschlossenen Türen dringt? Das ist wohl kein Fall für die Polizei, oder?«

Eddie machte ein hilfloses Gesicht. »Hören Sie, wenn Sie eine Straftat anzeigen wollen, dann können Sie sich gerne an uns wenden. Aber wir können nicht alle Männer in dieser Siedlung verhaften.«

»Es wäre schon gut, wenn Sie ein Zeichen setzen würden. Irgendetwas, damit die Leute verstehen, dass Männer uns Frauen nicht behandeln können wie ein Stück Fleisch.«

»Ich werde darüber mit meinem Chef sprechen«, sagte Eddie, der sichtlich ins Schwitzen geriet. Ich konnte ihm keinen Vorwurf machen. Wie mit so etwas umzugehen war, hatten wir in keiner Ausbildung gelernt.

»Tun Sie das«, sagte die Frau, klang aber nicht besonders überzeugt. Ohne ein weiteres Wort verschwand sie in der Wohnung.

»Kein Wunder, dass die alleine leben muss«, sagte der Beamte, als wir die Treppen hinabstiegen. »Ist wahrscheinlich einfach nur frustriert. Als ob sich in der Siedlung alle Sexualstraftäter aus ganz Wien versammelt hätten.«

Als wir wieder auf der Straße standen, sagte Eddie noch immer kein Wort. »Danke, Sie sind jetzt entlassen«, sagte ich zu dem Beamten. »Holen Sie sich einen Kollegen und befragen Sie den Trafikanten. Vielleicht kann er sich an etwas erinnern.« Der Beamte nickte und machte sich auf den Weg zu seinem Streifenwagen.

»Denkst du, die Frau hat recht?«, fragte mich Eddie, als der Polizist außer Sichtweite war.

Ich zündete mir eine Zigarette an und gab auch Eddie Feuer.

»Ich weiß nicht«, sagte ich nach einem tiefen Zug. »Kann schon sein, dass hier nicht nur Kavaliere wohnen.«

»Wahrscheinlich«, sagte Eddie. »Aber wir sind bei der Mord, nicht bei der Sitte oder so. Das liegt nicht in unserem Zuständigkeitsbereich.«

Gab es dafür überhaupt einen Zuständigkeitsbereich? Für den Schutz von Frauen vor der unstillbaren, alles dominierenden Lust des männlichen Geschlechts, das sich zu jeder Zeit und an jedem Ort seines Rechts auf Befriedigung sicher war? Ich dachte an die Flut an Anzeigen, die nach dem Schriefl-Fall bei uns eingegangen war. Zwar hatte uns keine bei unserer Suche nach dem Mörder geholfen, aber schenkte man ihnen Glauben, waren hunderte von Frauen innerhalb der vergangenen zwölf Monate von Männern entweder unangenehm angesprochen, verbal bedroht, unziemlich berührt oder mit Gewalt zu Handlungen gezwungen worden, zu denen sie keine Einwilligung gegeben hatten. Meistens handelte es sich um einen ungewollten Kuss oder eine kurze Berührung bestimmter Körperregionen, manchmal auch um schwerwiegendere Vergehen.

Einige der betroffenen Frauen erstatteten Anzeige, doch ihre Erfolgsaussichten waren meistens gering. Manchmal konnten sie über den Täter kaum etwas sagen, entweder weil es so schnell ging, in der Dunkelheit stattfand oder der Schock

Erinnerungslücken hinterließ. Gelegentlich dachte ein Kollege laut darüber nach, warum sich Frauen so einladend anzogen und warum sie sich unbedingt zu bestimmten Zeiten an Orten aufhalten mussten, die nicht gerade auf der Liste von Stadtführern standen.

Ich ahnte, dass es hier um ein größeres, systematisches Problem ging, auf das wir in der Polizei einfach nicht vorbereitet waren. Wessen Aufgabe war es, Menschen Verhaltensregeln beizubringen, Regeln des sozialen Zusammenlebens? Bestimmt nicht jene der Mordkommission. Unsere Aufgabe war es, den Mörder von Alexandra Schriefl und Christina Beranek zu finden. »Du hast recht«, stimmte ich meinem Kollegen zu. »Aber bei den Dingen, die in unserem Zuständigkeitsbereich liegen, kommen wir gerade auch nicht wirklich voran.«

Eddie seufzte, nahm noch einen tiefen Zug, warf die Zigarette weg und drückte sie mit seinem Schuh aus. »Das stimmt. Wir können wohl kaum eine Fahndung nach ›groß und braunhaarig‹ sowie ›dick und grauer Anzug‹ herausgeben. Aber zumindest wissen wir, wo Christina Beranek um 5 Uhr Nachmittag war. Gut möglich, dass es der letzte Ort war, an dem sie lebend gesehen wurde. Vielleicht können wir so noch andere Zeugen finden.«

Mein Schweigen interpretierte Eddie offenbar als stille Zustimmung, denn er sagte nichts mehr. Ich ließ meinen Blick noch einmal die Wände mit ihren seltsamen Balkonen, die an Vogelschnäbel erinnerten, hinaufgleiten. Ihre Geometrie folgte einer Wölbung nach vorne, als wären sie im Begriff, sich aus dem Gebäude zu lösen und in die Tiefe zu springen.

Doch warum sollten sie uns unter sich begraben? Um ein Geheimnis zu bewahren, das nicht offenbart werden sollte? Womöglich ging es gar nicht um den Mord an Christina

Beranek, zumindest nicht nur. Vielleicht hatten diese architektonischen Ungetüme in den vergangenen Jahrzehnten zu viel verschluckt und verborgen, von dem wir nichts wussten, Schicksale, von denen in keiner Zeitung zu lesen war. Womöglich waren diese Geheimnisse zu ihrem Fundament geworden, hatten sich in ihren Beton gefressen, und sie preiszugeben hieße zusammenzustürzen.

Auch ich warf meine Zigarette weg schüttelte den Kopf. Ich durfte jetzt nicht die Ruhe verlieren und anfangen, Gespenster zu sehen. Wohnblocks, die Empörung ausdrücken. Das war nicht besonders brauchbar für Ermittlungen. Unsere Aufgabe war es, den Mörder von Christina Beranek zu finden. Alles, was nichts damit zu tun hatte, durfte für uns keine Rolle spielen.

»Fahren wir in die Berggasse«, sagte ich zu Eddie, wandte der Siedlung den Rücken zu und ging über die Straße.

Es war kein Donnern zu hören, keiner der Wohnblocks senkte sich auf uns herab, um uns zu verschlucken. Sie blieben genau dort, wo sie schon seit gut einem halben Jahrhundert standen, und blickten mir nach, als wir in mein Auto stiegen, mit mehr Fragen und einer tieferen Ahnungslosigkeit als je zuvor.

Montag, 13. Februar
Berggasse, Wien-Alsergrund

An jedem Gebäude der Per-Albin-Hansson-Siedlung hing ein Plakat mit Christinas Konterfrei und einer Beschreibung der Kleidung, die sie am Tag ihrer Ermordung getragen hatte. Die Stadt Wien hatte eine Belohnung von 160.000 Schilling für Hinweise über den Täter ausgesetzt. Die Telefone klingelten ununterbrochen, neue Zeugen ergossen sich in die Flure und Verhörzimmer der Berggasse, es bildeten sich regelrechte Ameisenstraßen aus Menschen. Verließ ein Befragter den Verhörraum, kam der nächste bereits durch die Tür.

Doch eine Information, die wirklich weiterhelfen konnte, war in all den tausend Seiten Protokoll nicht zu finden.

Wie immer war Eddie einer der Ersten in der Berggasse. Während der Montag für die meisten das Ende eines friedlichen und sorglosen Wochenendes bedeutete, war Eddie an den freien Tagen meist mit seinen Gedanken alleine gewesen und brannte darauf, neuen Überlegungen nachzugehen.

Brandstätter hingegen hätte nichts dagegen gehabt, das Wochenende etwas in die Länge zu ziehen. Seine Frau hatte sich mittlerweile an die Überstunden, die langen Nächte und die spontanen Notfälle gewöhnt, womöglich sogar mehr als er selbst. Wenn er nach einer 17-stündigen Schicht Ruhe brauchte und kein Interesse hatte, den Tratsch der Nachbarn zu kommentieren, stellte ihm seine Frida ein kühles Bier hin, servierte ihm Zwiebelrostbraten und ließ ihn schweigend essen. Doch da der Fall Beranek bei ihm lag und Disziplin jene Tugend war, die ihn zum ersten Referenten der Mordkommission gemacht hatte, stand auch er am Montag wieder pünktlich am Eingang der Berggasse.

Während Kollegen Brandstätter über alles informierten, was sich am Wochenende zugetragen hatte, durchforstete Eddie noch einmal jene Zeugenaussagen, die ihm am vielversprechendsten vorkamen.

Am Freitag war ein Kuvert in seinem Postfach gelegen, darin befanden sich drei amerikanische Fachzeitschriften für Kriminalistik. Zalesch hatte Wort gehalten. Die junge Ärztin musste sie ihm gleich nach ihrem Gespräch geschickt haben. Eddie kramte sein Englischwörterbuch heraus und las die Artikel gründlich. Mit zahlreichen Notizen versuchte er anschließend, Muster oder Hinweise in den Zeugenaussagen zu entdecken, die ihm vorher entgangen waren. Wich ein Befragter einer Frage aus oder wurde er gar aggressiv? Wann wechselte er das Thema? Welche Assoziationen kamen ihm in den Sinn?

Eddie erzählte niemandem davon, dass er die Vernehmungsprotokolle noch einmal auf psychologische Hinweise untersuchte. Gennads ablehnende Haltung war ihm eine Lehre gewesen. Doch etwas Besseres fiel ihm nicht ein.

Außerdem nahm die Unterstützung der Kollegen, die sie im Fall Beranek hatten, allmählich bereits ab.

Die Welt hielt nicht still, egal welches Grauen sie gesehen hatte. Sie machte einfach weiter. Irgendwo wurde immer gestohlen, bedroht, verletzt. Solange dieses Irgendwo in Wien lag, kam eine Nachricht darüber früher oder später in die Berggasse.

Im großen Gefüge der Welt über die tragischen Schicksale einzelner Menschen nachzudenken, gar davon betroffen zu sein, mochte aus der Ferne betrachtet unsinnig erscheinen. Was war schon ein toter Körper in den vielen tausend Jahren voller Kriege und Gewalt, was nutzten die Tränen, wenn sie letztlich unter einer gleichgültigen Sonne vertrockneten?

Bereits zum Jahresbeginn 1989 lagen weltpolitische Veränderungen in der Luft. Die Ost-West-Achse, die in ihrer Unbeugsamkeit die Welt seit Jahrzehnten in Atem gehalten hatte, schien sich zugunsten des Westens zu verschieben. Der kommunistische Griff wurde immer schwächer, Zeitungen berichteten von Hoffnung in Ungarn und Polen, das Wort

»Abrüstung« fehlte in keiner Fernsehshow, ein Ende des Kalten Krieges, der offiziell nie begonnen hatte, schien zum Greifen nahe.

Gleichzeitig verschob sich in Österreich die Parteienlandschaft, die seit mehr als einer Dekade einem unverrückbaren Gebirge geglichen hatte. Die Landtagswahlen in einigen Bundesländern standen kurz bevor, und das junge Gesicht von Jörg Haider war überall zu sehen. In Wien war die Aufregung um den neuen blauen Wunderredner noch nicht ganz so groß, doch in den Pausen konnte Eddie Kriminalbeamte aufgeregt tuscheln hören. In einem Land, das des Stillstands überdrüssig geworden war, fielen Haiders Worte auf fruchtbaren Boden.

Veränderung lag in der Luft, sowohl in der Welt als auch im kleinen Österreich. Und während Menschen überall auf die Straße gingen, neue Hoffnung schöpften oder alte Ängste zu überwinden versuchten, streifte Eddie durch ein anderes Wien, ein dunkles, in dem die Ängste den Hoffnungen zahlenmäßig weit überlegen waren, in dem die Umbrüche der Weltgeschichte verdeckt wurden von dem, was die Menschheit durchzog, seit es sie gab: von Gewalt, die einer dem anderen antut.

Welche Bedeutung hatten all die Werte, für die gerade so viele Menschen kämpften – Freiheit, Selbstbestimmung, manche träumten sogar von Frieden – wenn ein Mädchen in einem tristen Wiener Gemeindebau im zehnten Bezirk verschleppt, vergewaltigt und tot an ein Stiegengeländer gebunden werden konnte?

»Eddie?« Eddie hob den Blick von den Zeugenaussagen. Brandstätter war in sein Büro gekommen, ohne dass er sein Eintreten bemerkt hatte.

»Was gibt es?«

»Ein Verdächtiger wird jeden Moment in der Berggasse eintreffen«, erklärte Brandstätter. »Sein Name ist Hubert Kastner. Er lebt seit einigen Jahren in Niederösterreich, im Bezirk St. Pölten. Deswegen haben wir ihn übersehen. Ein niederösterreichischer Kollege hat angerufen. Offenbar hat Kastner 1984 in der Per-Albin-Hansson-Siedlung gewohnt und bei mehreren Gelegenheiten neun kleine Mädchen, etwa in Christinas Alter, belästigt.«

»Ich verstehe«, sagte Eddie. Die Anspannung, die kurz in ihm aufgeflackert war, ließ merkbar nach. Die ganze Sache lag schon lange zurück, und wie eine Flut von Anzeigen in den vergangenen Tagen gezeigt hatte, war es eine traurige Tatsache, dass Mädchen in dieser Siedlung schon öfters Ziel von Übergriffen geworden waren.

»Da ist noch etwas«, sagte Brandstätter, als hätte er die Gedanken seines Partners erraten. »Wir haben daraufhin in unseren eigenen Akten nachgesehen und sind auf etwas Interessantes gestoßen: Alexandra Schriefl und Kastner kannten sich. Sie gingen zusammen zur Schule.«

Wenn zwei voneinander unabhängige Ereignisse auftreten, die sich auf denselben Untersuchungsgegenstand beziehen, ist besondere Aufmerksamkeit geboten. Dieser Verdächtige hatte sowohl eine Verbindung zu Alexandra Schriefl, dem ersten Opfer, als auch zu Christina Beranek. Mit Schriefl war er in die Schule gegangen, und er hatte in der Per-Albin-Hansson-Siedlung gelebt wie Beranek, wo er durch Belästigung an jungen Mädchen aufgefallen war. Zufall?

Zwar gingen Eddie und Brandstätter mittlerweile davon aus, dass Alexandra Schriefl das erste Opfer des Täters gewesen war und er erst dadurch erkannt hatte, was für ein perverses Vergnügen ihm die Ausübung dieser Verbrechen bereitete. In diesem Fall passte es allerdings nicht, dass zwischen den ersten Belästigungen und den Morden so viel Zeit vergangen war.

Aber diese Deutungen konnten auch völlig danebenliegen. Womöglich war etwas geschehen, was den Täter wieder an seinen früheren Wohnort getrieben hatte. Es war jedenfalls notwendig, sich das genauer anzusehen.

Den Zufall verteufelte Eddie als Kriminalbeamter genauso sehr, wie er ihn herbeisehnte. Manchmal spielt er ihm in die Hände, und unverhofft offenbart sich die Lösung eines Falls in einem zufällig aufgeschlagenen Akt, in einem Gespräch während einer Rauchpause oder durch die spontane Entscheidung eines Polizisten, während seiner Streife eine andere Abzweigung zu nehmen als sonst.

Andererseits kann sich der Zufall auch hinter scheinbaren Verbindungen verstecken, fein gewobene Netze von Zusammenhängen und Überschneidungen mit einem Ruck zerreißen und in letzter Sekunde, wie ein ungebetener Gast, den bereits als gelöst betrachteten Fall in ein völlig neues Licht rücken. Manchmal ergab durch eine zufällige Bewegung das große Ganze, das Bild, an dem Eddie in wochenlanger Ermittlungsarbeit gezeichnet hatte, plötzlich Sinn. Doch genauso konnte es geschehen, dass sich alles, gerade wenn er das letzte Puzzleteil einfügen und den letzten Pinselstrich ziehen wollte, als zufällige Ähnlichkeit herausstellte. Dann trat Eddie einen Schritt zurück, und das Bild, von dem er sich Klarheit erhofft hatte, war zu einem wilden Durcheinander an Farben geworden, das einem unverständlich entgegenstarrte.

Im Verhörzimmer 1 der Berggasse lag es nun an Brandstätter und Eddie herauszufinden, um welche Art des Zufalls es sich diesmal handelte. Vor ihnen saß ein Bursche Anfang zwanzig, das lange Haar mit so viel Gel nach hinten gekämmt, dass es glänzte wie frisch geölt. Er trug einen akkurat gestutzten Schnauzer und darüber eine Brille mit einem übergroßen goldenen Gestell, die sein Gesicht dominierte und jeden Gesichtszug verschluckte. Der Geruch seines billigen Rasierwassers hing in der Luft. Mit dem weißen, gut gebügelten Hemd und dem weiten Kragen hätte er als Student durchgehen können. Doch sein Akt erzählte etwas anderes.

Hubert Kastner war in der Per-Albin-Hansson-Siedlung aufgewachsen, hatte bereits mit 15 Jahren eine Vorstrafe wegen sexueller Belästigung von Minderjährigen ausgefasst, nachdem sich mehrere Mütter über ihn beschwert hatten, war schließlich nach Niederösterreich gezogen und hatte dort eine Lehre als Bürokaufmann begonnen. Seitdem war er nicht mehr auffällig geworden.

Jetzt saß er den Beamten in selbstgefälliger Haltung gegenüber. Es fehlte nur eine Zigarette, und Eddie hätte denken können, Kastner wolle nur gemütlich mit ihnen plaudern, während er auf seine Freundin wartete.

»Sie kannten Alexandra Schriefl«, sagte Brandstätter, und es war mehr Feststellung als Frage. Es war ein kluger Einstieg. Bestimmt hatte Kastner erwartet, über seine Vorstrafen befragt zu werden.

»Ja«, sagte er. »Wir gingen in dieselbe Schule.«

»Sie waren sogar in derselben Schulstufe«, erinnerte ihn Brandstätter. »Haben sich bestimmt oft gesehen. Fanden Sie Alexandra hübsch?«

Kastner hatte offenbar keine Ahnung, worauf Brandstätter hinauswollte. »Sie war eine Schulkollegin«, sagte er. »Ich kannte sie nicht besonders gut. Das ist alles.«

»Wo waren Sie vergangenes Jahr am Abend des 25. Oktober?«

Kastner lachte. »Entschuldigen Sie, aber ich habe keine Ahnung.«

»Das war die Nacht vor dem Nationalfeiertag«, half ihm Brandstätter.

»Ich kann mich nicht erinnern«, sagte Kastner und zuckte die Achseln. »Wahrscheinlich zu Hause. Ich verbringe die meisten Abende zu Hause.«

»Was niemand bestätigen kann? Keine ... Freundin?«

»Ich lebe allein«, sagte Kastner.

Kein Alibi also. Es stimmte, der Tag von Alexandras Ermordung lag schon einige Monate zurück. Aber wäre Kastner irgendwo unterwegs gewesen, würde er das vermutlich noch wissen und jemanden haben, der es bezeugen konnte.

»Vielleicht liegt es daran, dass Ihnen die Frauen, mit denen Sie legal zusammenleben dürfen, einfach zu alt sind?«, fragte Brandstätter.

»Das ist lange her«, sagte Kastner mit belegter Stimme.

»Erklären Sie mir«, sagte Brandstätter langsam und lehnte sich dabei zurück, »was jemanden dazu motiviert, zehnjährige Mädchen zu berühren.«

Kastner schwieg.

»Wirklich, ich kann das einfach nicht verstehen.«

»Es ging nicht um die Mädchen aus der Siedlung ...«, sagte Kastner. Durch seine Stimme ging ein leichtes Zittern, sodass jedes Wort wie von einer unsichtbaren Schnur zwischen seinen Lippen herausgezogen wurde. »Es geht um die in der Schule, und die Mädchen beim Fortgehen ... Wenn du weißt, du hast keine Chance bei ihnen wegen deiner dicken Brille oder deinen alten Schuhen ... Keiner will etwas mit dem seltsamen Kerl zu tun haben ...«

»Also haben Sie sich jemanden gesucht, der nicht weglaufen kann?«, unterbrach ihn Brandstätter.

Das Schweigen Kastners war Antwort genug. Ähnliche Motive dürften die Vorgehensweise des Täters bestimmt haben.

»War Alexandra eines von diesen Mädchen?«, fragte Eddie Kastner, »die Sie nicht angeschaut haben?«

»Sie hätte sich nie mit mir abgegeben«, sagte Kastner. Er hob den Kopf und blickte Eddie an. Lag in seinem Blick das Flehen um Verständnis?

»Sie haben sich bei der Blutabnahme gewehrt«, sagte Brandstätter. »Warum?«

Das hatten die beiden Polizisten erzählt, die Kastner hergebracht hatten. Brandstätter hatte bereits vorsorglich einen Bluttest angeordnet, um zu prüfen, ob Kastner für den Schriefl-Mord infrage kam.

»Ich mag keine Spritzen«, sagte Kastner. Er schien auf die letzten Fragen nur noch ausweichende Antworten zu geben. Warum? Hatte Kastner etwas zu verbergen?

»Wo waren Sie am 2. Februar?«

»Dieses Jahr«, fügte Eddie hinzu.

»Warum?«

»An diesem Tag verschwand Christina Beranek«, sagte Brandstätter. »Sie wurde einen Tag später tot aufgefunden. Ein Mädchen, zehn Jahre alt, wohnhaft in der Per-Albin-Hansson-Siedlung. Ihrem alten Wohnort. Würde doch genau zu Ihnen passen, oder nicht?«

Eddie trat nach vorne und schlug mit der Faust auf den Tisch. Kastner zuckte zurück.

»Sie dachten wohl, wenn sich schon keine Frau freiwillig mit Ihnen abgeben will, dann eben eine, die sich nicht wehren kann? So war es doch, oder? Schon damals, als Sie diese kleinen Mädchen belästigt haben. Dann haben Sie Alexandra wiedergetroffen. Was für ein Zufall, nach all den Jahren. Wollten wohl mal wieder in der Nähe Ihres alten Wohnorts fortgehen. Womöglich hatten Sie darauf spekuliert, ein bekanntes Gesicht zu treffen? Sie haben ein bisschen was getrunken, sie angesprochen, sind von ihr abgewiesen worden, genau wie damals. Das hat Sie rasend gemacht, und noch ehe Sie einen klaren Gedanken fassen konnten, war Alexandra tot. Dann ging es aber erst richtig los.«

Eddie hatte sich mittlerweile über den Tisch gebeugt und blickte dem verängstigten Kastner ins Gesicht.

»Zum ersten Mal haben Sie Macht empfunden. Zum ersten Mal waren Sie jemandem überlegen. Mussten sich nicht anhören, dass Sie es nicht bringen. Dass Sie ein Verlierer sind. Also haben Sie den Tatort hergerichtet, um die Polizei zum Narren zu halten. Wahrscheinlich hat Ihnen das einen Kick gegeben. Und als der nachließ, wollten Sie mehr. Solche Mörder kriegen nie genug. Wenn wir sie nicht schnappen würden, würden sie ewig weitermachen.«

Zu behaupten, Eddies Schlussfolgerungen wären mutig, war eine Untertreibung. Eddie wusste das. Er entwarf ein rein hypothetisches Szenario, um Kastner genug Angst zu machen, damit er einen Fehler beging. Es ging darum, ihn mit irgendeinem Zufallstreffer aus der Reserve zu locken. Etwas anderes blieb ihm nicht übrig.

»Ich weiß nicht …«, stammelte Kastner, doch Eddie war zu sehr in Fahrt, um jetzt aufzuhören.

»Sie wussten genau, wo Sie Ihr nächstes Opfer finden würden. Sie kennen die Per-Albin-Hansson-Siedlung, kennen jeden Winkel. Sie wissen, wo Sie ein Mädchen abfangen können, wie sie es verschwinden lassen und wo Sie es einsperren. Wo man es am besten zurücklässt, damit es nicht sofort gefunden wird.«

Aus Kastners Gesicht war jede Farbe gewichen. Der Schweiß begann ihm das Gel aus den Haaren zu treiben. Selbst sein Schnurrbart schien kurz davor abzufallen. Er zitterte.

»Lüge!«, schrie er. »Das ist alles gelogen!« Eddie lehnte sich wieder zurück. Er hatte seinen Mann dort, wo er ihn haben wollte.

»Ja, ich hab diese Mädchen vor einigen Jahren abgefangen«, wimmerte Kastner. »Weil mich sonst niemand anschauen wollte. Ich war die Brillenschlange, der mit den vielen Pickeln, der Dürre ... Diese Mädchen sind nicht weggelaufen, es war sogar ganz einfach, ich musste nur ein paar Süßigkeiten dabeihaben und lieb schauen ... Sie sind mir schnell gefolgt, sie waren so lieb, haben mich nicht ausgelacht ... Erst als ich sie berührt habe, haben sie Angst bekommen und wollten weg ...«

Kastner weinte jetzt. Diese Mischung aus Elend und Ekel ließ in Eddie Übelkeit hochkommen.

»Sie taten mir leid, wirklich, ich wollte ihnen keine Angst machen ...«

»Sie können doch keine Kinder belästigen, nur weil Ihr Stolz gekränkt ist«, sagte Brandstätter schneidend.

»Aber ich war so allein ...«

»Jetzt hören Sie auf zu jammern«, fuhr Brandstätter dazwischen. »Sie haben kein Recht zu erwarten, dass Frauen Sie toll finden. Mann, reißen Sie sich zusammen. Schon möglich, dass Sie schlecht behandelt worden sind, aber Frauen haben das gute Recht, Sie abzulehnen. Und wenn ich bedenke, was Sie getan haben, wundert mich das auch nicht.«

»Ich hab niemanden umgebracht!«, rief Kastner energisch, als ihn Brandstätter an den Grund seiner Verhaftung erinnerte. »Ich hab nie eines dieser Kinder irgendwohin mitgenommen und festgehalten! Und seit ich nach Niederösterreich gezogen bin, ist sowas nie mehr vorgekommen …«

»Sie sind nicht hier, um mir Geschichten zu erzählen«, erwiderte Brandstätter scharf. »Sie sind hier, um mir ein Alibi zu liefern.«

»Der 2. Februar, sagen Sie?«, fragte Kastner. »Ich kann Ihnen sagen, wo ich da war.«

»Kann das auch jemand bestätigen?«

Kastner nickte. »Bringen Sie mir etwas zu schreiben«, verlangte er.

Wenige Minuten später ließen die beiden Beamten Kastner im Verhörzimmer zurück. Brandstätter rauchte. »Was für ein Verrückter«, sagte er. »Ich werde jetzt diese Nummer anrufen und sein Alibi überprüfen.«

Kastner hatte auf einem Zettel eine Telefonnummer notiert, sonst allerdings nichts dazu gesagt. Während sich Brandstätter auf den Weg zu seinem Büro machte, zog Eddie ein Päckchen Marlboro aus seiner Tasche und zündete sich eine an. Eigentlich wollte er schon längere Zeit mit dem Rauchen aufhören. Nur noch in den allerseltensten Fällen griff er auf diese Nervenberuhigung zurück. Heute war so ein Tag.

Gedankenverloren blies er den Rauch aus. Wie viele Männer es wohl gab, denen es ähnlich ging? Die Abweisung erfuhren, obwohl sie es als ihr Recht erachteten, eine Frau zu erobern? Die ihre romantische Erfolglosigkeit nicht akzeptieren wollten? Führte so etwas zu Gewalt – und falls dem so war, was war der Grund: unbefriedigte Triebe, wie Freud vielleicht behaupten würde, oder eine egoistische Kränkung, da sie sich um ein männliches Vorrecht betrogen sahen? Andererseits wusste er aus Berufserfahrung, dass eine Beziehung oder Ehe Männer nicht zu Pazifisten machte. Im Gegenteil, geschahen doch die meisten Morde wegen Konflikten in der Ehe, das Motiv war zumeist Eifersucht. Gekränkter männlicher Stolz schien sich als dominierendes Handlungsmotiv für Gewalt zu etablieren. Oder war es immer schon so gewesen? Und die Gesellschaft hatte dem bloß andere Namen gegeben: Eifersucht, Einsamkeit, Verlustangst, Erfolglosigkeit. Waren das womöglich alles Begriffe, Symptome, die dasselbe Problem bezeichneten?

Was Brandstätter vorhin gesagt hatte, stimmte. Es gab kein Recht darauf, seine eigene Lust und Anziehung erwidert zu sehen. Aber was half das, wenn die halbe Weltbevölkerung fest davon überzeugt war, dass sie über so ein Recht verfügte?

Eddie sah ein vertrautes Gesicht im Flur. Gennad trug wie immer eine desinteressierte Miene zur Schau, hinter der sich genauso gut der Durchbruch in einem wichtigen Fall verbergen konnte wie eine Erkenntnis, die alle Hoffnungen unter sich begrub. Was würde es diesmal sein?

»Die junge Garde«, begrüßte er Eddie lakonisch.

»Ferdl«, sagte der.

»Die Laborergebnisse sind da, die Kollege Brandstätter angefordert hat.« Er warf einen Blick auf den Zettel in seinen Händen, als wollte er noch einmal auf Nummer sicher gehen. »Hubert Kastner hat Blutgruppe 0. Der Mörder von Alexandra Schriefl hatte Blutgruppe A. Damit fällt er für den ersten Mord schon mal weg.«

Gennad drückte Eddie den Zettel in die Hand. »Aber vielleicht geht es sich ja für den Beranek-Fall aus.« Eddie nickte ihm zu, doch der Beamte von der Spurensicherung hatte sich bereits umgedreht und verschwand durch eine Tür im Stiegenhaus.

Eddie versuchte, die Information einzuordnen. Zwar hatte Kastner kein Alibi für die Nacht des Mordes an Alexandra Schriefl, allerdings passte der Mord an Christina Beranek viel eher in sein früheres Schema. Würden sie ihm diesen nachweisen können, wäre allerdings die Theorie von einem Serienmörder dahin. Dann wäre zwar ein Fall gelöst, allerdings um den Preis eines anderen.

Bevor Eddie noch weitere sinnlose Überlegungen anstellen konnte, kam Brandstätter von seinem Telefonat zurück. Er fuhr sich mit den Händen durch das Gesicht und seinen dichten Bart und wirkte so, wie alle Mitarbeiter der »Mord« ab und zu wirken: völlig fertig.

»Was ist?«, fragte ihn Eddie.

»Scheint, als hätte unser Mann ein Alibi«, sagte er. »Hab die Nummer angerufen. Die hatten dort sogar eine Gästeliste. Die konnten mir genau sagen, wer am 2. Februar bei ihnen war. Alle Namen, und der von Kastner war darunter.«

»Was war die Telefonnummer auf dem Zettel?«, fragte Eddie. »Ein Hotel?«

Brandstätter warf ihm einen gequälten Blick zu. »Eine Institution namens Kuschelzoo. Offenbar eine einschlägige Einrichtung im Waldviertel. Die Dame an der Rezeption war sehr freundlich und hat mir erklärt, wie die Dinge dort laufen. Dorthin kommen Männer, um … mit anderen Männern zusammen zu sein.«

»Und Kastner soll an besagtem Tag dort gewesen sein?«

»Nicht nur an diesem Tag«, antwortete Brandstätter. »Offenbar gehört er zu den Stammgästen des Hauses. Ich werde ein paar Beamte hinschicken, die sich dort einmal umhören sollen, aber ich glaube nicht, dass mich die Dame angelogen oder dass Kastner sich mit ihr abgesprochen hat.«

»Dann habe ich auch schlechte Neuigkeiten für dich.« Eddie überreichte Brandstätter den Zettel, den Gennad ihm in die Hand gedrückt hatte. »Die Ergebnisse der Blutuntersuchung sind da. Kastner hat Blutgruppe 0. Damit fällt er als Täter von Alexandra Schriefl aus.«

»Scheiße«, sagte Brandstätter, als er einen Blick auf den Zettel warf. »Dann ist er also unschuldig.«

»Zumindest in den Fällen Schriefl und Beranek«, sagte Eddie.

»Und was heißt das für uns?«, fragte Brandstätter.

Eddie seufzte. »Von vorne anfangen, wahrscheinlich. Wieder einmal.«

Brandstätters Blick wanderte den Flur entlang, blieb an der Tür zum Verhörzimmer hängen und verlor schließlich jeden Fokus.

»Hast du noch eine Zigarette?«, fragte er Eddie, ohne ihn anzusehen.

Wortlos holte Eddie noch einmal die Packung Marlboro aus seiner Tasche, entnahm zwei Zigaretten, eine gab er Brandstätter, eine steckte er sich selbst zwischen die Lippen. Dann verstaute er das Päckchen wieder, zog sein Feuerzeug heraus und hielt die Flamme zunächst vor Brandstätters Gesicht, dann vor sein eigenes.

So standen die beiden allein auf dem Gang und rauchten stumm vor sich hin. Sie waren einmal mehr dort angelangt, wo sie alle scheinbar vielversprechenden Spuren in den vergangenen Monaten hingeführt hatten: an einen Punkt, an dem ihnen nichts anderes übrigblieb, als wortlos vor sich hinzustarren und an einer Zigarette zu ziehen, weil es nichts mehr zu sagen gab.

So war es, wenn Kriminalbeamte auf den Zufall angewiesen waren. Diesmal hatte er Eddie an der Nase herumgeführt, hatte ihn auf scheinbar sinnvolle Zusammenhänge aufmerksam gemacht, die nichts waren als Schall und Rauch, nichts anderes als ein Mann, der in ein Haus namens Kuschelzoo ging und der seine Dämonen, zumindest jene, nach denen sie suchten, in der Vergangenheit gelassen hatte. Was also konnte Eddie mit ihm tun, diesem ungeliebten Zufall, auf den er so sehr angewiesen war?

Er zog so lange gegen ihn ins Feld, bis er ihn schließlich auf den richtigen Weg führte. Doch wann es so weit sein würde, das konnte niemand wissen.

Freitag, 17. Februar
Wohnung in Wien-Hietzing

Der Tisch war gedeckt, der Geruch von Pfeffer und frischen Preiselbeeren lag in der Luft. Als meine Hand das Glas umschloss, spürte ich das kalte Bier, und ich konnte beinahe spüren, wie es meine Kehle hinabfloss, noch bevor ich es an den Mund führte. Zum ersten Mal seit dem Fund von Christina Beranek war ich früh genug nach Hause gekommen, um mit meiner Familie zu Abend zu essen.

Eva hatte Schnitzel gemacht, dazu Kartoffelsalat nach einem alten Familienrezept, mit Senf und Mayonnaise. Neben dem Teller stand ein Schälchen mit Preiselbeersauce und ein Glas dunkles Malzbier. Ein Essen, das in einer kurzen Mittagspause oder zwischen zwei Vernehmungen nicht möglich war und das meinen abgestumpften Geschmacksnerven nach diesen stressigen Wochen erschien wie ein Feuerwerk, das sich rund um meinen Gaumen abspielte.

Eva und ich saßen einander gegenüber, zwischen uns brannte eine kleine Kerze und erhellte Evas Gesicht mit ihrem flackernden Schein. Mir kam ihr Gesicht noch genauso hübsch vor, ihr Blick noch genauso lebhaft wie zu der Zeit, als wir uns kennengelernt hatten. Damals arbeitete sie im Büro der Bundespolizeidirektion am Schottenring. Viele Beamte kämpften um ihre Gunst, und aus irgendeinem Grund war ich derjenige, der sie am Ende bekam. Obwohl sie von mir nicht all die Aufmerksamkeit und Zeit bekam, die sie verdiente. Das wussten wir beide. Mein Beruf ließ es einfach nicht zu.

Besonders die vergangenen Monate ließen in mir die Frage aufsteigen, was sie in mir sah. Ob ich schneller alterte als andere Menschen? Immer öfter, wenn ich morgens aufstand, kam es mir so vor.

Auf dem Teppich in unserem Wohnzimmer saß unsere Tochter Katja und spielte mit Spielzeugautos, die sie zu Weihnachten bekommen hatte.

An den meisten Tagen gab mir ein Blick auf diese kindliche Unschuld Kraft, er vertrieb meine Sorgen, ließ mich die Arbeit vergessen. Doch manchmal begegnete ich diesem Bild mit Zynismus. Dann fand ich es, ohne dass Katja irgendetwas dafürkonnte, beinahe lachhaft, dass ein solches idyllisches, friedliches Bild möglich war, wo es doch Orte gab, nicht weit entfernt von uns, aus denen jede Unschuld schon lange gewichen war.

»Denkst du, Männer sind von Natur aus gewalttätig?«, fragte ich.

Meine Frau setzte das Weinglas ab und blickte mich überrascht an.

»Wie kommst du darauf?«

Ich ließ ein Stück Fleisch von einer Seite meines Mundes zur anderen gleiten. Es war zart, die Panade darüber knusprig und warm.

»Heute war eine Frau bei mir im Büro. Sie wohnt in der Per-Albin-Hansson-Siedlung.«

»Dort, wo ...«

»Nein, in einem anderen Haus«, sagte ich schnell und sah kurz zu Katja. Die aber achtete nicht darauf, was die Eltern sprachen. Ihr war bloß wichtig, dass die Eltern sprachen, dass sie mit ihren vertrauten Stimmen einen Ort der Sicherheit schufen, in dem sie sorglos ihre kleinen Autos um die Wette rollen lassen konnte.

»Was wollte sie?«, fragte Eva.

»Es ging um Politik«, sagte ich. »Sie hat einen Verein gegründet, einen Verein gegen häusliche Gewalt an Frauen.«

So hatte die Frau es heute geschildert, als sie unangekündigt in mein Büro gerauscht war. Es war der Tag von Christina Beraneks Beerdigung. Auch sie wurde auf dem Zentralfriedhof beigesetzt, auch sie wurde von hunderten Menschen auf ihrem letzten Weg begleitet, dem Weg, den wenige Monate zuvor Alexandra Schriefl genommen hatte. So unterschiedlich ihre Leben auch gewesen waren, so verband sie sein letztes und tragischstes Geheimnis, der Tod.

»Johanna Schmid«, hatte sich die Frau mit resoluter Stimme vorgestellt. Sie trug Schwarz, war wohl gerade erst vom Begräbnis gekommen, die Haare zu einem Dutt hochgestreckt. Ohne große Umschweife hatte sie ihr Anliegen vorgetragen. »Hören Sie, Dr. Geiger«, hatte sie gesagt. »Was Alexandra Schriefl und Christina Beranek passiert ist, das ist nur die Spitze des Eisbergs. Auswüchse einer kranken Gesellschaft, die Frauen in Positionen bringt, in denen sie weder frei noch sicher sein können. Und niemand redet darüber. Die Politik nicht, die Medien nicht, nicht einmal die Frauen selbst.« Sie hatte mir auseinandergesetzt, wie viele Frauen jährlich Opfer von Gewalttaten wurden, wie viele davon in Ehen geschahen, und wie viel höher die Dunkelziffer sein musste. Nichts davon war mir wirklich neu gewesen.

»Und?«, riss mich Eva aus den Gedanken. »Was wollte sie von dir?«

»Nachdem sie gesehen hat, wie viele Frauen sich in den letzten Monaten gemeldet haben, ist sie auf eine Idee gekommen«, sagte ich. »Sie meinte, sie hätte fast hundert, die offiziell Anzeige erstatten wollen. Und noch dreimal so viele, die anonym unterschrieben haben, dass sie regelmäßig Gewalt von ihrem Ehepartner erfahren. Sie hat mich um polizeiliche Unterstützung gebeten.«

»Polizeiliche Unterstützung? Wie stellt sie sich das vor?«, fragte Eva.

»Sie hatte recht konkrete Ideen. Mehr Präventionsmaßnahmen, Aufklärung in der Schule beispielsweise. Besseren Schutz für Frauen, die zur Polizei gehen und Anzeige erstatten, auch wenn es sich dabei um Ehestreitigkeiten handelt. Härtere Strafen für sexuelle Übergriffe.«

»Und was hast du gesagt?«

»Was schon? Dass ich dafür nicht zuständig bin.« Ich nahm einen Schluck Bier. »Was die Wahrheit ist. Bei diesen Dingen habe ich nichts zu sagen. Ich kläre Mordfälle auf, und nebenbei überlege ich mir, wie man die Spurensicherung auf Vordermann bringen kann.«

»Denkst du, sie wird mit ihren Forderungen Erfolg haben?«

»Keine Ahnung«, sagte ich und zuckte mit den Schultern. »Sie klang sehr überzeugt, aber überzeugt ist nicht gleich überzeugend. Jedenfalls meinte sie, die Dohnal wäre auf ihrer Seite.«

Johanna Dohnal war Staatssekretärin für Frauenfragen, eine Position, die Kanzler Bruno Kreisky vor einigen Jahren eingeführt hatte. Sie war an der Gründung des ersten Wiener Frauenhauses beteiligt gewesen. Durch ihr resolutes Auftreten war sie mittlerweile im ganzen Land bekannt. Auch sie selbst war in einem Milieu aufgewachsen, das sich nicht allzu sehr von jenem in der Per-Albin-Hansson-Siedlung unterschied.

Eva aß schweigend das letzte Stück Schnitzel, wischte sich mit der Serviette den Mund ab und legte sie zusammen mit dem Besteck auf ihren Teller. Dann lehnte sie sich zurück und betrachtete mich. Der Kerzenschein flackerte in ihren Pupillen.

»Was war noch mal deine Frage?«

»Ob alle Männer von Natur aus gewalttätig sind. Die meisten Gewaltverbrechen begehen nun einmal Männer. Viele davon an Frauen, meist an Frauen, mit denen sie zusammenleben, Ehefrauen oder Freundinnen. Die Übergriffe geschehen also in einem Umfeld, in dem Frauen eigentlich Sicherheit suchen.«

»Und das sorgt dich«, stellte Eva fest. Sie war immer gut darin, zu erkennen, worauf ich eigentlich hinauswollte, manchmal noch bevor es mir selbst klar war.

»Ja«, sagte ich. Ich selbst war kein gewalttätiger Mensch, ganz im Gegenteil. Andererseits hatte ich einen Beruf, in dem ich jeden Tag mit Gewalt und Verbrechen konfrontiert war, womöglich kompensierte ich also einiges. Und dieser Beruf, der um Gewalt kreiste, das musste ich eingestehen, war männlich. Ich arbeitete überwiegend mit Kollegen zusammen, und in unseren Verhörzimmern saßen meist Männer.

»Ich denke nicht, dass Männer von Natur aus gewalttätig sind«, sagte sie, nachdem sie einige Momente überlegt hatte. »Ich denke allerdings, dass Männer auf eine Weise über sich und ihre Position in der Gesellschaft nachdenken, die sie leicht gewalttätig machen kann.«

Während ich noch über ihre Worte nachdachte, fügte sie hinzu: »Es gibt viele Arten von Gewalt. Nicht jeder Mann schlägt seine Frau. Einige lassen sie allein.«

»Du meinst, sie verlassen sie?«

»Nein, das ist manchmal sogar besser. Ich meine, sie lassen sie allein mit allem, mit den Kindern, der Wohnung, die Frauen sind dann diejenigen, die alles zusammenhalten müssen. Und meistens kriegen sie dafür am Ende des Tages nicht einmal ein Dankeschön.«

»Ich verstehe«, sagte ich, »ich werde mich ab heute öfter bedanken, versprochen.«

Eva lachte. »Ist schon gut, du bist ein recht braver Ehemann. Aber wir reden ja so ganz im Allgemeinen.«

»Und die beiden jungen Frauen?«, fragte ich. Ich wollte nicht mehr Details nennen, Katja sollte so gut wie möglich von solchen Geschichten verschont bleiben. Aber Eva wusste auch so, wovon ich sprach.

»Das ist was anderes, aber im Grunde auch wieder nicht. In den Augen des Täters ist eine Frau offenbar nur etwas wert, wenn sie tut, was er möchte. Er sieht Frauen scheinbar bloß als Objekte, deswegen auch die Inszenierung. Sie sind nur eine Requisite in einer Welt, die er sich nach seinen Vorstellungen zusammenbaut.«

»Nicht übel, Frau Freud«, sagte ich. »Größenwahn und Allmachtsfantasien also.«

»Aber es ergibt doch Sinn«, sagte Eva ernst. »Es geht um Macht, oder? Es geht immer um Macht. Besonders wenn es auch um Sex geht. Und wenn Männer an Frauen denken, geht es doch immer um Sex.«

»Bei Sexualverbrechen ist das so«, gab ich ihr recht. »Da spielt Macht immer eine Rolle.«

»Da haben wir das Dilemma«, sagte Eva, als hätte ich ihre Aussagen gerade gestempelt und unterschrieben. Vielleicht hatte ich das auch. »Eine Frau ist bloß das Anhängsel des Mannes. Die Vorstellung einer Frau, die aus eigenem Willen frei und ungebunden ist, das ist vielen Männern suspekt. Aber noch schlimmer für einen Mann ist es, wenn er selbst unfreiwillig ungebunden ist. Er muss die Frau in seiner Macht haben. Und je weniger Erfolg er hat, desto stärker sehnt er sich nach dieser Macht.«

Wie um zu signalisieren, dass damit die Diskussion zu Ende war, stand Eva auf und trug die leeren Teller in die Küche.

»Falls du jemals das Bedürfnis nach mehr Freiheit verspürst«, sagte ich halb im Scherz, als ich mit den benutzten Weingläsern in den Händen hinter sie trat, »lass es mich bitte wissen.«

Sie drehte sich um und lächelte mich an. »Ich hoffe doch, du denkst nicht, ich bin keine freie Frau. Ich habe mich sehr bewusst für das hier entschieden. Für dich«, sagte sie und gab mir einen Kuss. »So eine Entscheidung zu treffen, das bedeutet Freiheit.«

Ich stellte die Gläser ab und umarmte sie. Wir hörten kleine, schlurfende Schritte. Katja kam in die Küche. Ihr Blick drückte tiefstes Missfallen aus, dass wir sie an unserer trauten

Zweisamkeit nicht teilhaben ließen. Eva lachte, bückte sich hinab und hob Katja hoch. Ich schloss meine Arme fest um die beiden, so fest, dass ich dachte, sie würden sich nie wieder öffnen.

Und auch ich lächelte.

Donnerstag, 23. Februar
Wohnung in Wien-Floridsdorf

Ewald Müller wusste, dass seine Kollegen ihm die Nachdenklichkeit nicht immer ansahen. Er scherzte in der Mittagspause gerne mit ihnen, fehlte bei keiner Feierabendrunde und hatte schon den einen oder anderen Kollegen in der Kraftkammer beeindruckt.

Doch hinter dieser zur Schau gestellten Fröhlichkeit verbargen sich Nächte, in denen er nur wenige Stunden Schlaf fand, und Übelkeit, die ihn plötzlich erfasste, tagelang andauern konnte und seine Essgewohnheiten völlig durcheinanderbrachte. Besonders seit dem Mord an Alexandra Schriefl. Obwohl er ein sportlicher, junger und attraktiver Mann war, erschien er auf Polizeifeiern nie in Begleitung. Er lebte allein, und statt auszugehen verbrachte er viele Abende über seinen Esstisch gebeugt, wo ihm Vernehmungsprotokolle, Tatortberichte und Obduktionsergebnisse Gesellschaft leisteten. Im Schein der schwachen Deckenlampe versuchte er, alle Möglichkeiten durchzugehen. Wie viel Zeit war zwischen Alexandras Verlassen der Disco und ihrem Verschwinden hinter der Plakatwand auf der Himberger Straße vergangen? Wann war ihr Freund dort angekommen, und an welchen Stellen hätte er sie sehen müssen? Müller sortierte Zeugenaussagen, brachte Zeit- und Ortsangaben miteinander in Verbindung, glich Alibis von Verdächtigen ab. Währenddessen türmten sich leere Bierflaschen vor ihm auf. Oft schlief er über den Unterlagen ein und erwachte erst, wenn er das Klirren einer Flasche hörte, die über die Tischkante auf den Fliesenboden gestürzt war.

Bereits nach einer Woche dieser einsamen Detektivarbeit war ihm klar geworden, dass er nichts finden würde, was ihm während der Dienstzeiten entgangen war. Zusammen mit den anderen Kollegen, die an dem Fall arbeiteten, war er jeder erdenklichen Spur nachgegangen, aber Polizeiarbeit lief eben nicht so ab, wie sie am Sonntagabend im Fernseh-»Tatort« zu sehen war. Anstrengung und gute Absichten allein trieben Täter nicht in die Fänge der Ermittler. Doch völlig eingestehen konnte Eddie sich diese Tatsache nicht.

Dann hatten sie Christina Beranek gefunden. Und mit einem Schlag waren ihm alle fehlgeschlagenen Versuche, alle losen Enden wieder vor Augen geführt worden.

Ewald Müller sah sich als Gerechtigkeitssuchender. Er hatte immer schon einen starken Drang gehabt, sich gegen Unrecht zu wehren, egal ob es darum ging, auf dem Pausenhof Erstklässler vor den gemeinen Scherzen der Älteren in Schutz zu nehmen, oder später, in Dorfdiscos und bei Feuerwehrfesten, junge Damen von den ungewollten Annäherungsversuchen betrunkener Männer zu schützen. Doch in seinem Eifer konnte er es auch ab und zu übertreiben. Besonders in diesen Phasen prallte er gegen die Realität des Polizeialltags.

Eddie konnte nicht verstehen, wie ältere Kollegen Verhöre als der Weisheit letzter Schluss sahen, wenn es darum ging, Verbrechen aufzuklären. In der vergangenen Woche hatte er sich durch jene Artikel gearbeitet, die ihm Doktor Zalesch von der Gerichtsmedizin zugeschickt hatte. Was er mit seinem eingerosteten Englisch verstand, konnte er kaum glauben. Es klang, als hätte sich das ein Krimiautor ausgedacht.

Den Nutzen von Psychologie hatte die amerikanische Polizei schon längst für die Bekämpfung von Verbrechen erkannt. Sogenannte Profiler erarbeiteten Täterprofile, die es ermöglichten, gezielter nach Verbrechern zu suchen. Seine Kollegen dagegen stellten Hypothesen über die Täter auf, denen keine wissenschaftliche Basis zugrunde lag, sondern bestenfalls Erfahrung gemischt mit Küchenpsychologie.

Auch von den Verwendungsmöglichkeiten der DNA hatte Eddie gelesen. Diese Nukleinsäure enthielt die genetische Struktur des ganzen Menschen. Gelang es, DNA zu entschlüsseln, so meinten manche Wissenschaftler, wäre der Mensch ein offenes Buch, in dem man nicht nur nach Belieben lesen, sondern in das man auch neue Seiten schreiben könnte. Tödliche Krankheiten könnten verschwinden, Leben verlängert werden. Was Eddie aber vor allem begeisterte, war der Umstand, dass die DNA-Struktur eines jeden Menschen einzigartig war. Aus einem einzelnen Haar am Tatort ließe sich die Identität des Täters ableiten. Der erste Kriminalfall, bei dem DNA-Analyse zum Einsatz kam, hatte sich bereits 1987 in England ereignet. Auch über diesen Fall hatte Zalesch einige Berichte zusammengetragen. Eddie hatte davon noch nie zuvor gehört.

Wieso nahm die Politik kein Geld dafür in die Hand, Verbrechen auf der Höhe ihrer Zeit zu bekämpfen? Wofür gab es den technischen Fortschritt überhaupt, wenn nicht dafür, das Leben der Menschen sicherer zu machen?

In ihrer gegenwärtigen Situation teilte die Kriminalistik eine wichtige Eigenschaft mit der Wissenschaft. Tatsächlich war ihr Hauptmerkmal dasselbe. Genau wie in der Wissenschaft konnte die Kriminalistik so gut wie nie mit absoluter Sicherheit und nur durch die Analyse von Spuren und Indizien eine Person der Täterschaft überführen. Das konnte allein ein Geständnis. Was die Kriminalistik leisten konnte, war die Falsifizierung von Theorien, das Ausschließen möglicher Täter. Stimmte etwa die Blutgruppe nicht überein, konnte eine Person als Täter ausgeschlossen werden. Besaß eine Person jedoch die gleiche Blutgruppe wie der vermeintliche Täter, war das allein noch lange keine Bestätigung, dass es sich bei ihr auch um den Täter handelte.

Auch in der Wissenschaft war keine Theorie vor der Widerlegung sicher. Selbst so weitreichende und einflussreiche wie das Gravitationsgesetz von Newton nicht, das letztlich Einstein mit seiner Relativitätstheorie verdrängte. In der Wissenschaft wie in der Kriminalistik ging es um Wahrheit, eine schwer zu fassende, zerbrechliche Wahrheit, die sich oft bloß als Momentaufnahme entpuppte oder als Frage der Perspektive. Doch, und das war der große Unterschied, in der Wissenschaft ging es nicht um Leben und Tod. In der Kriminalistik schon.

Mit neuen Technologien, allen voran der DNA-Überprüfung, könnte die Kriminalistik ihre größte Schwäche abwerfen. Endlich könnten Personen nicht mehr bloß als Täter ausgeschlossen, sondern auch als solche überführt werden.

Dass Eddie all diese Verfahren kannte und beständig über ihren Einsatz nachdachte, machte die stockenden Ermittlungen für ihn nur noch schlimmer. Er war sich sicher: Wenn er auf die neuesten wissenschaftlichen Methoden und Technologien zurückgreifen könnte, hätte er den Mörder von Schriefl und Beranek bereits gefasst. Dass es sich um denselben Täter handelte, daran zweifelte Eddie nicht.

In all diesen späten Stunden, die sich in Eddies Leben fraßen und immer weniger Platz für glückliche Gedanken ließen, war er nie allein an diesem Tisch gesessen. In der Küchenzeile seiner Gemeindewohnung war noch eine andere Person zu Gast gewesen, oder vielmehr ein Gespenst, das ihn ebenso hartnäckig verfolgt hatte wie die Bilder der an den Baum gebundenen Alexandra Schriefl. Es war ein Gesicht, das er jedes Mal vor sich sah, wenn er die Augen von den Unterlagen zu nehmen wagte. Ein Gesicht mit einem präpotenten, siegessicheren Lächeln. Das Gesicht von Werner Pritsch, jenem Verdächtigen, den er zusammen mit dem Kollegen Geiger im Fall Alexandra Schriefl verhört hatte. Er hatte beinahe die Fassung verloren, als sie ihm Fotos von Kleidungsstücken gezeigt hatten, war schließlich aber durch die Blutgruppenanalyse entlastet worden.

Seit Geiger und er Werner Pritsch vernommen hatten, war sich Eddie sicher, dass ihnen der Mörder gegenübergesessen war. Noch nie in seiner Karriere als Polizist hatte ihm sein Bauchgefühl so eindringlich mitgeteilt, dass ein Verdächtiger tatsächlich schuldig war. Doch gleichzeitig, und das trieb ihn an den Rand des Wahnsinns, wusste er, dass er sich irren musste. Denn die Blutgruppe stimmte nicht mit jener des Opfers überein.

Bereits am Anfang ihrer Ermittlungen hatte Eddie eine Liste angefertigt, auf der alle Einwohner der Per-Albin-Hansson-Siedlung zu finden waren. Sortiert waren sie nicht alphabetisch, sondern nach Haus und Türnummer. Während der offiziellen Arbeitszeiten hatte Eddie nicht genug Zeit, jeden Namen auf der Liste selbst durchzugehen. Das hatten Polizisten übernommen, die von anderen Bezirken für den Fall abgestellt worden waren. Er musste sich um Vernehmungen und eingegangene Hinweise kümmern. Doch in einer Mittagspause, ganz unbemerkt, hatte Eddie die Liste kopiert, in seine Aktentasche gesteckt und mit nach Hause genommen.

Material, das relevant für eine laufende Ermittlung war, vom Arbeitsplatz in die eigene Wohnung zu bringen, war strengstens verboten. Aber was wogen solche bürokratischen Regeln schon gegen die Suche nach Gerechtigkeit?

Eddie hatte jeden Abend einen Häuserblock durchgenommen. Er hatte ein privates Notizbuch mit schwarzem Ledereinband, in das er Namen eingetragen hatte, die in Zeugenvernehmungen oder Nachforschungen aufgetaucht waren. Bestand nur der leiseste Verdacht, dass eine Person mit dem Mord zu tun haben könnte, kam sie auf Eddies Liste. Dabei musste sich Eddie nicht erst mit Kollegen herumschlagen, die bloß noch auf den Eintritt in ihre Rente warteten und gerade genug Spuren nachgingen, um rechtzeitig Feierabend machen zu können. Wenn es sein musste, würde er Befragungen und Ermittlungen in seiner Freizeit anstellen. Auch das war nicht legal, aber Eddie hatte während der vergangenen Wochen gelernt, dass Gerechtigkeit und Gesetz nicht immer ein und dasselbe waren. Eine Lektion, die sein Weltbild ordentlich durcheinandergeworfen hatte. Er wusste jedoch, wofür er sich entscheiden würde, wenn es darauf ankam.

Gestern Nacht schließlich war er fündig geworden. Es war schon halb eins, seine Augenlider flatterten vor Müdigkeit und sein Kinn rutschte mehrmals auf seine Brust, wobei ihn der Aufschlag jedes Mal aus dem Schlaf riss.

Er wollte schon Schluss machen und zu Bett gehen, da fiel sein Blick auf das Ende einer der Listen, und plötzlich war er wieder hellwach. Er musste nicht erst das schwarze Notizbuch zur Hand nehmen, um den Namen zu überprüfen. Die Person hinter diesem Namen hatte jede seiner Bewegungen wie ein Schatten verfolgt. Nur zwei Wohnblocks von jenem entfernt, in dem der Mord stattgefunden hatte, lebte Werner Pritsch.

Eddie dursuchte noch einmal die Vernehmungsprotokolle, die er in einem Ordner mit dem Namen »Täterbeschreibung« abgelegt hatte. Von den unzähligen Beschreibungen von Verdächtigen, die in der Berggasse eingegangen waren, hatten sich die meisten als Missverständnisse oder gar als der Versuch von Rufmord herausgestellt. Doch in einigen wenigen Fällen hatte Eddie zumindest die Möglichkeit in Betracht gezogen, dass sie zutreffen könnten. Es handelte sich um nachvollziehbare Aussagen über Männer, die in etwa zur Zeit von Christinas Verschwinden rund um den Tatort gesehen worden waren.

Doch schließlich war er immer wieder zur Zeugenaussage von Anna Rakmanica zurückgekehrt, dem Mädchen, das Geiger und er in der Per-Albin-Hansson-Siedlung vernommen hatten. Sie hatte behauptet, einen großen Mann mit langem braunem Haar gesehen zu haben. In einer Trafik, in der sich auch Christina nachweislich aufgehalten hatte. Die Beschreibung des Mannes war nicht besonders konkret, aber sie traf auf Pritsch zu.

Eddie fand in dieser Nacht kaum Schlaf. War der Ermittlungstruppe nicht aufgefallen, dass Pritsch so nahe am Tatort des zweiten Mordes wohnte? War es übersehen worden? Oder hatte man Pritsch noch einmal vorgeladen, ohne dass Eddie etwas mitbekommen hatte? Möglich, aber unwahrscheinlich.

Eddie schaltete den Wecker ab, noch ehe er klingeln konnte. Er stand auf, ging ins Bad, wusch sich das Gesicht und putzte sich die Zähne. Nach zwei Spiegeleiern, einer Tasse Kaffee und zwei Gläsern Orangensaft war er wach genug, um sich zu überlegen, wie er weiter vorgehen würde. Sollte er einen der Kollegen auf seinen Fund aufmerksam machen? Brandstätter oder Geiger? Oder direkt bei Edelbacher anklopfen?

Er zog seine schwere Lederjacke über, packte seinen Helm, fuhr in den Keller seines Wohnhauses und stieg auf seine BMW. Für heute kündigte der Wetterbericht einen dieser viel zu warmen Februartage an, die einen Frühlingsbeginn vortäuschten, nur um kurz darauf von einem erneuten Wintereinbruch aus dem Gedächtnis verdrängt zu werden. Das Aufheulen des Motors beruhigte seine Gedanken. Dennoch fuhr er an diesem Morgen ein wenig zu schnell in die Berggasse.

Er ging er zunächst in sein Büro und arbeitete das Tagesgeschäft ab. Zurzeit war das ein toter Ungar, der mit ziemlich hässlichen Stichwunden in Ottakring gefunden worden war. Seit Jahresbeginn hatte der Eiserne Vorhang große Löcher bekommen, und besonders in Wien war das zu spüren. Viele Menschen aus Osteuropa kamen hierher, auf der Suche nach einem neuen Leben. Doch auch die Bandenkriminalität nahm zu. Organisationen aus Ostblockländern schickten ihre Leute in den reicheren Westen, um sich dort mit Diebstählen oder Prostitution eine neue Einnahmequelle zu sichern.

Eddie verbrachte seinen Tag damit, bei polizeibekannten Restaurants und Wettbüros vorbeizuschauen und nach möglichen Motiven für die Tat zu suchen. Als er am Nachmittag in die Berggasse zurückkam, hatte er einiges herausfinden können. Offenbar hatte der Ungar eine beträchtliche Summe unterschlagen, was seinen Boss in Budapest nicht besonders freute. Gut möglich, dass die Verantwortlichen längst wieder über die Grenze waren und somit unerreichbar für die Wiener Polizei.

So wirklich bei der Sache war Eddie aber ohnehin nicht. Seine Gedanken wanderten immer wieder zu der Entdeckung, die er am vorigen Abend gemacht hatte.

Kurz vor Feierabend fasste er sich schließlich ein Herz. Er klopfte an Brandstätters Bürotür.

»Herein«, kam es von drinnen.

Eddie öffnete die Tür und trat ein.

»Eddie«, begrüßte ihn Brandstätter freundlich. »Was kann ich für dich tun?«

»Ich wollte mich nur über die aktuelle Lage im Fall Beranek erkundigen«, sagte Eddie vorsichtig. »Gibt es vielleicht irgendwas, was ich verschlafen habe …«

Brandstätter nickte verständnisvoll. »Die Sache lässt einen nicht los, ich weiß. Leider kann ich dir auch nichts Neues erzählen. Wir hatten ein paar Spuren, aber die haben sich alle als falscher Alarm herausgestellt.«

»Falls es derselbe Täter sein sollte«, sagte Eddie, »dann war er vielleicht bereits beim Schriefl-Mord unter den Verdächtigen. Ich habe mich gefragt, ob wir wirklich alle davon noch einmal befragt haben.«

Das verständnisvolle Lächeln verschwand aus Brandstätters Gesicht. Nun setzte er eine nachdenkliche Miene auf, die buschigen Augenbrauen zog er zusammen. »Selbstverständlich haben wir das«, sagte er. »Das war einer unserer ersten Schritte. Du warst bei einigen der Vernehmungen sogar dabei.«

»Haben wir auch Werner Pritsch vorgeladen?«, fragte Eddie. Nun hatte es keinen Zweck mehr, mit verdeckten Karten zu spielen. »Daran kann ich mich nicht erinnern.«

»Wie kommst du gerade auf den?« Brandstätters Blick hatte alle Wärme verloren.

»Es ist nur …« Eddie wusste, dass die nächsten Worte über seine berufliche Karriere entscheiden konnten. Wenn er nicht überzeugend klang und sein Verstoß gegen die Vorschriften aufflog, wäre seine Zeit in der Berggasse vorbei, noch ehe sie richtig begonnen hatte.

»Ich habe ihn damals mit Kollege Geiger vernommen. Seitdem ist er mir nicht mehr aus dem Kopf gegangen. Alles in mir sagt, dass dieser Mann etwas mit der Ermordung von Alexandra Schriefl zu tun hat.«

Womöglich lag es daran, dass Eddie nicht direkt gelogen hatte. Jedenfalls seufzte Brandstätter tief. »Hör zu, Eddie«, sagte er ernst. »Ich kann dich verstehen. Manchmal glauben wir zu wissen, wer der Täter ist. Wir sind uns so sicher, dass wir vergessen, rational zu denken. Wir erkennen nicht, dass dieses vermeintliche Wissen bloß unserem Wunsch geschuldet ist, einen Fall zu lösen und einen Täter zu finden.«

Brandstätter ließ sich einen Moment Zeit, ehe er fortfuhr. »Wir haben Pritsch noch einmal befragt. Er wohnt sogar in der Per-Albin-Hansson-Siedlung, was verdächtig wirkt, auf den ersten Blick jedenfalls. Andererseits wohnen dort tausende Menschen, und einige von denen waren durch ihre Vorstrafen bereits auf der Liste der Verdächtigen im Schriefl-Fall. Wir haben einen Beamten hingeschickt, der hat ihn befragt. Seine Freundin hat ihm ein Alibi geliefert.«

»Wir haben ihn nicht noch einmal vorgeladen?«, fragte Eddie entgeistert.

»Vergiss nicht«, sagte Brandstätter jetzt wieder versöhnlicher. »So verdächtig der Mann auch wirkt, die Ergebnisse des Bluttests stimmten nicht überein. Ihn noch einmal vorzuladen, ist reine Zeitverschwendung. Willst du einen ehrlichen Rat, Eddie?«

Eddie sagte nichts. »Vergiss Pritsch. Konzentrier dich auf die Fälle, die zurzeit auf deinem Schreibtisch liegen. Da kannst du mehr ausrichten. Wenn jemand mit unserem Job in der Vergangenheit lebt, wird er früher oder später zu ihrem Gefangenen.«

Brandstätter lächelte ihn an, und Eddie nickte. Er verabschiedete sich und verließ das Büro.

Er hatte alle Wege genommen, die ihm das Gesetz erlaubte. Jetzt war es an der Zeit, es mit einigen der unerlaubten zu versuchen.

Donnerstag, 23. Februar
Laaer Wald, Wien-Favoriten

Sie saß allein auf der Bank, von der Welt verlassen, hatte sie abgestreift wie einen abgetragenen Mantel, und blickte die weite Wiese hinab, die sich wie immer zu dieser Jahreszeit in ein Schlammfeld verwandelt hatte. In den vergangenen zwei Wochen war sie oft hierhergekommen, hatte immer denselben Weg gewählt und sich auf dieselbe Bank gesetzt. Er hätte die Uhr danach stellen können. Sie kam von der Schule nach Hause, aß zu Mittag und ging danach eine Stunde spazieren. Bereits nach ihrem zweiten Spaziergang, auf dem er sie unbeobachtet begleitete, erkannte er sie wieder. Sie war an jenem Tag ebenfalls in der Trafik gewesen. Dieser Umstand erweckte in ihm eine ungekannte Begeisterung und überzeugte ihn davon, dass sein Handeln Ordnung in ein Chaos brachte, das sein Leben so lang beherrscht hatte.

Während sie ihre Runde ging, traf sie niemanden, sprach kein Wort. Für ungefähr zehn Minuten saß sie jedes Mal auf derselben Bank und starrte vor sich hin. Sie erinnerte ihn an eine Gestrandete, die auf einer kleinen Insel den weiten, unbekannten Ozean nach einem Rettungsschiff absucht. Irgendwann wurde aus Hoffnung Routine, und die Angst, das Schiff möge nie am Horizont erscheinen, wich langsam der Furcht vor der Veränderung. Was, wenn es plötzlich wirklich auftauchte? War der Traum nicht viel besser als die Wirklichkeit?

Auch er hatte lange so gedacht. Er hatte sich nach Reichtum gesehnt, nach Ruhm und Anerkennung, nach der Gewissheit, der Stärkste zu sein. Seine Freunde sollten ihn fürchten, beneiden, um seine Gunst streiten. Frauen sollten ihn verehren, lieben, anbeten. Er wollte der Chef sein, der Anführer, der Beste von allen. Und was war er gewesen? Ein Nichtsnutz. Erst jetzt sah er, wie verachtenswert sein Leben gewesen war. Diebstähle, Einbrüche, Schlägereien, nichts hatte ihm auf Dauer etwas eingebracht, außer Vorstrafen und Gefängnisaufenthalte. Er schnorrte Geld bei seinem Vater, um sich Rohypnol in kleinen Kapseln und Haschisch zu kaufen. Jedes Medikament, das er in die Finger bekommen konnte, half ihm dabei, sich zu betäuben. Keinen Job konnte er länger als einige Monate ausüben, ehe sie ihn rauswarfen. Entweder war er zu spät oder er kam gar nicht, war betrunken oder streitsüchtig, oder wollte einfach nicht verstehen, was man vom ihm verlangte. Ein Leben, gescheitert, ehe es richtig begonnen hatte.

Also hatte er geträumt. Und insgeheim Angst davor gehabt, diesen Träumen jemals außerhalb seines Deliriums zu begegnen. Doch damit war es vorbei. Er wusste nun, dass er die Realität verändern konnte, wenn er es wünschte. Dass er mächtiger war als jeder Chef, der ihn je gefeuert hatte, mächtiger noch als jeder Polizist, der ihn je verlacht oder von oben herab betrachtet hatte. Er war mächtiger als sie alle. Denn er war an kein Gesetz mehr gebunden, dem Lauf der Dinge nicht mehr unterworfen.

Die erste Tat war aus ihm herausgebrochen, hatte ihn überwältigt, hatte sich seiner bemächtigt. Er hatte es gewollt, aber er hatte nicht gewusst, dass er es auch tun konnte. Fast wären sie ihm auf die Spur gekommen. Sie mussten die Blutproben vertauscht haben oder es war ihnen ein Fehler bei der Analyse unterlaufen. Er durfte sich nicht darauf verlassen, noch einmal so einfach davonzukommen.

Beim zweiten Mal war er vorbereitet gewesen. Er kannte das Mädchen, hatte sie oft in den Höfen der Siedlung gesehen. Christina, langes braunes Haar, rundes Gesicht, freundliches Lächeln. Als er sich entschieden hatte, begann er sie zu grüßen, begann sich bemerkbar zu machen. Ganz unaufdringlich, sie würde ihn bereits wenige Minuten später vergessen haben, doch er würde ein Gefühl des Vertrauens hinterlassen.

Drei Monate lang beobachtete er sie. Er wusste, wann sie von der Schule nach Hause kam, welchen Weg sie nahm, welche Magazine sie las, wo sie einkaufte. Mit der Zeit lernte er ihre Freundinnen kennen, erkannte, wann sie glücklich war oder wenn sie etwas belastete. Niemand hatte ihr je so viel Aufmerksamkeit gewidmet, ohne dass sie überhaupt davon wusste.

Doch Gefühle entstanden nicht in ihm. Er hatte registriert, wie sie sein Interesse für sie zunahm, doch es war ein Interesse, das er auch Autos oder Fernsehern entgegenbrachte. Ein rein technisches Interesse. Er erkannte, dass ihm Gefühle nicht im Weg stehen würden. Für ihn ein Beweis, dass er an einem Ort angelangt war, der für gewöhnliche Menschen unerreichbar blieb.

Monatelang wuchsen seine Wünsche und Begierden in ihm, während ein letzter Rest Vernunft ihm einflüsterte, dass diese Begierden nie das Licht der Außenwelt erblicken, sondern im Dunkeln verkümmern würden. Diesen Rest galt es zu überwinden. Mit Gewalt riss er die Wirklichkeit auseinander und trieb seine Wünsche und Begierden in sie hinein. Er hatte verstanden, dass seine völlige Freiheit nur zum Preis einer anderen bestehen konnte. Um sich völlig zu verwirklichen, um völlig frei zu leben, musste er ein anderes Leben auslöschen.

Anders als beim ersten Mal hatte er diesmal alles penibel vorbereitet. Er kaufte das gleiche Heft wie sie, verwickelte sie in ein Gespräch, lud sie in die Wohnung ein, die er eigens zu diesem Zweck von einem ahnungslosen Freund, der schon längst nicht mehr darin wohnte, borgte. Er wollte ihr die unzähligen Hefte zeigen, die er besaß. Sie brauchte nur noch einzuwilligen. Und das tat sie.

Er wusste, dass er diesmal keine Spuren hinterlassen hatte. Dennoch war er überrascht, wie leicht die ganze Sache an ihm vorüberging. Ein Polizist klopfte zwei Tage später an seine Tür und führte eine Routinekontrolle durch. Er musste ein paar Fragen zum Fall Christina Beranek beantworten, die Polizisten befragten auch seine Freundin.

Geschickt hatte er seine Freundin davon überzeugt, in der Nacht der Tat einen Einbruch in Margareten verübt zu haben. Sie hieß seine kriminellen Machenschaften nicht gut, doch sie war zu schwach, um sich von ihm abzuwenden. Er erzählte ihr, dass die ganze Welt gegen ihn sei, dass sie ihm die Schuld für alle Verbrechen geben wollten, bloß weil er bereits als Jugendlicher auf die schiefe Bahn geraten war. Nie habe er eine faire Chance bekommen, er sei ein Süchtiger, ein Verlorener. Er brauche sie. Er weinte sogar. Das funktionierte immer.

Also bestätigte sie seine Aussage und erklärte dem Polizisten, sie sei den ganzen Tag und auch die Nacht bei ihm gewesen. Damit hatte sich die Sache erledigt. Von der Polizei hatte er seitdem nichts mehr gehört. Seine Freundin, die er vor kurzem noch verlassen wollte, an die er sich aber mittlerweile zu seinem eigenen Missfallen gewöhnt hatte, war ihm unerwartet nützlich geworden.

Das Mädchen auf der Bank erweckte ebenfalls ein technisches Interesse in ihm. Ihr kurzes, schwarzes Haar trug einen Stich Blau darin. Wenn sie den Kopf neigte, blitzte die Farbe auf. Ihre Kleidung war so schwarz wie ihr Haar, schwarze Schuhe, Jeans, Kapuzenpullover, und auch die Winterjacke war in dieser schwersten, erdrückendsten aller Farben gehalten. Es war ihr anzumerken, dass sie sich vor jener Nähe fürchtete, nach der sie insgeheim suchte. Ein Wunsch, vor dessen Realität sie zurückschreckte.

Er stand hinter einem dicken Baumstamm und schüttelte bedauernd den Kopf. Für ihn gab es keine Angst mehr, die ihn zurückhalten konnte.

Wie bereits nach dem ersten Mal überkam ihn auch diesmal eine trügerische Welle der Ruhe. Zumindest für kurze Zeit hatte das Verlangen nach Opiaten, Alkohol und Pornos nachgelassen, mit denen er sonst das Rauschen in seinem Kopf zu ersticken versuchte. Doch er konnte bereits spüren, wie die Ruhe schwand. Von weit her, aus den Tiefen seines Unterbewussten, dort, wo all die Albträume nisteten, spürte er, wie sich das Rauschen näherte, wie es aus der dumpfen Tiefe anrollte, eine Welle bei Gezeitenwechsel.

Doch er fürchtete sich nicht mehr. Er wusste, was zu tun war, wenn das Rauschen wiederkam.

Er wusste, wo er sie finden konnte.

Donnerstag, 23. Februar
Per-Albin-Hansson-Siedlung

Eddie musste nicht lange warten. Gerade als er seine zweite Zigarette anzünden und seine gut gemeinten Vorsätze weiter strapazieren wollte, kam eine Frau mit einem Einkaufskorb aus dem Wohnblock. Bevor die Tür ins Schloss fallen konnte, war Eddie im Stiegenhaus. Die drei Stockwerke nahm er im Laufschritt. Niemand war zu sehen, und, noch wichtiger, niemand sah ihn. Er drückte dreimal kurz die Klingel vor der Tür Nummer 17.

Die Tür öffnete sich, eine Türkette spannte sich. Aus dem Spalt blickte ihm ein bekanntes Gesicht entgegen: Werner Pritsch starrte ihn mit zusammengekniffenen Augen an.

»Was wollen Sie?«, fragte er nicht gerade einladend. Offenbar erkannte er Eddie nicht wieder. Eddie holte seinen Ausweis hervor.

»Kriminalpolizei«, sagte er. »Ich bin hier, um Ihnen ein paar Fragen zu stellen.«

Pritsch blieb skeptisch. »War doch schon wer da von euch, vor zwei Wochen oder so. Ich hab dem alles gesagt, was er wissen wollte. Was wollen Sie jetzt noch?«

Eddie zwang sich zu einem freundlichen Lächeln. »Es haben sich einige neue Fragen ergeben. Es dauert nicht lange. Kann ich reinkommen?«

Pritsch blickte erneut auf den Ausweis, den Eddie noch immer gut sichtbar in der Hand hielt. Schließlich entfernte Pritsch die Türkette und öffnete die Tür. »Dann kommen Sie eben rein«, sagte er, drehte sich um und ging in einen kleinen Raum rechts neben dem Eingang, der sich als Küche herausstellte. Eddie folgte ihm.

Pritsch setzte sich an einen kleinen, runden Küchentisch, über den ein mit Blumenmuster verziertes Tischtuch aus Plastik gespannt war. Er zündete sich eine Zigarette an. »Aber beeilen Sie sich«, sagte er. »Meine Freundin kommt in einer halben Stunde von ihrer Schicht im Supermarkt zurück.«

»Es wird nicht lange dauern«, wiederholte Eddie und zog sein schwarzes Notizbuch und einen Kugelschreiber aus der Innentasche seiner Jacke.

»Sie sehen eigentlich ganz ordentlich aus für einen Polizisten«, sagte Pritsch und gab ein raues Lachen von sich. »Mit der Lederjacke und so. Sie erinnern mich an diesen Kerl aus einem Film. Der kommt als australischer Jäger nach Amerika. Kennen Sie den?«

Eddie ignorierte die Frage. »Vor drei Wochen ist ein Mädchen in dieser Siedlung ermordet worden. Was wissen Sie darüber?«

»Das haben Ihre Kollegen schon gefragt«, sagte Pritsch genervt und machte eine wegwerfende Handbewegung. »Ich weiß, was in der Zeitung steht. Sonst nichts.«

»Sie haben das Mädchen nie zuvor gesehen?«

»Hier laufen so viele Leute herum, und nur mit den wenigsten will ich mich unterhalten.«

Eddie dachte an das Verhör nach dem Fall Schriefl. Was hatte Pritsch damals aus der Fassung gebracht?

»Wissen Sie, dass es sich wahrscheinlich um denselben Täter wie im Fall Schriefl handelt?«

»Ach so?« Pritsch klang beiläufig, doch sein Blick war nun auf die Zigarette fixiert, als versuche er, Rauchzeichen zu lesen, die aus der Glut aufstiegen.

»Stand ebenfalls in den Zeitungen«, sagte Eddie und versuchte, gleichgültig zu klingen. Als handle es sich nur um eine Plauderei zwischen Arbeitskollegen.

»Diesmal konnten meine Kollegen überhaupt keine Spuren am Tatort finden. Der Täter ist offenbar viel vorsichtiger vorgegangen.« Aufmerksam beobachtete Eddie Pritschs Gesicht, doch Pritsch zeigte keine Reaktion.

»Vermutlich hat er gewusst, dass wir beim ersten Opfer Spuren sicherstellen konnten. Er wollte wohl vermeiden, dass es uns noch einmal gelingt. Meine Kollegen denken, der Täter hat ganz gezielt ein junges Mädchen als Opfer ausgesucht. Können Sie sich vorstellen, warum?«

Pritsch zuckte mit den Schultern. »Ein Perverser?«

»Meine Kollegen glauben, dass er sichergehen wollte, auf weniger Gegenwehr zu stoßen als bei einer erwachsenen Frau. Damit liegen sie wahrscheinlich auch richtig. Aber ich glaube noch etwas anderes.«

Jetzt blickte Pritsch auf. Offenbar hatten Eddies Worte sein Interesse geweckt.

Die nächsten Sätze wählte Eddie mit Bedacht, sprach sie langsam und betonte dabei jedes Wort. »Wissen Sie, selbst die modernste Technologie kann sich manchmal irren. Was, wenn der Bluttest beim ersten Mordfall fehlerhaft war? Ich bin zwar kein Wissenschaftler, aber Sie wissen, auch Maschinen machen Fehler. Hätten wir also beim zweiten Opfer eine Spur gefunden, wäre dieser Fehler vielleicht aufgefallen. Das wäre nicht gerade gut für den Täter, oder?«

Die Zigarette in Pritschs Hand erlosch langsam, doch er hatte sie offenbar völlig vergessen. »Warten Sie«, sagte er, und seine Augen weiteten sich. Eddie konnte sehen, wie sich ein Schalter in Pritschs Hirn umlegte. »Sie kenne ich doch! Sie haben mich damals zusammen mit diesem anderen Kerl verhört!«

»Sie wussten, dass Ihre Blutgruppe nicht mit jener übereinstimmte, die wir am ersten Opfer gefunden haben, nicht wahr? Sie wussten allerdings nicht, warum. Hielten es wohl für riesiges Glück. Also haben Sie alles getan, um uns in diesem Glauben zu lassen. War es nicht so?«

Eddie wusste, dass diese Theorie auf sehr wackeligen Beinen stand. Letztlich zählten in jedem Verfahren handfeste Beweise, und die entlasteten Pritsch nun einmal. Doch nach unzähligen Nächten, in denen sich Eddie den Kopf zerbrochen hatte, waren nur zwei Möglichkeiten übrig geblieben. Entweder sein Bauchgefühl täuschte ihn. Oder die Blutergebnisse waren fehlerhaft. Er hatte sich noch nicht getraut, jemandem aus der Berggasse von seiner Theorie zu erzählen. Zu groß war seine Angst gewesen, als jemand zu gelten, der seine eigenen Überzeugungen wichtiger nimmt als Fakten. Doch nun konnte er diese Theorie wie einen Versuchsballon steigen lassen und darauf warten, dass er platzte.

»Ich habe keine Ahnung …« Pritschs Stimme zitterte jetzt.

Eddie schlug mit der Faust auf den Tisch. »Wir werden Ihre Wohnung noch einmal auf den Kopf stellen, was sagen Sie dazu? Mal sehen, ob wir nicht irgendetwas finden! Ein einziges Haar reicht, und Sie wandern für den Rest Ihres Lebens ins Gefängnis!«

Aus Pritschs Gesicht war alle Farbe gewichen. Er führte die Zigarette zu den Lippen, doch als er daran ziehen wollte, bemerkte er, dass sie ausgegangen war.

»Gestehen Sie doch einfach, Mann!« Eddie bemerkte nicht einmal, dass er schrie. »Sie haben die beiden Mädchen ermordet!«

Gerade als er in Pritschs weit aufgerissene Augen blickte, die Angst und das Entsetzen daraus hervorspringen sah wie die Eruption eines Geysirs, dessen Spannung sich unter der Oberfläche so lange aufgebaut hatte, bis es keine andere Möglichkeit mehr gab, als die Erde zu zerreißen und nach draußen zu schießen, genau in diesem entscheidenden Moment zerriss eine Stimme die erwartungsvolle Stille.

»Was ist denn hier los?«

Eddie drehte sich um. In der Tür stand eine Frau in einem langen, schwarzen Mantel und starrte ihn an.

»Wer sind Sie und was tun Sie in meiner Küche?«

Eddie zog schnell seinen Ausweis hervor. »Ewald Müller, Kriminalpolizei. Ich bin hier, um Werner Pritsch ein paar Fragen zu stellen. Ich nehme an, Sie sind Frau Pritsch?«

»Ich bin Frau Wolf, Irmgard Wolf«, sagte die Frau. »Das ist meine Wohnung. Werner lebt hier mit mir. Sie wollen ihm ein paar Fragen stellen? Und dafür brüllen Sie hier herum und schlagen auf meinen Tisch?«

»Frau Wolf, ich habe Grund zur Annahme ...«

»Ich sage Ihnen jetzt das, was ich auch schon Ihren Kollegen gesagt habe.« Die haselnussbraunen Augen der Frau funkelten Eddie mit Zorn und Verachtung an. »Werner und ich waren zuerst in der Stadt spazieren. Und danach war er die ganze Nacht bei mir in der Wohnung. Bis ich sie am nächsten Morgen verlassen habe, um zur Arbeit zu gehen. Verstanden?«

»Das ist mir bekannt«, sagte Eddie, »aber ...«

»Überhaupt, wie sehen Sie denn aus?«, fuhr Frau Wolf dazwischen. »Keine Uniform, keine Formulare oder Genehmigungen. Sie kommen hier einfach herein und belästigen uns! Würde mich wundern, wenn das erlaubt ist. Ich sollte mich bei Ihrem Chef beschweren!«

Eddie gab auf. Er sah, dass es hier nichts mehr zu holen gab. Und die Frau hatte recht. Was er hier tat, war alles andere als erlaubt. Es war eine Verzweiflungstat gewesen, ein Schuss ins Blaue, und er hatte sein Pulver verbraucht.

Durch seine resolut auftretende Freundin hatte auch Pritsch seine Fassung wiedergewonnen. »Ich habe Ihnen sowieso alles gesagt, was ich sagen kann«, meinte er, jetzt wieder mit einem selbstzufriedenen Lächeln.

Damit war das Gespräch für ihn offenbar beendet.

»Danke für das Entgegenkommen«, sagte Eddie, ohne Pritsch anzusehen. Er nickte der Frau zu, als er sich an ihr vorbei auf den Gang drängte. Während er die Stiegen des Wohnhauses nach unten lief, konnte er hören, wie Frau Wolf an das Geländer trat und ihn beobachtete. Er spürte ihren Blick, bis er nach draußen trat.

Mittlerweile war die Sonne untergegangen, und alle Wärme war aus der Luft verschwunden. Eddie fröstelte, als er sich eine Zigarette anzündete und auf den Hof der Per-Albin-Hansson-Siedlung blickte. Im Stillen schwor er sich, dass es die letzte sein sollte, die er an diesen verdammten Fall verschwendete.

Er hatte gehofft, dieser Besuch würde Pritsch aus seinen Gedanken vertreiben. Das Gegenteil war der Fall. Das Bild dieses Mannes mit den langen braunen Locken und dem schmalen Gesicht hatte sich ihm in die Netzhaut eingebrannt. Er konnte seine langsame, von kalter Verachtung begleitete Stimme zwischen seinen Schädelknochen wie ein Echo hallen hören.

Er blickte auf seine Casio. Auf dem Bildschirm der Digitaluhr sah er das Datum: 23. Februar. Ihm wurde klar, dass morgen die Frist von drei Wochen abgelaufen war. Danach würde auch der Fall Beranek nicht mehr aktiv weiterverfolgt werden.

Zwei grausame Morde, und die beste Spur, die Ewald Müller hatte, saß in einer Wiener Gemeindewohnung, ließ sich von seiner Freundin aushalten und hatte sowohl Alibi als auch die falsche Blutgruppe. Ihm blieb nichts anderes, als seinen Helm aufzusetzen, seine BMW zu starten und nach Hause zu fahren, zurück zu seinen Unterlagen und vollgekritzelten Notizblöcken, bevor er einen neuen Tag in der Berggasse antreten würde, die ihm immer wirkungsloser, immer sinnloser vorkam. Was konnten sie ausrichten, wozu waren sie alle gut, wenn ein solches Monster frei herumlief und sie dabei auch noch verhöhnte?

Wo war die Gerechtigkeit? Ewald Müller wusste es nicht mehr, und vielleicht hatte er es noch nie gewusst. Vielleicht waren alle seine Anstrengungen bloß verzweifelte Versuche, Verbindungen zu konstruieren, die es noch nie gegeben hatte. Womöglich war es bloß eine Chimäre, eine Illusion, die alles zusammen- und den Wahnsinn fernhielt.

Wenn dem so war, hatte Brandstätter recht gehabt. Dann musste er vergessen und weitermachen. Eddie nahm einen tiefen, letzten Zug, warf die Zigarette zu Boden, trat sie aus, ging zu seinem Motorrad, zog sich den Helm über den Kopf und startete die Maschine.

Der Motor hallte von den Betonwänden der Siedlung wider, als er davonraste und alles aus dem Seitenspiegel verschwinden sah: die grauen Häuser, das lächelnde Gesicht von Werner Pritsch, die Bilder der toten Mädchen. Und vielleicht auch etwas von sich selbst.

Aber, das wurde Ewald Müller nun klar, das war Teil seines Berufs.

2000

Montag, 18. September
Wienzeile, Wien-Margareten

Wir saßen in Eddies VW Golf. Hinter uns fuhr ein Passat mit drei Kollegen. Mehr würde es nicht brauchen. Er konnte nicht wissen, dass wir kamen. Er würde es nicht erwarten. Ein Einschreiten mit der Sondereinheit Wega und viel Blaulicht hätte nur unnötig Aufsehen erregt. Das wollten wir mit allen Mitteln vermeiden. Denn Aufsehen war in dieser Sache schon genug erregt worden, ohne dass es irgendjemandem geholfen hätte.

Und so waren wir dabei, einen der größten Fälle der österreichischen Kriminalgeschichte abzuschließen. Leise, unbemerkt, ohne Blitzlichter und mediales Getöse.

Wir gingen zwar nicht davon aus, dass der Täter einen Fluchtversuch starten würde, schon gar nicht, wenn wir ihn überraschten. Aber wir durften uns keine Fehler mehr erlauben.

Wir fuhren die Linke Wienzeile entlang. Die Wienzeile ist wie ein Bildband von Wiens architektonischer Geschichte. Es finden sich Spuren des Historizismus und der Secession, dominiert von den Jugendstilbauten des Otto Wagner. Vieles, was Touristen an Wien so lieben, findet sich zwischen Naschmarkt und Schönbrunn. Es gibt Cafés, Bars und eine Oper, und die nächste U-Bahn-Station ist nie weit entfernt. Während die Sonne langsam aufging und wir mit der Stadt im Rücken die in tieforanges Licht getauchte Straße entlangfuhren, tauchte zwischen den prunkvollen, mit Gold, Stuck und Manierismen verzierten Häusern auch eine andere Seite Wiens auf, ihr historischer Gegenspieler.

Denn Wien war nicht bloß die Stadt der Kaiser und der reichen Bürgerlichkeit, sie war seit jeher auch die Stadt der Arbeiter. Das Rote Wien hatte sich genauso ins Stadtbild eingeprägt wie der vielgerühmte Jugendstil. So lagen unzählige Gemeindebauten ebenfalls entlang der Wienzeile. Sie waren Festungen aus Beton und Stahl, aus dem Boden gestampft für eine wachsende Bevölkerungsgruppe, die lange als das Herz dieser Stadt galt. Diese Bauten wären in vielen Ländern dieser Welt städtebaulicher Höhepunkt gewesen. Doch neben den eleganten, mit Bedeutung beladenen Häusern der vergangenen Jahrhunderte wirkten sie dennoch grob und unbeholfen.

Es waren die zwei Seiten Wiens, die ein aufmerksamer Beobachter hier, entlang der Wienzeile, vereint sah. Als Leiter der Mordkommission war ich mit der Architektur und dem Innenleben der Gemeindebauten berufsbedingt besser vertraut als mit den fein möblierten Altbauwohnungen. Konnte ich aus den Wohnungen Rückschlüsse für meine Arbeit ziehen? Wenn, dann nur, dass die Gewalt in beiden Gebäuden unterschiedlicher Natur war.

Doch sie war vorhanden. Denn einen Flecken von reiner Unschuld gab es nicht, auch nicht in jenen Häusern, in denen die Fenster bis zur Decke reichten und damit das ganze Licht des Tages aufzunehmen in der Lage waren. Aber irgendwann ging die Sonne unter, verschwand das Licht, und in der Dunkelheit war ein Raum nur noch schwer vom anderen zu unterscheiden.

Wir sprachen kein einziges Wort, selbst als wir vor dem Eingang eines unscheinbaren Gemeindebaus hielten. Nachdem

Eddie die Adresse herausgefunden hatte, hatten Kollegen die Umgebung ausgekundschaftet. Doch wir hatten nichts Auffälliges bemerken können. Also hatten wir uns vom Journalrichter die schriftliche Ausfertigung des Hausdurchsuchungs- und Haftbefehls geholt. Damit konnte es losgehen.

Es war früh, als wir losfuhren. Der frühe Morgen ist die Zeit der Festnahmen. Menschen stehen auf, putzen sich die Zähne, setzen sich an den Frühstückstisch. Sie erwarten nicht, dass wir genau zu dieser Zeit, die sie sonst ganz für sich allein haben, an ihre Tür klopfen.

Als ich aus dem Golf stieg, war mein Schweiß getrocknet und hatte sich wie ein Film auf meine Haut gelegt. Die schwüle Morgenluft des Spätsommers zog über mich wie eine Welle der Beunruhigung. Hatten wir tatsächlich alles richtig gemacht? Endlich, nach so vielen Jahren, den Urheber dieser grausamen Morde gefunden? Es schien zu unspektakulär, um wahr zu sein. Doch die Wahrheit war meist unspektakulär, weswegen sich nur die wenigsten Menschen für sie interessierten.

Wir traten an die Haustür. Eddie öffnete mit einem Zentralschlüssel. Die Kollegen nahmen den Lift, Eddie und ich stiegen mit eiligen Schritten, aber möglichst leise die Treppe hinauf in den vierten Stock. Ein einladendes »Grüß Gott« stand auf der Fußmatte der Tür 30, vor der wir stehenblieben. Unsere Kollegen stiegen aus dem Lift und bezogen im Flur Position. Eddie klopfte.

Die Tür öffnete sich, und eine Frau streckte ihren Kopf heraus. Müde blickte sie uns an. Sie hatte ein rundes Gesicht und freundliche Augen, doch ihre Gesichtszüge waren völlig unscheinbar.

Kaum zu glauben, dachte ich. Wir waren immer davon ausgegangen, dass unser Täter ein gestörtes Verhältnis zu Frauen hatte, ein Typ wie der Serienmörder Jack Unterweger, der sich hübsche Frauen ausgesucht und sie mit seinem Charme getäuscht hatte. Die Frau, die uns hier entgegensah, passte absolut nicht in dieses Profil.

»Polizei, Sicherheitsbüro«, sagte Eddie. »Wir wollen zu Ihrem Mann.«

Die Frau war offenbar geschockt. Sie trat einen Schritt zurück, was Eddie nützte. Er stieß die Tür auf und eilte mit den drei Polizisten in die Wohnung, an der Frau, die noch einen Morgenrock trug, vorbei. Ihre Hände lagen auf ihren Dienstwaffen, immerhin hatten sie es mit einem mutmaßlichen Mörder zu tun.

Mir fiel auf, wie ordentlich die Wohnung war. Bilder von Reisen und Feiern hingen an den Wänden. Darauf zu sehen ein glückliches Paar. Die Schuhe waren fein säuberlich aufgereiht, die Mäntel hingen geordnet in einer Garderobe. Es roch nach gar nichts, als würde sich die Wohnung weigern, Spuren ihrer gegenwärtigen Bewohner aufzunehmen.

Mit ihrer Einrichtung aus Holzmöbeln in unaufgeregtem Braun schien sie aus der Zeit gefallen, nicht ein einziges Detail erinnerte an die vergangenen Jahrzehnte mit ihren ästhetischen Experimenten. Diese Wohnung hätte einem Beamten in den sechziger Jahren gehören können. Und tatsächlich, das wussten wir ebenfalls aus den Akten, war die Frau, die uns die Tür geöffnet hatte, Beamtin und arbeitete im Verkehrsministerium.

War diese brave, bürgerliche Erscheinung nichts als Fassade, eine Scheinwelt, hinter der das Animalische lauerte? Vielleicht. Vielleicht war der Spalt zwischen dem triebhaften Grauen, zu dem der Mensch fähig ist, und dem unaufgeregten Vorstadtleben, in das er danach zurückkehrt, kleiner, als wir uns vormachten.

Im Wohnzimmer standen eine Ledercouch, ein Fernseher und ein Glastisch mit einem wohl selbstbestickten Tuch darauf. Zimmerpflanzen standen vor den Fenstern, durch die bereits schwach das Licht fiel. Ein Esstisch mit vier Stühlen nahm den meisten Platz ein. An diesem Tisch, mit einer Tasse Kaffee vor sich, saß unser Mann.

Ich erkannte ihn kaum wieder. Die hohe Stirn hatte die wilde Mähne verdrängt, nur noch auf dem hinteren Teil des Kopfes standen die Haare wild durcheinander. Immer wieder war dieser Mann in den vergangenen Jahren wegen verschiedener Delikte in Haft gewesen, und das hatte Spuren hinterlassen. Er sah älter aus, müder. Nur der dichte Schnurrbart über der Oberlippe war geblieben.

Das war sie also, die Bestie von Favoriten. Der Mann, dessen DNA mit jener übereinstimmte, die das Labor im Sperma auf Alexandra Schriefls Oberschenkel gefunden hatte. Jetzt saß er vor uns, über eine Tasse Kaffee gebeugt, und blickte uns verwirrt entgegen. Fast wäre es zum Lachen gewesen. All die Angst, all die schlaflosen Nächte, das rastlose Suchen und die offenen Fragen, die wie riesige Löcher in unseren Gedanken klafften und uns bei einem falschen Tritt verschlingen konnten, würde das alles jetzt ein Ende nehmen?

Die Frau hatte sich von ihrem ersten Schock erholt und war ebenfalls ins Wohnzimmer gekommen. »Das muss ein Irrtum sein, mein Mann würde niemandem etwas tun!«, beteuerte sie. Ein Polizist gab sich Mühe, sie zu beruhigen und sie hinaus in den engen Vorraum zu führen.

Ich versuchte, in seine Augen zu sehen, seinen Blick zu erhaschen, eine verräterische Bewegung, ein Zucken der Lippen oder eine Bewegung der Schultern, doch ich fand nichts. Der

Mann saß einfach nur da und trank seinen Kaffee, ohne zu verstehen, was eigentlich passierte.

Nach einer Ewigkeit, die sich auf wenige Momente verdichtet hatte, ging Eddie mit einem zweiten Polizisten um den Tisch herum. Sie stellten sich neben ihm auf, während ich ihm Haft- und Hausdurchsuchungsbefehl präsentierte. Eddie und ein Kollege packten ihn an der Schulter und hievten ihn hoch. Eddie legte ihm die Handfesseln an und sagte jene Worte, die uns alle seit einem Jahrzehnt nachts heimgesucht und sich über unsere geschlossenen Lippen gelegt hatten: »Werner Pritsch, ich verhafte Sie wegen des Mordes an Alexandra Schriefl.«

SCHNÜRSENKEL

1990

Sonntag, 23. Dezember
Laaer Wald, Wien-Favoriten

Fritz Brandstätter, erster Mordreferent, fror. Er hatte seine Lederhandschuhe in der Berggasse vergessen, und jetzt blieb ihm nichts anderes übrig, als seine Hände so tief wie möglich in die gefütterten Manteltaschen zu stecken und den aufgestellten Pelzkragen über seiner Nase zusammenzuziehen.

Nicht mal eine Zigarette wollte er sich anstecken in dieser Eiseskälte, wobei es aus der Ferne bestimmt so aussah, als würde er rauchen, denn sein Atem stieg als dichter Nebel in den Himmel.

Wie die Fangarme eines Kraken schlängelten sich die Straßen vom Verteilerkreis in alle Himmelsrichtungen und schlugen betonierte Schneisen durch Favoriten. Der Laaer Wald, in dem Brandstätter nun schon seit einer guten halben Stunde stand und darauf wartete, dass die Spurensicherung endlich den Tatort freigeben würde, wollte nicht so recht ins Bild passen. Wie ein Parasit, der sich in seinem urbanen Wirt eingenistet hatte, wuchs er inmitten eines völlig verbauten und vom Menschen unterworfenen Gebiets und schien sich langsam in die umgrenzenden Häuser und Straßen zu fressen. Doch man musste nur den Hügel hinaufgehen und von der Löwygrube auf das graue Ungetüm Favoriten blicken, um zu wissen, dass es ein ungleicher Kampf war. Durch einen langen Zaun von der urbanen Wüste getrennt, blieb der Wald eingesperrt wie ein wildes Tier in einem Zoo. Selbst der Böhmische Prater, dessen Schießbuden und Karusselle entlang einer einzigen Straße aus dem Boden wuchsen, schien in gleicher Weise vor dem Wald zu fliehen, wie er in ihn hineingebaut worden war.

An einem der Ausläufer des Laaer Waldes stand Fritz Brandstätter und dachte an eine Zigarette. Nicht nur die Kälte ließ ihn an das wärmende Nikotin denken, sondern auch die Trostlosigkeit, die sich an diesem kalten Dezembertag in die blätterlosen Stämme der Bäume, die mit einer feinen Schneeschicht überzogenen Sträucher und in den matschigen Boden gefressen hatte. Der Laaer Wald war Erholungsgebiet für die Bevölkerung eines Stadtteils, deren Alltag aus harter Arbeit und wenig Erholung bestand. Ein Ort, an dem man sich an warmen Tagen zurückziehen, mit seiner Familie eine Decke auf der großen Wiese ausbreiten und von besseren Zeiten träumen konnte, ohne die Sorgen, die sich zwischen den Wänden der zahllosen Gemeindebauten drängten.

Es war ein ruhiger, friedlicher Ort, durchsetzt von Ziegelteichen, zurückgelassen von längst verschwundenen Ziegeleien, um die herum im Sommer Wasserpflanzen und Schilf wuchsen. Vogelgezwitscher erfüllte die Luft. Brandstätter dachte an die sanften Bewegungen des Schilfs, durch das eine sommerliche Brise fuhr.

Doch im Dezember war von dieser Natur nicht viel übrig, und die Teiche waren zugefroren. Der Laaer Wald war wie ausgestorben. So einsam und verlassen wirkte er fast nackt. Früher oder später, dachte Brandstätter, hatte es passieren müssen. Kein Ort kann unschuldig bleiben, wenn er es denn überhaupt jemals gewesen war. Und natürlich sind Verbrechen an Orten, die in ihrer Unschuld kleine Inseln für die Seele darstellen, besonders schrecklich. Sie waren wie eine Narbe in einem ansonsten unversehrten, unberührten Gesicht. Genauso wie Verbrechen an unschuldigen Menschen uns besonders grausam vorkamen.

Nun stand er hier und wünschte sich nichts so sehr wie einen Lungenzug von einer seiner Lucky Strike, denn er hatte es mit beidem zu tun, einem unschuldigen Ort und einem unschuldigen Opfer. Nicole Strau war gestern zum Spielen bei ihrer Tante und ihrem Onkel gewesen, die in der Simmeringer Hauptstraße wohnten, nahe dem Friedhof St. Marx. Das fröhliche Mädchen mit den Stirnfransen war oft dort, sie spielte gerne mit ihrem kleinen Cousin und den Hunden. Diesmal hatte sie auch Weihnachtsgeschenke mitgebracht.

Sie verließ die Wohnung um 17.30 Uhr, denn sie hatte ihren Eltern versprochen, zum Abendessen daheim zu sein. Wie üblich stieg Nicole in eine Straßenbahn der Linie 71, um entlang der Simmeringer Hauptstraße Richtung Simmeringer Bahnhof zu fahren. Unzählige Male hatte sie diesen Weg zurückgelegt, zunächst mit ihren Eltern, dann allein. Sie wusste, dass sie am Bahnhof in den Bus Linie 51 umsteigen musste, um von dort bis zur Siedlung Südost zu fahren.

Gewöhnlich benötigte sie für diese Strecke ungefähr 45 Minuten. Als Nicole auch nach einer Stunde noch nicht daheim angekommen war, rief ihre Mutter Verwandte an. Gemeinsam begaben sie sich auf die Suche. Sie gingen die Siedlung ab, warteten vor der Bushaltestelle, fragten bei Freunden nach. Um 20.30 Uhr gab ihre Mutter schließlich im Kommissariat Favoriten eine Vermisstenanzeige auf.

Irgendwo zwischen der Straßenbahnhaltestelle an der Simmeringer Hauptstraße und der Haltestelle Siedlung Südost verlor sich ihre Spur. Bis ein Suchtrupp sie heute, um halb elf Uhr Vormittag, fand.

Deshalb stand Fritz Brandstätter im Unterholz des Laaer Waldes, etwa fünfzig Meter von den Spazierwegen und nur einen Steinwurf von dem Zaun entfernt, der das Naherholungsgebiet vom Siedlungsgebiet trennte. So nah, dachte Brandstätter, und doch so weit entfernt.

Dr. Ruben, der Gerichtsmediziner, stapfte auf Brandstätter zu. Er trug einen eleganten braunen Mantel und braune Lederhandschuhe, die in Plastiksäcke gehüllt waren. Auf dem Kopf saß ein Ausseer Hut, ein Trachtenhut aus dem Ausseer Land im Salzkammergut. Ob der Doktor in seiner Freizeit auf die Jagd ging? Vielleicht würde ihn Brandstätter einmal danach fragen, wenn sie sich anderswo als an einem Tatort begegneten.

Hinter Dr. Ruben kam, die langen Haare zum Zopf gebunden und mit dicken Lederstiefeln, Doktor Zalesch zwischen zwei Bäumen hervor.

»Verdammt kalt heute«, sagte Dr. Ruben zur Begrüßung.

»Wem sagen Sie das«, brummte Brandstätter. »Jetzt nehmen Sie die feinen Damen schon an Orte wie diese mit, Doktor?«, fügte er mit einem Blick auf Zalesch hinzu.

Die Medizinerin warf ihm einen schneidenden Blick zu. Brandstätter hätte am liebsten den Mantel noch enger zugezogen. Dr. Ruben zuckte nur mit den Schultern. »Gehört alles zur Ausbildung.«

»Todesursache war ein Schlag auf den Kopf«, erklärte Zalesch. »Zunächst hat der Täter wohl versucht, sie mit ihren Schnürsenkeln zu erdrosseln. Als das nicht klappte, hat er ihr mit einem herumliegenden Ast auf den Kopf geschlagen. Todeszeitpunkt war vermutlich gestern Abend. Ich denke, sie liegt hier schon etwa 14 Stunden.«

Bevor Brandstätter antworten konnte, trat ein junger EKF-Beamter zu ihm. Brandstätter konnte sich nicht an seinen Namen erinnern. Er vertrat Ferdinand Gennad, der bald in Pension gehen würde und beschlossen hatte, die restlichen Tage beim EKF im Büro zu verbringen. Tatortarbeit sei was für die jüngeren Leute, fand er. Brandstätter verstand gut, was sein Kollege meinte. Nun musste er ohne dessen scharfe Beobachtungsgabe auskommen.

»Wir haben die Untersuchung abgeschlossen«, sagte der junge Mann.

»Und?«, fragte Brandstätter.

Dem EKF-Beamten war anzumerken, dass er lieber einen Bericht geschrieben hätte als mündlich vorzutragen. »Wir haben den Ast gefunden, den der Mörder als Waffe genutzt hat. Er lag nicht weit vom Tatort entfernt. Die Leiche lag auf den Bauch und war mit Blättern zugedeckt.«

»Fehlten Kleidungsstücke?«, fragte Brandstätter.

Der Beamte wirkte verwirrt. »Uns wäre nichts aufgefallen, aber …«

»Es werden welche fehlen«, sagte Brandstätter. »Fragen Sie die Mutter und die Tante, was das Mädchen angehabt hat. Es werden ihr sicher Kleidungsstücke fehlen.«

»Sie glauben also, er hat wieder zugeschlagen?«, fragte Dr. Ruben, als der Beamte weg war.

»Man hört in meinem Beruf schnell auf mit dem Glauben«, sagte Brandstätter. »Aber der Schluss liegt nahe. Schriefl und Beranek starben nur ein paar Kilometer von hier entfernt. Wenn der Mörder in Favoriten lebt, könnte er an alle Tatorte zu Fuß gegangen sein. Nicole Strau passt ins Schema des Täters, wenn wir davon ausgehen, dass er aus dem ersten Mord gelernt hat und sich jetzt jüngere Opfer sucht. Beranek war zehn, Strau acht Jahre alt. Und ein weiteres Muster sticht heraus.«

»Das wäre?« Die Frage kam von Zalesch. In ihrer Stimme lag etwas Herausforderndes.

Die beiden Männer und Zalesch gingen auf den Spazierweg zurück. Dr. Ruben schien von der Kälte weniger beeindruckt. Er nahm die Handschuhe ab, holte eine Zigarettenpackung heraus und hielt auch Brandstätter eine Zigarette hin. Der wägte kurz ab, zog dann aber die Hände aus der Manteltasche und ließ sich Feuer geben. Zalesch winkte ab.

Brandstätter genoss das Gefühl, als sich seine Lungen mit Nikotin vollsogen.

»Der Täter hat alle drei auf dem Heimweg abgefangen«, erklärte er. »Schriefl war auf dem Heimweg von der Disco, Beranek von der Schule und Strau von ihren Verwandten. Der Schriefl-Mord ist ziemlich sicher spontan passiert, der Beranek-Mord wirkte gut geplant. Dieser hier wirkt ebenfalls spontan.«

»Der Täter hat seine Opfer bisher immer inszeniert«, warf Zalesch ein. »Dieses hier wurde in einem unzugänglichen Waldstück verscharrt.«

Der Ermittler zuckte nur mit den Schultern, eine Geste, die er über die Jahre perfektioniert hatte. »Das ist ein Verrückter«, sagte er, als wäre das Erklärung genug.

»Gerade solche Menschen haben oft viel Sinn für Ordnung und Struktur.«

Brandstätter antwortete nicht. Für ihn war die Diskussion beendet.

»Ich werfe ein Auge auf die Spurensicherung ...«, meinte Zalesch, drehte sich um und schritt wieder in den Wald zurück.

»Sie ist sehr motiviert«, sagte Dr. Ruben, als sie außer Hörweite war. »Ein bisschen zu motiviert, könnte man meinen.

Aber sie kam mit den besten Noten von einer amerikanischen Universität. Deswegen hat sie einflussreiche Fürsprecher. Außerdem ist sie eine Frau, die sollen jetzt gefördert werden. Wir brauchen unbedingt mehr Frauen, die Leichen aufschneiden, heißt es in der Chefetage.«

»Ich weiß ja nicht«, meinte Brandstätter. »Sie ist ein hübsches Mädel. So ein Umfeld ist nicht gut für sie.«

»Apropos ...«

Ein tiefer Seufzer entfuhr Brandstätter, als ihn der Arzt an den Grund erinnerte, aus dem sie in dieser Kälte ausharrten. »Ein so junges Mädchen, zu dieser Zeit und dann auch noch an so einem friedlichen Ort ...«

»Was den Ort angeht, weiß ich nicht so recht«, sagte Dr. Ruben. »Immerhin haben sie hier den Film ›Sodom und Gomorrha‹ gedreht, die größte und teuerste Filmproduktion der österreichischen Geschichte. Hier oder am Laaer Berg, ich bin mir nicht mehr ganz sicher.«

Brandstätter sah ihn entgeistert an, was Ruben als Einladung verstand fortzufahren: »1922 war das. Das können wir uns gar nicht mehr vorstellen. Tausende Menschen haben am Set gearbeitet, Handwerker, Architekten, Bildhauer, Pyrotechniker. An manchen Tagen liefen hier dreitausend Statisten herum. Die Kulissen waren richtige Jugendstil-Paläste. Dieser ganze Wahnsinn dauerte drei Jahre. Für das Ende des Films haben sie einen Tempel in die Luft gesprengt, dabei ist sogar jemand gestorben, glaube ich.« Der Mediziner schien nun ganz in seinem Element zu sein. »Regie geführt hat ein Ungar namens Mihály Kertész, der später in die USA ging, sich Michael Curtiz nannte und den Film Casablanca drehte. Lucy Doraine spielte in ›Sodom‹ mit, damals einer der größten Filmstars Europas. War natürlich ein Flop, der Film.«

Dr. Ruben schüttelte den Kopf. »Da versucht man sich in Österreich mal an so einem monumentalen Projekt, und am Ende kommt dabei nichts anderes heraus als der gescheiterte Versuch, die Geschichte von Sodom und Gomorrha zu erzählen.«

»Woher wissen Sie so viel über diesen Film?«, fragte Brandstätter.

Der Gerichtsmediziner lächelte ihn an. »Meine große Liebe gehört dem Kino, müssen Sie wissen. Vor meinem Medizinstudium habe ich einige Semester Filmkunst absolviert. War aber ein brotloses Fach.«

Vom Kinosaal in den Seziersaal, dachte Brandstätter, ein seltsamer Werdegang. Andrerseits fühlte man sich der Realität an kaum einem Ort so entrückt wie an Tatorten. War das morbid? Für einen Gerichtsmediziner wohl nicht.

»So, jetzt ist es aber gut, ehe ich mich vergesse«, unterbrach Dr. Ruben die Gedanken des Kriminalbeamten. »Nach der Obduktion kann ich mehr sagen. Sie hören von mir.« Er hob den Hut zum Gruß. »Und frohes Fest.«

Brandstätter rauchte seine Zigarette fertig, warf sie auf den Boden und steckte seine tauben Hände wieder in die Manteltaschen. Er würde in die Berggasse zurückfahren und den Rest des Tages Berichte schreiben. Morgen hatte er frei. Sein Kollege Geiger würde sich dann mit dem Fall rumschlagen müssen. Allzu unglücklich war er darüber nicht.

Er sog die kalte Winterluft tief ein, die ihm inmitten dieser Bäume reiner und klarer vorkam, und dachte an den kleinen Tannenbaum in seiner Wohnung, an die Geschenke für die Kinder und den Braten, den seine Frau machen würde. Als er durch den schlammigen Weg Richtung Parkplatz stapfte, war er mit den Gedanken schon beinahe zu Hause.

Noch einmal schlafen, dann war Weihnachten.

Montag, 24. Dezember
Berggasse, Wien-Alsergrund

Als ich am Weihnachtsmorgen ins Büro kam, empfing mich ein kleiner, mit roten Kugeln, Lametta und einem Stern geschmückter Tannenbaum im Foyer der Polizeidirektion.

Ich hatte mir vorgenommen, nicht an die fröhliche Feier zu Hause zu denken, die ich verpasste. Die festliche Aufmachung des Sicherheitsbüros machte mir dieses Vorhaben nicht leicht.

Doch das Verbrechen schlief auch an christlichen Feiertagen nicht, und so musste die Berggasse auch dann besetzt sein, wenn fast alle anderen Menschen daheim im trauten Familienkreis feierten. Es mochte Kollegen geben, auf die daheim kein liebevoller Empfang wartete und für die Feiertagsschichten weniger schmerzlich waren. Ich jedenfalls wäre viel lieber bei meiner Frau und meiner Tochter gewesen. Aber dieses Jahr war ich an der Reihe. Ich hatte mir für diesen voraussichtlich ruhigen Abend im Büro vorgenommen, einige Berichte über erkennungsdienstliche Technologien durchzugehen.

Meine Arbeit als stellvertretende Leiter des Erkennungsdienstes nahm viel Zeit in Anspruch, da eine Revolution in der Spurensicherung im Gange war. Wie die meiste polizeiliche Technologie kam auch sie aus Amerika. Es handelte sich um automatische Datenbanken für Fingerabdrücke.

Für gewöhnlich besaßen wir zwei Kopien von Fingerabdrücken. Zunächst jene, die wir am Tatort sicherstellen konnten, entweder auf dem Opfer selbst, was am eindeutigsten war, oder auf der Mordwaffe. Auch Fingerabdrücke auf Stiegengeländern, Türklinken oder Fensterrahmen konnten eine große

Hilfe sein. Immerhin bewiesen sie, dass eine bestimmte Person zumindest an diesem Ort gewesen sein musste.

Doch die Fingerabdrücke, die wir an einem Tatort sicherstellten, waren bloß der erste Schritt. Nun fing die Arbeit erst an, denn wir mussten die dazu passenden Fingerabdrücke mit unserem Archiv abgleichen, um Übereinstimmungen zu finden. Das Ganze war wie ein Memory-Spiel, bei dem wir ein Bild in der Hand hielten und verdeckte Karten umdrehten, in der Hoffnung, das dazu passende Bild zu finden. Nur waren es in unserem Fall hunderte Karten, die wir umdrehen mussten.

Zunächst glichen wir die Fingerabdrücke mit jenen aller Personen ab, die wir mit dem Fall in Verbindung bringen konnten. Wenn wir keine Übereinstimmungen fanden, suchten wir unter allen Abdrücken aus früheren Fällen. Dabei fündig zu werden, war gar nicht unwahrscheinlich.

Denn wer einmal ein Verbrechen begeht, tut es meist wieder. Doch diese Vorgehensweise bedeutete viel Arbeit. Manchmal mussten wir hunderte Fingerabdrücke aus dem Archiv holen und abgleichen.

Dabei konnte etwas übersehen werden. Oder eine Kopie der Fingerabrücke war über die Jahre verloren gegangen, unwahrscheinlich, aber nicht unmöglich.

All diese Probleme wären mit einem Fingerabdruck-Identifizierungssystem mit einem Mal gelöst. Denn in einem solchen System ließen sich alle Fingerabdrücke automatisch und digital in einer Datenbank erfassen. In so einem System konnten wir einfach alle Fingerabdrücke einspeisen und Ergebnisse per Knopfdruck abrufen. Das würde uns in der Verbrechensbekämpfung völlig neue Möglichkeiten eröffnen.

Seit meinem Wechsel zur EKF wollte ich diese Technologie zu uns nach Wien holen. Noch steckte sie in den Kinderschuhen und war teuer, aber bereits in einigen Staaten im Einsatz, etwa in Frankreich. Ich war bemüht, eine solche Datenbank in den nächsten Jahren im Sicherheitsbüro einzuführen. Deshalb versuchte ich, so viel wie möglich darüber in Erfahrung zu bringen.

Erst langsam begann die Politik zu begreifen, wie sehr wir diese Modernisierungen benötigten. Der Widerwille war nur schwer zu brechen, vor allem da es um viel Geld ging.

»Fröhliche Weihnachten«, begrüßte mich Margit, als ich im Büro Mantel und Schal ablegte. Sie saß bereits vor einer Tasse Kaffee und schlichtete Papierstapel. Einmal mehr registrierte ich mit Genugtuung das Fehlen eines Aschenbechers auf meinem Schreibtisch. Zu Beginn des Jahres hatte ich den Vorsatz gefasst, endlich mit dem Rauchen aufzuhören. Neben Edelbachers Büro gab es nun ein zweites, in dem der obligatorische Aschenbecher, eigentlich Standardausrüstung im Sicherheitsbüro, fehlte.

»Fröhliche Weihnachten«, grüßte ich zurück. »Machen Sie mir dann bitte auch einen Kaffee?«

»Die Kanne ist noch voll. Kommt in zwei Minuten«, antwortete Margit. »Übrigens«, fügte sie hinzu, »Oberrat Brandstätter hat etwas für Sie auf dem Schreibtisch liegen lassen.«

Ich setzte mich hinter den schweren Eichenholztisch. Mein Sessel gab ein vertrautes Ächzen von sich. Vor mir lag eine dünne Ledermappe. Ich fand darin einen frisch getippten und ordentlich gehefteten Bericht.

»Nicole Strau, 23.12.1990« stand in der Mitte des Deckblatts. Nach einigen Zeilen wusste ich, dass der Tag noch schlechter werden würde, als ich befürchtet hatte.

Brandstätter deutete in seinem Bericht an, dass die »Bestie von Favoriten« wieder zugeschlagen hatte. Ich konnte erkennen, wie er zu diesem Schluss kam. Junges, wehrloses Mädchen, auf dem Heimweg abgefangen, vergewaltigt und dann mit ihren Schnürsenkeln erdrosselt.

Zwischen den Tatorten der beiden vergleichbaren Morde lagen nur wenige Kilometer. Favoriten glich immer mehr einem düsteren, undurchsichtigen Moor, in dem sich Mädchen verirrten und dann unbarmherzig verschluckt werden konnten. Jeder ihrer Schritte konnte der falsche und letzte sein. Wir Kriminalisten kämpften uns durch die dicke Nebelsuppe, und wenn wir dachten, etwas vor uns zu sehen, einen Schemen, der möglicherweise eine Spur war, erkannten wir, dass wir bloß der eigenen Hand vor der Nase nachjagten. Ich fühlte mich verlassen in diesem Dickicht, in diesem Wall aus weißen Schwaden, der sich immer enger um mich schloss, je stärker ich mich dagegen wehrte. Ich war allein darin, allein mit einer Bestie.

»Bitte sehr«, riss mich Margit aus meinen Gedanken. Sie stellte mir eine Tasse dampfenden Kaffee vor die Nase.

Ich murmelte ein Danke, ließ meinen Blick allerdings auf dem Bericht liegen. Als ich die Fotos betrachtete, zog sich der Nebel, der meine Gedanken in Beschlag genommen hatte, langsam zurück. Etwas an diesen Fotos kam mir seltsam vor.

»Dr. Geiger.« Erneut riss mich die fidele Stimme von Margit aus meinen Überlegungen. »Besprechung im Büro von Hofrat Edelbacher um 13 Uhr.«

Ich nahm die Information nickend zur Kenntnis.

In den nächsten Stunden vertiefte ich mich in jede Zeile, jede Fotografie, jedes Detail des Tatorts. In mir war ein heftiger Zwiespalt. Brandstätter konnte mit seiner ersten Vermutung richtig liegen. Genauso gut jedoch konnte er sich in diesem entscheidenden Punkt irren.

Als es Zeit war, packte ich die Ledermappe mit dem Bericht und einige Notizen in meine Aktentasche und machte mich auf den Weg zu Edelbachers Büro.

»Frohe Weihnachten, Ernst«, sagte Edelbacher fröhlich. Unter seinem Schnauzbart konnte ich jedoch kein Grinsen erkennen. »Das war sicher keine schöne Überraschung für dich.«

»Das kann man so sagen.« Ich setzte mich in den Stuhl vor seinem Schreibtisch, stellte die Aktentasche auf den Boden und zog die Papiere daraus hervor. »Gerade heute.«

»Ich weiß, schreckliche Sache«, unterbrach mich Edelbacher. »Was denkst du darüber?«

»Kollege Brandstätter hält es für den dritten Mord des Täters, den wir bereits für die Fälle Schriefl und Beranek verantwortlich machen«, sagte ich.

»Und von dem wir bis jetzt keine Spur haben«, brummte Edelbacher. »Es deutet doch alles darauf hin, oder nicht?«

»Sehr vieles, ja«, sagte ich. »Das Opfer passt zum Muster. Wenn wir davon ausgehen, dass sich der Täter jetzt jüngere Mädchen aussucht.«

»Hat ja wunderbar geklappt«, sagte Edelbacher bitter. »Beim Beranek-Fall haben wir nicht ein Haar gefunden.«

»Genau wie die anderen beiden Opfer verschwand Nicole auf dem Heimweg«, sagte ich. »Genau wie bei den anderen beiden handelt es sich um ein Sexualverbrechen. Doch das für mich überzeugendste Argument ist die Nähe der drei Tatorte zueinander.«

Ich zog den Plan des Bezirks Favoriten hervor, den Brandstätter dem Akt beigelegt hatte. Darauf waren alle Tatorte eingezeichnet. »Die drei Punkte liegen in Gehdistanz. Wenn wir annehmen, dass der Täter aus Favoriten kommt, kennt er die

Gegend gut. Er weiß, wo er einen Mord begehen und wo er eine Leiche verstecken kann. Er kann sich unbemerkter bewegen. Vor allem hat er die Möglichkeit, seine Opfer vor der Tat genau zu beobachten.«

Ich zog ein weiteres Blatt hervor. »Offenbar war Nicole oft bei ihrer Tante zu Besuch. So oft, dass sie den Heimweg schon alleine zurücklegen konnte. Vieles deutet darauf hin, dass der Täter den Beranek-Mord länger geplant hat. Zumindest hat er dafür gesorgt, dass das Mädchen für eine Nacht verschwindet und es niemand finden kann, bevor die Leiche in einem Stiegenhaus wieder auftaucht. Es ist nicht weit hergeholt anzunehmen, dass er auch die Strecke von Nicole kannte. Dann wusste er auch, wo er sie am besten unbemerkt abfängt.«

Edelbacher hatte sich in seinem Stuhl zurückgelehnt und die Hände vor seinem Bauch verschränkt. Er dachte nach. »Alles sehr schlüssige Folgerungen«, sagte er schließlich.

»Absolut«, sagte ich. »Aber womöglich trotzdem falsch.«

Edelbacher sah mich interessiert an.

»Der jüngste Tatort spricht gegen die Theorie von der Bestie.« Ich legte die Fotos vor Edelbacher auf den Tisch. »Die ersten beiden Opfer wurden sorgfältig arrangiert. Die Leichen wurden an öffentlich zugänglichen Plätzen zurückgelassen. Es ist offensichtlich, dass sie gefunden werden sollten. Sie waren gut sichtbar platziert, nicht zugedeckt. Und der Mörder hatte ein besonderes Kennzeichen: Er band seine Opfer mit ihren Kleidungsstücken so fest, dass sie in einer unnatürlichen Position verharrten.«

»Das Werk eines Irren«, sagte Edelbacher.

»Vermutlich«, gab ich zu. »Aber der Wahnsinn hatte Methode. Im Fall Strau ergibt sich ein völlig anderes Bild. Das Mädchen wird in einen Winkel des Laaer Waldes gezerrt, den normalerweise niemand betritt. Hätten wir nicht gezielt und mit vielen Einsatzkräften gesucht, wäre sie womöglich noch tagelang unentdeckt geblieben. Sie wurde mit Laub und Blättern zugedeckt, wie das bei vielen Mordopfern passiert. Außerdem hat Nicole Straus Mörder kein Kleidungsstück verwendet, um sie in Szene zu setzen, wie bei den anderen Opfern.«

»Was ist mit dem Schnürsenkel?«, fragte Edelbacher. »Er hat sie doch mit einem Schnürsenkel erdrosselt?«

»Er hat es versucht, ja. Aber offenbar war ihm das nicht sicher genug, denn am Ende hat er sie mit einem Ast erschlagen. Offenbar ging es ihm darum, sein Opfer schnell und effizient zu töten. Bei den ersten beiden Favoritner Mädchenmorden haben wir ein anderes Bild: Hier ging es dem Täter mindestens genauso um die Art der Tötung wie um den Mord selbst.«

Edelbacher schwieg. Dann sagte er: »Über die Motive eines unbekannten Täters, noch dazu eines Irren, Überlegungen anzustellen, ist höchst spekulativ. Was wir haben, sind Fakten: Alter des Opfers, Ort der Tat und die Art der Tat, nämlich Sexualverbrechen und Mord. Wie wahrscheinlich ist es, dass reihenweise Kindsmörder in Favoriten herumlaufen?«

Bei diesen Worten musste ich an die Frau denken, deren Tochter wir im Fall Beranek vernommen hatten. Sie hatte uns erklärt, wie die unverhohlenen Blicke und zweideutigen Lächeln der Männer Frauen überallhin begleiteten. Und ich musste an die Antwort des Polizisten denken, der damals dabei gewesen war: Als ob alle Männer in dieser Siedlung potenzielle Sexualverbrecher wären ... Nun, bestimmt nicht alle. Aber war es so unwahrscheinlich, dass es mehr als einen Mann in Favoriten gab, der Mädchen bloß als Objekte seiner Triebbefriedigung betrachtete?

Edelbacher wiegte den Kopf und sagte schließlich: »Beide Alternativen klingen für mich plausibel. Wir können einfach noch nichts ausschließen. Wenn Sie recht haben, Ernst, und wir hier tatsächlich einen neuen Täter haben, dann besteht die Chance, dass wir den Täter unter den Angehörigen von Nicole finden. Denn diese kannten vermutlich ihren genauen Heimweg und wussten, wo sie ihr auflauern konnten.«

»Was ist mit der Tante?«, fragte ich. »Wir sollten sie heute noch vernehmen.«

Edelbacher nickte. »Kollege Müller soll die Frau vernehmen«, sagte er. »Sie müssen sich um die Medien und das Innenministerium kümmern. Wir müssen Schadensbegrenzung betreiben.«

In meinem Büro wartete schon jemand auf mich. Eddie lehnte an der Kante meines Schreibtischs. Margit machte offenbar gerade eine Pause, denn ihr Platz war leer.

»Ernst«, begrüßte er mich. »Du hast den Strau-Fall von Brandstätter übernommen?«

Es klang mehr wie eine Feststellung als eine Frage. »Zumindest für den Feiertagsdienst«, antwortete ich. »Was ist mit dir? Musst du auch in den sauren Apfel beißen und Weihnachten im Büro verbringen?«

»Ich hab mich freiwillig gemeldet«, sagte Eddie. »Auf mich wartet zu Hause niemand. Außerdem kann ich diesem ganzen modernen Weihnachten nicht viel abgewinnen. Ist doch alles nur noch eine großangelegte Marketing-Aktion. Ich bin froh, wenn ich davon nicht allzu viel mitbekomme.«

»Also, Eddie«, sagte ich und setzte mich an meinen Schreibtisch. »Dann wirst du dich freuen, dass ich eine Aufgabe für dich habe.«

Ich schilderte ihm in wenigen Worten die Lage.

»Dann ist diese Tante womöglich die Letzte, die das Mädchen gesehen hat?«, fragte Eddie.

Ich nickte. »Genau. Womöglich weiß sie auch, wer Nicoles Heimweg kannte.«

Ich hatte bereits in den vergangenen Monaten bemerkt, dass die Bestie von Favoriten meinen Kollegen nicht losgelassen hatte. Immer wieder war er mit Kollegen Theorien durchgegangen, manchmal auch mit mir. Ich konnte mich erinnern, wie Eddie einmal bei einem Heurigenbesuch mit der Belegschaft im vergangenen Sommer getrunken hatte, was er normalerweise nie tat. In der aufgeheiterten Stimmung hatte er gemeint, dass wir dem Täter im Schriefl-Fall bereits ganz nahe gewesen waren, er wisse es. Er könne es nur nicht beweisen.

Ich hatte das als trunkenes Wunschdenken abgetan. Aber womöglich konnten mir seine Einschätzungen im Strau-Fall helfen. Ich stand auf und begleitete ihn zur Tür.

»Also gut«, sagte ich. »Wirf einen Blick in Brandstätters Bericht, schnapp dir einen Kollegen und fahrt zur Tante.« Eddie stand auf. »Aber seid taktvoll«, rief ich ihm noch hinterher, als er bereits halb aus der Tür war, »heute ist Weihnachten!«

Ich nahm wieder hinter meinem Schreibtisch Platz. Mein Blick suchte das alte, schwarze Telefon, das Unheil verkündete. Jeden Moment würde es mit seinem Schrillen die Stille durchbrechen. Journalisten würden eine Story haben wollen, Politiker eine Erklärung, besorgte Bürger Versprechungen. Und da ich heute, in Abwesenheit des Kollegen Brandstätter, Leiter der Mordkommission war, fiel es in meine Verantwortung, ihnen ihre Wünsche zu erfüllen.

Was für ein Weihnachten.

Montag, 24. Dezember
Simmeringer Hauptstraße, Wien-Simmering

Eddie verlor keine Zeit. Er machte sich auf den Weg zum Erkennungsdienst, wo er sich die Personaldaten von Herta Strau, Nicoles Tante, abholte.

Es klingelte lange, bis jemand abhob.

»Ja?«

»Herta Strau?«

»Herta kann gerade nicht …«

»Hier spricht die Polizei«, sagte Eddie. »Wir müssen mit Herta reden, so bald wie möglich. Ich weiß, es ist eine schwere Zeit, aber es zählt jede Stunde.«

Die Frau bat um etwas Geduld. Wenige Augenblicke später meldete sie sich wieder und meinte, Eddie könnte Herta und ihrem Mann einen Besuch abstatten.

»Aber bitte halten Sie sich kurz«, sagte die Frau, die sich als Freundin der Familie vorgestellt hatte. »Heute ist Weihnachten.«

Daraufhin stieg Eddie mit einem Kollegen in seinen Golf und fuhr den Donaukanal entlang. Auf der gegenüberliegenden Seite war die Sternwarte Urania in der tiefstehenden Dezembersonne zu sehen. Lichterketten verbanden Bäume über Straßen hinweg zu einem eng verwobenen Lichternetz. Sie fuhren durch hell erleuchtete Lakritzstangen und Geschenkpakete aus Plastik, die von über Straßen gespannten Seilen hingen, und Eddie wurde daran erinnert, dass er niemandem etwas schenken musste. Oder durfte, je nachdem, dachte er.

Er fuhr die Simmeringer Hauptstraße entlang und parkte seinen Golf direkt vor der Häuserzeile, in der Herta und Wilhelm Strau, Tante und Onkel des Opfers, wohnten. Im Erdgeschoß lagen Geschäfte, dahinter türmte sich die Wohnanlage auf. Ein Zweckbau, der in seinen grau-grünen Farben wie ein blechernes Ungetüm wirkte, das zu lange den Elementen ausgesetzt gewesen war.

Eddie drückte die Klingel. Mit dem Summen traten die beiden Beamten traten ein. Im Stiegenhaus drückten sie sich an einem Mann vorbei, der schwitzend einen Tannenbaum nach oben schleppte.

Als hätte sie hinter der Tür gewartet, riss eine Frau mit wasserstoffblonden Haaren und grellroten Lippen die Wohnungstür auf, als sie klopften. Es musste die Freundin der Familie sein, mit der Eddie telefoniert hatte, denn sie wirkte recht gefasst.

»Polizei?«, fragte sie und Eddie erkannte die Stimme wieder.

»Wir haben telefoniert«, sagte Eddie. »Ewald Müller, Kriminalpolizei.« Die beiden Beamten zeigten ihre Ausweise, doch die Frau schien ihnen auch so zu glauben. Ohne weitere Fragen trat sie zur Seite.

»Die beiden sind im Wohnzimmer«, flüsterte sie Eddie zu, als wäre der Aufenthaltsort von Tante und Onkel Strau ein streng gehütetes Geheimnis. Sie schritt mit wichtiger Miene voran.

Das Wohnzimmer war ein kleiner, dunkler Raum, dessen Fenster in einen schattigen Innenhof führte. Eddie erkannte einen alten Esstisch und ein Sofa, das deutliche Abnützungserscheinungen aufwies. Nur der Fernseher wirkte neu.

Die Straus saßen auf dem Sofa. Die Frau hatte braune, lockige Haare, ein junges Gesicht und zarte Arme. Eddie blickte in verquollene Augen, als er den Raum betrat. Ihr Mann war kräftig und hatte das herbe und zerfurchte Gesicht eines Boxers. Er wirkte weit weniger mitgenommen und hatte seinen Arm um Herta gelegt.

Es gab keine weitere Sitzgelegenheit in dem Zimmer, deshalb blieb Eddie einfach stehen. Sein Kollege wartete an der Tür.

»Könnten Sie bitte draußen warten«, sagte Eddie zur Freundin der Familie. Die zuckte mit den Schultern und verschwand im Vorraum.

»Wir wollten Sie heute nicht ins Sicherheitsbüro holen, weil Weihnachten ist«, sagte Eddie, nachdem er sich kurz vorgestellt hatte. »Trotzdem ist es wichtig, dass Sie so schnell wie möglich Ihre Aussagen machen. In einem Fall wie diesem entscheiden die ersten Tage.«

»Dann beeilen Sie sich besser«, sagte der Mann. »Bei den zwei letzten Mädeln hat es ja nicht viel zu holen gegeben für die Polizei.«

»Willi!«, zischte die Frau, doch ihr Mann schien keine Notiz von ihr zu nehmen. Herausfordernd sah er die Polizisten an.

Eddie ignorierte die spitze Bemerkung. »Kommen wir zur Sache«, sagte er. »Können Sie bitte erzählen, was am 22. Dezember passiert ist?«

Herta atmete tief durch, löste sich aus der Umarmung ihres Mannes, die sie wohl als nicht so behutsam wahrnahm, wie Willi sich das vielleicht dachte, und erzählte. »Nicole ist immer am 22. zu uns gekommen. Sie hat kleine Geschenke mitgebracht, für unseren Sohn.« Bei diesen Worten deutete sie in eine Ecke des Raumes, die Eddie zuvor nicht aufgefallen war. Dort lag ein kleines Bett und darin ein Kind, nicht älter als vier Jahre, schätzte Eddie.

»Mit ihm hat sie immer so lieb gespielt ... Nicole war immer so fröhlich.« Die Frau zog ein Taschentuch aus einer Packung und schnäuzte sich kräftig. »Am Nachmittag gab es Kuchen, und um 17.30 Uhr hat sie die Wohnung verlassen, so wie ausgemacht. Sie ist die Strecke schon hunderte Male gefahren. Sie stieg in die Tram 71, fuhr zum Simmeringer Bahnhof und von dort mit dem 15A weiter zur Siedlung Südost. Ich hab wie immer meine Schwester angerufen, als sie aufgebrochen ist. Es ist nie was passiert ...«

»Nicole war oft bei Ihnen?«, fragte Eddie.

»Nicoles Mama und ihr Stiefvater müssen beide zur Arbeit, deswegen war sie oft bei uns.«

»Sie arbeiten nicht?«

»Ich arbeite«, sagte Willi, ehe seine Frau antworten konnte. »Ich bin Mechaniker, meine Werkstätte ist beim Verteilerkreis. Ich arbeite genug für uns beide, Herta soll sich um unser Kind kümmern, so wie es sich gehört.«

Eddie räusperte sich. »Kannte noch jemand Nicoles Heimweg? Außer Ihnen beiden und Nicoles Eltern?«

»Ich glaube nicht ...«, sagte Herta, doch Willi unterbrach sie: »Michi vielleicht.«

»Wer ist das?«, fragte Eddie.

»Michael Schetzl«, erzählte der Mann. »Ein guter Freund von mir, hat mal mit mir als Mechaniker gearbeitet.«

Eddie fiel auf, dass Herta sich auf die Unterlippe biss. Es war nur ein kurzer Moment, dann war ihr Gesicht wieder eine Fassade von Trauer und Bestürzung.

»Und wie kam er zu diesem Wissen?«, fragte Eddie, ohne sich etwas anmerken zu lassen.

»Er ist oft bei uns. Er ist gerade auf Jobsuche, da hat er Zeit. Und Michi ist ein guter Freund von mir«, wiederholte Willi. »Also habe ich ihn gebeten, er soll ab und zu vorbeikommen, um Herta Gesellschaft zu leisten. Die ist sonst immer allein, und sie soll nicht auf blöde Gedanken kommen.« Er sagte das in einem Tonfall, als würde er einen Witz erzählen und zwinkerte Eddie zu. Aber offenbar fand die Bemerkung sonst niemand lustig.

»War dieser Herr Schetzl am 22. Dezember auch hier in der Wohnung?«

»Nicht dass ich wüsste«, sagte Willi. »Aber ich habe Dienst geschoben, wir müssen einen Mercedes fertig bekommen bis nach den Feiertagen, da hat's was mit dem Keilriemen ... War er da, Herta?«

Herta schüttelte den Kopf. »Ich habe Michi schon länger nicht gesehen«, sagte sie. »Ich glaub auch nicht, dass er Nicoles Heimweg kannte. Er hat öfters mit ihr gespielt, Onkel Michi hat sie ihn genannt. Aber über ihren Heimweg haben wir, glaub ich, nie gesprochen.«

Herta wirkte verunsichert. Sie trug ein langes, blaues Kleid, dessen Stoff sie mit ihren Händen auf ihrem Oberschenkel knetete. Doch bevor Eddie weiterfragen konnte, schaltete sich wieder ihr Mann ein: »Warum wollen Sie das alles wissen? Es war doch sicher diese Bestie von Favoriten. Wenn Sie mich fragen, ist es eine Frechheit, dass dieser Gestörte noch immer frei herumläuft. Darauf sollten Sie sich konzentrieren, anstatt uns hier am Weihnachtsabend zu befragen!«

Mit der Freundlichkeit war es offenbar vorbei. Eddie hätte Willi gern erklärt, dass er ihn auch mit in die Berggasse nehmen und dort befragen könnte. Aber er erkannte, dass es keinen Sinn hatte. Das würde den Mann nur endgültig gegen ihn aufbringen. Außerdem hatte er nun eine Spur. Er würde bei diesem Michael Schetzl nachfragen und herausfinden, wie viel Zeit er wirklich mit Nicole und ihrer Tante verbracht hatte.

»Danke für Ihre Zeit«, sagte Eddie schließlich. »Wir müssen Sie bitten, in den nächsten Tagen in die Berggasse zu kommen, um Ihre Aussage zu bestätigen. Wenn Ihnen noch irgendetwas einfällt, rufen Sie bitte an.« Er legte seine Karte auf den Tisch und nickte seinem Kollegen zu. Die Straus blieben sitzen und machten keine Anstalten, ihnen zur Tür zu folgen. Im Vorraum drehte sich Eddie noch einmal um. »Frohe Weihnachten«, sagte er, und da er es nicht ironisch gemeint, sondern der Macht der Gewohnheit nachgegeben hatte, kam er sich kurz darauf ziemlich dumm vor. Es gab wohl kein Bild, das weniger weihnachtliche Stimmung verbreitete als das der zusammengesunkenen Frau und des genervten Mannes auf dem mit Flecken übersäten Sofa.

Im Büro verschaffte sich Eddie einen Überblick über den Stand der Ermittlungen. Beamte hatten rund um den Laaer Wald Anrainer befragt, genauso wie Bewohner der Siedlung Südost. Sie hatten sogar die Straßenbahn ausfindig gemacht, mit der Nicole vermutlich gefahren war, doch der Schaffner konnte sich nicht an das Mädchen erinnern. Auch die Befragung der Busfahrer ergab nichts. Während sie auf die Ergebnisse der Obduktion warteten, konnte dieser Michael Schetzl womöglich wichtige Informationen liefern.

Die Sonne war bereits untergegangen, und während Menschen überall in Wien Christbäume aufputzten, Braten in die Öfen schoben und Kinder es nicht erwarten konnten, ihre Geschenke auszupacken, herrschte in der Berggasse drückende Stimmung. Es ging auch an erfahrenen Polizisten nicht spurlos vorbei, wenn sie selbst an den besinnlichen Tagen des Jahres mit Trauer, Wut und Gewalt konfrontiert waren. Den meisten Menschen mochte es gelingen, diese Eigenschaften der Welt erfolgreich auszublenden, zumindest für die Dauer des Weihnachtsessens. Hier, in der Berggasse, war das unmöglich.

Sie würden Michael Schetzl nächste Woche befragen. Für heute reichte es Eddie, die Stunden bis Dienstschluss am nächsten Morgen, wenn schon nicht in Besinnlichkeit, so wenigstens mit niemand anderem als sich selbst zu verbringen.

Mittwoch, 26. Dezember
Linke Wienzeile, Wien-Margareten

Fast ein ganzes Jahr hatten sie ihn weggesperrt. Mit zwei Freunden hatte er im Oktober '89 begonnen, in Keller von Wohnhäusern einzubrechen und sie auszuräumen. Die Schlösser waren schnell geknackt, viele Kellerabteile waren bloß mit Latten versperrt.

Sie nahmen Fernseher, Autoteile und Kleidung mit. Jede Woche suchten sie sich ein Haus aus, beobachteten es ein paar Tage lang und dann, wenn die Bewohner in der Arbeit und die Kinder in der Schule waren, stiegen sie ein. Es war kinderleicht. Und besser, als alleine in der Wohnung seiner Freundin zu sitzen und darauf zu warten, dass sie mit Vorwürfen nach Hause kam.

Sie hatten stets besonders auf Überwachungskameras geachtet. Doch bei einem ihrer Einbrüche hatten sie das kleine schwarze Gerät übersehen. Vier Tage später stand die Polizei vor seiner Tür und nahm ihn mit. Aufgrund seiner Vorstrafen gab ihm der Richter ein ganzes verdammtes Jahr. Das war im November des vergangenen Jahres gewesen.

Im Gefängnis war die Kontrolle, die er über sein Leben gewonnen hatte, genauso wie sein Selbstvertrauen in wenigen

Tagen völlig aufgebraucht gewesen. Beides verschwand wie ein flüchtiger Traum, den ein anderer geträumt und von dem er bloß vage Erzählungen mitbekommen hatte. Eine Woche nach seiner Verhaftung gestand ihm seine Freundin Irmi unter Tränen, dass sie schwanger war. Sie wusste nicht, was sie mit dem Kind machen sollte.

Er wollte, dass sie es auf die Welt brachte. Jene Frau, die er eigentlich schon längst verlassen wollte, mit ihrem ewigen Gejammer, weil er nie etwas richtig machen konnte. Doch er wollte dem Jungen ein Vater sein, wie er ihn selbst nie gehabt hatte.

Vier Monate nach seiner Verurteilung heirateten Irmi und er. Dafür bekam er einen Tag Freigang. Er lieh sich einen Anzug, seine Eltern liehen ihm etwas Geld, und ein paar Freunde liehen ihre Glückwünsche. Vor allem lieh er sich ein wenig Freiheit.

Am nächsten Tag musste er zurück in seine Zelle. Als die Nacht hereinbrach und er als frisch verheirateter Mann auf der harten Matratze lag und auf die Gitterstäbe starrte, die sich undeutlich in der Dunkelheit abzeichneten, überkam ihn das Grauen. Ihn erwartete Verantwortung. Er hatte keinen Job und würde so schnell wohl auch keinen bekommen. Er war ein verurteilter Verbrecher. Und er hatte soeben eine Frau geheiratet, die er nicht liebte und die ein Kind von ihm erwartete.

Zunächst hatte er gehofft, durch die Heirat ein Stück jener Kontrolle zurückzuerlangen, die er verloren hatte. Als Familienvater war er der wichtigste Mann im Haus. Seine Frau und sein Sohn würden ihn brauchen. Doch war das wirklich so? Würde Irmi nicht weiterhin arbeiten gehen und er mit dem Kind zu Hause bleiben müssen? Was für ein Vater konnte er ihm so schon sein?

Er verfiel wieder den Tabletten und dealte mit allem, was er im Gefängnis zwischen die Finger bekommen konnte. Er hatte Glück, denn hätten sie ihn erwischt, hätte er vermutlich ein weiteres Jahr ausgefasst.

Er sehnte sich nach Ordnung, nach Kontrolle, nach Bestätigung. Er sehnte sich danach, kein absoluter Versager zu sein. Doch im Gefängnis lernte er sie wieder kennen, die Angst. Die Angst vor dem Versagen, vor dem Scheitern, die gemeinsam mit der Gewissheit wuchs, dass er sein Leben verpfuscht hatte.

Das alles änderte sich, als er im Speisesaal der Justizanstalt Wien-Favoriten eine Zeitung in die Hände bekam und über sich las. Er, die Bestie von Favoriten. Ein wohliger Schauer überfiel ihn. Die Polizei hatte keine Spur, und die Stadt lebte nach wie vor in Angst. Er allein schaffte es, dass sich Millionen Menschen nachts auf der Straße angstvoll umdrehten. Selbst hier drin, im Bau, sorgte er dafür, dass sie ihre Haustür doppelt absperrten. Er war ein allgegenwärtiger Alb, einer dieser bösartigen Elfen, die sich in die Träume der Menschen stahlen. Jedenfalls, das wurde ihm klar, war er kein unbedeutender Niemand. Und dieses Wissen gab ihm Kraft. Kraft und einen Plan.

Nach sieben Monaten kam er wegen guter Führung frei. Es war Mai 1990, als seine Frau ihn vor dem Gefängnis abholte. Sie war jetzt hochschwanger. Der Frühling hatte die Welt mit seinem frischen Atem belebt, und Wärme, die nicht in die Korridore des Gefängnisses gefunden hatte, suchte sich nun einen Weg auf sein Gesicht.

Er schlug sich die Nächte seiner neu gewonnen Freiheit in schäbigen Bars und Clubs um die Ohren. Er bewarb sich vergeblich um einige Stellen. Seiner Frau erzählte er, er würde bei Freunden übernachten, wenn er in Wirklichkeit andere

Frauen aus irgendeiner Disco in die Wohnung von Freunden mitnahm. Schon bald war er jeden Tag high, betrunken oder beides.

Er hatte gerade eine Affäre mit einer Beamtin angefangen, als er das Mädchen wiedersah. Ganz unvermutet, sodass er im ersten Moment dachte zu träumen, überquerte sie Anfang September vor ihm den Hof der Per-Albin-Hansson-Siedlung. Er wusste, dass sie nur wenige Häuserblocks entfernt wohnte. Er hatte im Gefängnis oft an sie gedacht, doch auf distanzierte Weise, so wie Astronomen über die fernen Planeten nachdachten und ihre Bewegungen beobachteten, ohne sie beeinflussen zu können.

Das Mädchen mit dem Blaustich in den schwarzen Haaren. Und plötzlich wurde sein im Gefängnis gefasster Plan Realität.

Wie bereits vor seiner Verhaftung beobachtete er sie wieder. Er folgte ihr unauffällig auf ihren Wegen, lernte ihren Tagesablauf kennen. Schon bald kannte er ihren Stundenplan und wusste sogar, welche Musik sie hörte, denn sie besaß eine ganze Sammlung von T-Shirts mit den Namen von Sängern und Bands darauf.

Ihr Körper verwandelte sich langsam in den einer Frau, und er sah, dass sie noch nicht damit umgehen konnte, was seine Faszination nur noch steigerte. Wie ein Biologe, der eine neue, von ihm entdeckte Insektenart in einem Glaskäfig tagtäglich bei den banalsten Vorgängen beobachtete, konnte er sich daran erfreuen, wenn sie einen Schluck aus ihrer Wasserflasche nahm oder Herbstblumen pflückte.

Bei all den Veränderungen war ihr Tagesablauf der gleiche geblieben, den sie bereits vor seiner Verhaftung gehabt hatte. Sie ging fast täglich zum Laaer Berg und setzte sich auf eine Bank. Dann spazierte sie durch den Laaer Wald zurück.

Manchmal überlegte er, wo im Wald er auf sie warten konnte. Wie er sie ansprechen könnte. Er wusste, dass ihn viele Frauen attraktiv fanden. Er wusste auch, was er sagen musste, damit sie ihn mochten. Er sah es an der Beamtin, die ihn mit verliebten Augen angesehen hatte, als er das letzte Mal neben ihr aufgewacht war. Sie schien ihn so zu akzeptieren, wie er war. Nie beklagte sie sich über seinen Lebenswandel. Sie nahm hin, dass er Frau und Kind hatte. Ohne sein Zutun oder seinen Willen war so etwas wie Nähe entstanden, in der er weniger brutal mit ihr umging, als er es sonst mit Frauen zu tun pflegte. Nicht mit seiner Frau, die berührte er nur noch selten. Aber mit den betrunkenen Mädchen, von denen er sich aus Discos abschleppen ließ. Zu ihnen war er grob. Ob ihnen das gefiel oder nicht, war ihm egal. Es erregte ihn, sie unter seine Gewalt zu bringen. Über sie verfügen zu können. Nur darum ging es ihm.

Die Monate zogen dahin, und sein Leben befand sich in einem seltsamen, zerbrechlichen Gleichgewicht. Seine Frau hatte im Juli seinen Sohn zur Welt gebracht. Noch blieb sie daheim und kümmerte sich um das Baby.

Seine Freundin stellte keine Ansprüche an ihn. Sie war für ihn verfügbar, wenn er sie brauchte, was hieß: wenn er sie wollte.

Das Mädchen, dessen Name, wie er mittlerweile herausgefunden hatte, Anna war, bot ihm eine willkommene Fluchtmöglichkeit aus diesem Alltag. Würde sich nur einer dieser Parameter verschieben, wären die Konsequenzen nicht abzusehen. Doch zu Beginn der Adventzeit verschoben sich alle drei.

Er war gerade von der Wohnung eines Freundes, der ein Stockwerk über ihm lebte, zurückgekommen. Von dort aus konnte er mit der Beamtin telefonieren, ohne dass seine Frau etwas davon mitbekam. Doch diesmal hatte ihre Stimme anders geklungen. »Ich muss dich treffen«, hatte sie gesagt. »Wir müssen sprechen.« Sie klang gehetzt. »Noch heute Nachmittag.« Sie nannte ihm den Platz auf dem Laaer Berg, wo sie einander im Sommer oft getroffen hatten. »Ich weiß doch, wie gern du dort bist«, hatte sie noch gesagt und dann aufgelegt.

Beunruhigt und gedankenverloren war er in seine Wohnung zurückgekehrt. Was konnte so wichtig sein, dass sie es ihm noch heute Nachmittag auf dem Laaer Berg sagen musste? Wollte sie ihn verlassen?

Er bemerkte gar nicht, dass seine Frau bereits in der Küche auf ihn wartete. Er wollte schon in sein kleines Arbeitszimmer verschwinden, in dem er lange Zeit einen Stöckelschuh, eine Handtasche und eine schwarze Jeanshose mit vielen, kleinen Löchern aufbewahrt hatte. Es war seine persönliche Trophäensammlung gewesen, bis ihm die Sachen zu heiß geworden waren und er sie entsorgt hatte. Doch seine Frau rief ihn zurück.

Als er in die Küche trat, sah er abgrundtiefe Wut in ihren Augen. Was er sich einbilde, fragte sie ihn. Natürlich wusste sie schon seit geraumer Zeit von seinen geheimen Telefonaten, und dass er nicht bei seinen Freunden übernachtete, wusste sie auch. Für wen er sich halte? Sich dachte, das Gefängnis hätte ihn zur Vernunft gebracht. »Aber jemand wie du«, schrie sie ihn an, »wird es nie lernen! Wie willst du jemals ein Vater für dein Kind sein! Noch ein Fehltritt, dann kannst du schauen, wo du bleibst!«

Wenn sie so mit ihm redete, brachte er sie normalerweise mit einer Ohrfeige zum Schweigen. Doch der Ton ihrer Stimme sagte ihm, dass nicht einmal Gewalt sie wieder an ihren

Platz verweisen konnte. Er fühlte Panik in sich aufsteigen. Beide Frauen, jene, die ihm Bestätigung verschaffte, und jene, die ihn finanziell absicherte, waren dabei, sich von ihm zu lösen. Was sollte er tun? Wie konnte er in Ordnung bringen, was schon vor langer Zeit kaputt gegangen war?

Er wirbelte herum, zog sich die Schuhe an, riss die Jacke vom Kleiderhaken im Vorzimmer und stürmte aus der Wohnung. »Ja, renn nur weg, du Scheißkerl!«, hörte er seine Frau schreien.

Wie ein angeschossenes Tier lief er ohne jegliche Orientierung herum. Wege, die er bereits tausende Male gegangen war, kamen ihm fremd und unwirtlich vor. Die Innenhöfe der Siedlung schienen sich in einen Abgrund ohne Boden verwandelt zu haben, und durch sie hindurchzugehen war gleichbedeutend mit einem Absturz ohne Wiederkehr. Sein Herz schlug so schnell, dass er dachte, es müsste gleich explodieren. Obwohl es kalt war, trat ihm der Schweiß aus allen Poren, und er bekam kaum Luft. Mit der Kraft eines Wasserfalls goss sich das Rauschen in seinen Kopf und riss in seinem unbarmherzigen Strom jeden klaren Gedanken mit sich.

Er wusste nicht, wie lange er herumgelaufen war, als seine Beine unversehens nachgaben. Schwer atmend lehnte er sich an einen Baum. Irgendwann schaffte er es, den Blick zu heben. Es sah die weite Wiese des Laaer Bergs. Ganz instinktiv war er an jenen Ort geflüchtet, an dem er Anna so viele Stunden lang beobachtet hatte.

Und tatsächlich, keine zwanzig Meter von ihm entfernt saß sie, mit dem Rücken zu ihm, die schwarzen Haare mit dem unverkennbaren Blaustich fielen ihr über die Schultern. Und mit einem Mal er begriff, dass sie seine Chance war. Seine Chance, sich die Kontrolle zurückzuholen.

Mittwoch, 26. Dezember
Laaer Wald, Wien-Favoriten

Der kalte Wind, der Anna entgegenschlug, hätte sie geängstigt, wäre da nicht ihre bodenlose, unerklärliche Wut gewesen, die sie noch viel mehr ängstigte. Sie war schleichend in ihr hochgekrochen und hatte unbemerkt von ihr Besitz ergriffen.

Angefangen hatte es vor mehr als einem Jahr, als dieses Mädchen aus ihrer Siedlung verschwand und kurz darauf zwei Polizisten auftauchten, um sie zu befragen. Damals schien ihr Leben auseinanderzubrechen, ein Leben, das sie sich gerade erst mühsam erarbeitet hatte, mit dem sie sich noch gar nicht richtig hatte vertraut machen können. Die ersten Bruchstücke ihrer Persönlichkeit, mehr ein Mosaik aus Wünschen, Eindrücken, Sehnsüchten, Ängsten und Hoffnungen als ein wohlgeformtes Netz aus konkreten Vorstellungen, waren genau das geblieben: Bruchstücke. Ramponiert von etwas viel größerem, einer monströsen Erscheinung, die in Annas Leben getreten war und über allem hing, was sie war oder sein konnte. Sie hatte geglaubt, mit einer Stimme sprechen zu lernen, die ihre war. Doch sie hatte diese Stimme verloren. Nun fühlte Anna sich stumm und fand kein Ventil, um diese Wut auszudrücken, die sie manchmal rasend machte.

Sie war lange Zeit blind gewesen und hatte einzelne Ereignisse nicht zusammenzufügen vermocht. Ihr kam es vor, als würde das Leben viel zu schnell an ihr vorbeiziehen. Gerade erst war sie 15 Jahre alt gewesen, nun 16, und es fühlte sich an, als würde sie morgen schon dreißig sein.

Zunächst waren die langen Gespräche mit ihrer Mutter gekommen, das erste gleich nachdem die Polizisten ihre Wohnung verlassen hatten. Ihre Mutter hatte die Beamten nach draußen begleitet, war dann zurück in die Küche gekommen und hatte zunächst nichts gesagt.

Sie hatte sich schweigend neben Anna gesetzt. Die Küche hatte sich mit einer Stille gefüllt, wie sie über ausgestorbenen Straßen einer Stadt in der sommerlichen Hitzeglut liegt, bevor der Regen fällt. Und dann, als die Stille brach, hatte ihre Mutter geweint. Anna verstand nicht, warum. War nicht sie es, die sich schuldig fühlen sollte? Sie war an diesem verhängnisvollen Tag, an dem Christina Beranek verschwand, von zu Hause ausgebrochen. Sie hatte das Mädchen als Letzte gesehen, in der Trafik, und womöglich auch ihren Mörder. Doch sie konnte sich einfach an keine Details erinnern, sosehr sie es auch versuchte. Oft wachte sie nachts aus Träumen auf, in denen sie sicher gewesen war, das Gesicht des Mörders zu sehen, nur um im wachen Zustand festzustellen, dass es ihr Vater gewesen sein musste, von dem sie noch nie ein Foto gesehen hatte, und dem ihre Albträume nun ein Gesicht gaben. Ihretwegen war die Polizei in ihre Wohnung gekommen, und sie hatte sich gefühlt, als hätte sie etwas falsch gemacht, so schrecklich falsch, wie es ihr selbst in der Schule noch nie passiert war.

Doch als ihre Mutter zu weinen aufgehört hatte, erklärte sie Anna, wie schwierig es war. »Was?«, hatte Anna gefragt, und ihre Mutter hatte geantwortet: alles. Zu arbeiten, damit sie die Miete bezahlen und etwas zu essen kaufen und manchmal sogar mit Anna ins Kino gehen konnte. Nicht bei ihrer Tochter sein zu können, sie nie gut genug beschützen zu können vor all der Gewalt, die da draußen herrschte. Diese beständige Angst, die sie verfolgte, wenn sie spät nach Hause kam oder in der Küche saß und auf Anna wartete. Denn alles, was sie tat,

tat sie für ihre Tochter. Und die Vorstellung, sie eines Tages zu verlieren, so wie es der Mutter von Christina Beranek passiert war, brachte sie an manchen Nächten um den Verstand.

Dieser Abend hatte etwas in Anna ausgelöst. Zum ersten Mal erfasste sie nicht nur die Traurigkeit ihrer Mutter im vollen Ausmaß, sondern fragte auch nach den Gründen dafür. Sie machte ihren Vater, den sie noch nie gesehen hatte, den sie auch nicht als ihren Vater bezeichnen wollte, und über den ihre Mutter schwieg, als hätte es ihn nie gegeben, dafür verantwortlich. Nun suchte sie zum ersten Mal nach Fotos, Postkarten, Briefen, selbst Rechnungen, nach allem, was einen Hinweis auf ihn liefern könnte. Vergeblich. Und ihre Wut, die sich auf etwas richtete, was nicht da war, wurde nur größer, schwoll an wie ein Luftballon, um irgendwann mit einem lauten Knall zu zerplatzen.

Dieser Knall kündigte sich lautlos an, so leise, dass niemand etwas merkte, am allerwenigsten sie selbst. Anna wurde noch stiller, als sie immer schon gewesen war. Hatte sie früher zumindest noch gelegentlich Schulfreundinnen besucht, grüßte sie die Mädchen aus ihrer Klasse nun nicht einmal mehr. Ausgedehnte Spaziergänge, die sie zuvor mit Abenteuerlust unternommen hatte, um dem tristen Leben innerhalb der Favoritner Bezirksgrenzen zu entkommen, verwandelten sich in den immergleichen Weg, den sie zu einer Bank am Laaer Berg machte, um dort stundenlang über die Wiesen und in die Ferne zu starren. Die Zigaretten, die sie bei ihrer Begegnung mit Christina Beranek im Regal stehen lassen hatte, rauchte sie nun drei- und vierfach. Denn was hatte das Nichtrauchen schon gebracht?

Nur noch mit Michael redete sie, aber es kam ihr vor, als würde er immer ans Küssen denken, wenn sie ans Reden dachte. Sie hörte von dem Roman »Lust«, den Elfriede Jelinek im vergangenen Jahr publiziert hatte und der für viel Aufregung sorgte. Von Perversion und Pornografie war die Rede, von Geschmacklosigkeit und der Herabwürdigung der Frau. Anna fragte Michael, warum sie nicht gemeinsam dieses Buch lesen würden, statt immer nur Theaterstücke von Thomas Bernhard.

»Das kann doch niemand lesen«, hatte Michael gesagt und in einem seltenen Anflug von Beredtheit hinzugefügt: »Außerdem geht es da dauernd nur um dasselbe Thema. Das ist bloß autobiografische Verarbeitung. Das ist langweilig.«

Anna hatte sich das Buch dennoch besorgt. Und sich gefragt, ob diese vernichtende Gleichgültigkeit, mit der Gertis Ehemann sie in Jelineks Roman unterwirft, mit jener vergleichbar war, die zu den Morden an Alexandra Schriefl und Christina Beranek geführt hatte. Der Fabrikdirektor, der seine Ehefrau ausschließlich zur Befriedigung seiner Lust benutzt, mordete keine jungen Frauen wie die Bestie von Favoriten. Doch die Geringschätzung des weiblichen Lebens teilten beide, die reale wie die fiktive Person.

Nach der Lektüre hörte Anna auf, Michael zu küssen. Kurz darauf hörten sie auch auf, sich auf dem Raucherhof Zigaretten zu teilen. Und bald schon gingen sie in der Schule grußlos aneinander vorbei.

Der Sommer war gekommen, und Anna ging nicht ins Freibad wie viele ihrer Klassenkameradinnen, nicht ins Laaerbergbad, nicht ins Schönbrunner Bad und auch nicht ins Krapfenwaldlbad, in das sie früher so gern mit ihrer Mutter gegangen war, wegen der prächtigen Aussicht über die Stadt. Allein die Vorstellung, in einem Bikini oder Badeanzug fremden Blicken ausgesetzt zu sein, widerte sie an.

Bloß ihren Spaziergang absolvierte sie weiterhin, stoisch und unveränderlich. Jeden Tag ging sie dieselbe Strecke, von der Siedlung zum Laaer Berg. Dort saß sie eine Weile stumm auf der immergleichen Bank, um dann über den Laaer Wald heimzugehen. Sie wusste nicht, warum sie so hartnäckig an dieser Runde festhielt, warum sie niemals einen anderen Weg wählte und warum sie kaum einen Tag ausließ. Doch etwas in ihr erkannte, dass es dieser immergleiche Ablauf war, der sie wie das Tau eines kleinen Fischerboots bei Sturm an eine Wirklichkeit kettete, die ihr zu entgleiten drohte.

Dann war die Schule wieder losgegangen, der Herbst hereingebrochen, die ersten Schneeflocken gefallen, und als sie am Morgen des 24. Dezember, für den sie und ihre Mutter einen langen, gemütlichen Abend mit Brettspielen und einen köstlich zubereiteten Karpfen geplant hatten, die Zeitung aufschlug, brach alles wieder über sie herein. »Die Bestie von Favoriten schlägt wieder zu«, war dort zu lesen. »Achtjährige Nicole Strau ermordet.«

Als sie las, wo die Leiche gefunden worden war, spürte sie, wie das Tau Risse bekam. Hatte sie erneut den Weg der Bestie gekreuzt, ohne es zu merken? Hatte er womöglich sogar sie mit den gleichen Blicken bedacht wie Nicole?

Sie hatte noch einige Tage gewartet und sich vergewissert, dass ihre Mutter nicht mit einer ähnlichen Panik reagieren würde wie nach den ersten zwei Morden. Und heute, während ihre Mutter in der Arbeit war und Anna noch Weihnachtsferien hatte, war sie in den Laaer Wald gegangen und hatte versucht, die Stelle zu finden, an der es geschehen war.

Drei Stunden war sie nun schon durch den Wald gelaufen, hatte sich durch dürre Äste gekämpft, war Trampelpfaden gefolgt, unkenntlich gemacht durch Schnee und Matsch, und stand nun vor einem kleinen Erdhügel, ungefähr zweihundert Meter von dem Spazierweg entfernt.

Der kalte Wind blies ihr ins Gesicht, scharf wie Eiszapfen. Doch Anna spürte nichts davon. Sie war wütend. So wütend, wie sie noch nie zuvor gewesen war.

Sie wusste nicht genau, wo die Tote gelegen war. Hier irgendwo musste es gewesen sein, aber es spielte auch keine Rolle. Es änderte nichts an der Tatsache, dass Anna machtlos war. Mädchen waren ermordet worden, weil sie Mädchen waren. So wie sie eines war. Sie wollte ihre Hilflosigkeit gegenüber einer Welt, in der für sie kein Platz zu sein schien, hinausschreien. Sie wollte von sich werfen, was sie nicht loswerden konnte.

Ein plötzliches Rascheln des Laubes ließ sie herumfahren. Niemand war zu sehen. Vielleicht ein Eichhörnchen? Die hielten Winterschlaf. Ein Vogel?

Sie wich zurück, verängstigt vor ihren eigenen Schritten. Sie versuchte etwas zwischen den kahlen Baumstämmen zu erkennen, die sich wie ein feindlicher Wall zusammengeschlossen hatten, um zu verbergen, was hinter ihnen lag. Anna erkannte in diesem Moment, dass die Faszination der Medien genau wie die Angst der Menschen vor der Bestie von Favoriten damit zu tun hatte, dass sie, ebenso wie die Gewalten der Natur, kein Gesicht hatte.

Zumindest hatte niemand überlebt, um es beschreiben zu können.

Mittwoch, 26. Dezember
Schottentor, Wien-Alsergrund

Eddie hatte die Tür nicht aus den Augen gelassen, seit er sich gesetzt hatte, und doch war er überrascht, als sie vor seinem Tisch auftauchte und ihm ein zaghaftes Lächeln schenkte. Ich bin schrecklich im Observieren, dachte er, als Maria Zalesch sich setzte. Dann dachte er erstmal nichts mehr, sondern betrachtete ihr langes dunkelblondes Haar, das sie offen trug, und den langen, zarten Hals, der aus einer weißen Bluse ragte.

Seit ihm die junge Medizinerin nach dem Mord an Christina Beranek vor einem Jahr einige wissenschaftliche Magazine aus den USA geschickt hatte, waren sie in Kontakt geblieben. Zalesch hatte ihn weiterhin mit Fachzeitschriften versorgt, während er sie über Ermittlungen auf dem Laufenden hielt. Als Gerichtsmedizinerin, erklärte sie ihm, sei es für sie nicht nur wichtig, die eigene Arbeit perfekt zu beherrschen. Auch die Arbeitsweise der Kriminalisten sollte sie kennen. »Ich möchte mir von keinem alten Beamten erzählen lassen, wie es richtig geht«, hatte sie einmal zu Eddie gesagt, als sie die Maske der kühlen Professionalität, die sie sonst immer trug, für einen Moment fallen gelassen hatte.

Ihre Gespräche waren im vergangenen Jahr kaum über das Berufliche hinausgegangen. Zunächst war Eddie das nicht einmal aufgefallen. Zu begeistert war er von all den neuen, unbekannten Informationen, mit denen ihn Zalesch und amerikanische Magazine versorgten: Ballistik, Spurensicherung, Zeugenbefragung, Überwachungstechniken und Deeskalationsmaßnahmen, es gab zu allen Bereichen der Polizeiarbeit regelrechte Wissenschaften, von denen Eddie bisher nichts geahnt hatte.

Doch mit der Zeit war er nicht mehr bloß an beruflicher Fortbildung interessiert gewesen. Er begann, Maria Zalesch zu bewundern. Mit ihrem messerscharfen, analytischen Verstand begriff sie Sachverhalte in Sekunden und durchschaute die Absichten ihrer Gesprächspartner rasch. Sie war wortgewandt, zielstrebig und ließ sich nicht einschüchtern. Anders hätte sie in diesem Beruf auch keine Chance.

Eddie ertappte sich dabei, wie er sie um einige dieser Eigenschaften beneidete. Vor allem imponierte ihm, wie nüchtern und sachlich sie an alle Fälle heranging. Ihn verfolgten offengebliebene Fragen oder unabgeschlossene Fälle oft monatelang.

Sie trafen sich meist in ihren Pausen, in der Nähe der Sensengasse, in Lokalen oder Kaffeehäusern, die vor allem Medizinstudenten und ihre Kollegen besuchten. Langsam und sachte fühlte Eddie vor, ob sie sich nicht vielleicht an einem anderen Ort treffen könnten. Ein Ort, der etwas weiter entfernt von ihrem Berufsumfeld war.

Zunächst war Zalesch auf keine dieser Bemerkungen eingegangen. Bis sie gestern vorgeschlagen hatte, sich in der Nähe des Schottentors zu treffen. So weit entfernt vom Gerichtsmedizinischen Institut hatte Eddie sie noch nie gesehen. Außerdem schlug sie ein altehrwürdiges Wiener Café in einem Jugendstilgebäude vor, das mit den Studentenlokalen, in denen sie einander sonst trafen, nichts gemein hatte.

»Ich hoffe, du hattest angenehme Weihnachten«, sagte Eddie, als sich Maria neben ihn gesetzt hatte.

»Es war mein zweites Weihnachten, seit ich aus New York zurück bin«, antwortete die Medizinerin, während sie einem Kellner winkte, »das Gesprächsthema war das Gleiche wie letztes Jahr: Warum verschwendet eine vielversprechende, junge Ärztin ihre Karriere in der Gerichtsmedizin?«

Bevor Eddie antworten konnte, eilte der Kellner heran und fragte nach ihren Bestellungen. Maria nahm einen Verlängerten, Eddie Wasser mit Zitrone.

»Mein Vater hätte am liebsten, dass ich in seine Fußstapfen trete«, sagte Maria, als der Kellner wieder weg war. Eddie wusste, dass Marias Vater leitender Arzt im Krankenhaus Mödling war und seinem einzigen Kind die teure Ausbildung in den USA ermöglicht hatte. Dass sie sich in Übersee ausgerechnet für das Feld der Gerichtsmedizin entschieden hatte, gefiel ihm gar nicht.

»Aber jetzt erzähl du mal«, sagte Maria mit unverhohlener Neugier. »Was gibt es Neues im Fall Strau? Seit ich mit Ruben am Tatort war, habe ich nichts mehr gehört, und der alte Rübenkopf will mir auch nichts erzählen.«

Im ersten Moment fühlte sich Eddie vor den Kopf gestoßen. War das der Grund, warum sie sich mit ihm traf? Um über einen Fall zu sprechen? Aber warum dann ausgerechnet hier und nicht, wie sonst immer, in einem der billigen Bierlokale?

Eddie entschied sich, nicht weiter darüber nachzudenken. Zwar waren Informationen über einen laufenden Fall vertraulich, aber mit Maria hatte er diese Grenze bereits öfter überschritten. Er vertraute ihr.

So knapp wie möglich erzählte er ihr von den bisherigen Vernehmungen, Spuren und den schleppenden Ermittlungsfortschritten. Maria lauschte gespannt, das Kinn auf die Handflächen gestützt. Eddie hätte einige Male fast vergessen weiterzusprechen, so sehr konzentrierte er sich auf die haselnussbraunen Augen, die ihn mit einem aufmerksamen Blick bedachten.

Nachdem er geendet hatte, vergönnte ihm Maria noch einige Momente ungeteilter Aufmerksamkeit, ehe sie sich zurücklehnte und Eddie sehen konnte, wie es in ihr zu arbeiten begann. »Wie könnt ihr glauben, dass alle drei Morde derselbe Täter begangen hat?«, fragte sie. »Bereits als ich den Tatort gesehen habe, war mir klar, dass es nicht die Bestie gewesen sein kann. Die Position des Opfers hatte nichts mit den ersten beiden Leichen gemein.«

»Bei uns sind die Lager gespalten«, sagte Eddie. »Brandstätter denkt, es ist derselbe Täter. Geiger zweifelt daran.«

»Was denkst du?«, fragte Maria.

Eddie überlegte. »Dem Profil nach handelt es sich wahrscheinlich nicht um denselben Täter.« Bereits nach dem Beranek-Fall hatte er mit Marias Unterstützung ein psychologisches Profil des Täters erarbeitet. Er hatte es niemandem gezeigt. Zu groß die Sorge, seine Kollegen würden ihn und seine neuen Methoden nicht ernst nehmen. Außerdem war das Profil recht schemenhaft geblieben, immerhin beschränkte sich Eddies psychologische Erfahrung auf die Lektüre einiger Artikel. Dennoch war das bestimmende Merkmal der Morde die Inszenierung des Tatorts. Im Mordfall Strau fehlte es völlig.

»Mit neuen Ermittlungsmethoden wie Kriminalpsychologie könnte die Polizei viel effektiver nach dem Mörder suchen«, sagte Maria. Eddie antwortete nicht. Schon oft hatten sie darüber gesprochen, wie veraltete Methoden der Polizeiarbeit im Weg standen.

»Ich gehe wieder zurück in die USA«, sagte Maria.

Eddie stellte das Glas, das er gerade an die Lippen führen wollte, wieder auf den Tisch.

»Was?«

»Ich habe ein Angebot aus Boston«, sagte Maria. »Das Institut ist viel größer als hier und mit der modernsten Technik ausgestattet. Außerdem würde ich dort mit dem Boston Police Department zusammenarbeiten. Das ist eine großartige Gelegenheit. Einer meiner ehemaligen Professoren hat die Verbindung hergestellt. Ich habe weit mehr praktische Erfahrung als die meisten meiner ehemaligen Studienkollegen.« Maria lachte. »Dafür muss ich der Sensengasse wohl dankbar sein. Leichen gibt's genug.«

Eddie ging das alles etwas zu schnell. »Aber du bist doch gerade erst hergekommen?«

»Ich dachte, es wäre schön, wieder nach Österreich zurückzukommen, immerhin bin ich hier aufgewachsen«, sagte Maria. »Aber ich habe keine Lust, Fräulein genannt zu werden und mit Beamten zu diskutieren, die denken, der Gipfel der Polizeiarbeit wäre es, tausend Menschen zu befragen und auf einen Zufallstreffer zu hoffen.«

»Das ist etwas ungerecht«, entgegnete Eddie.

Maria seufzte. »Vielleicht. Sorry.« Manchmal schlugen die Studienjahre in ihrer Sprache durch, was Eddie ausgesprochen attraktiv fand. »Aber in Amerika passiert alles zehn Jahre früher. Dort drüben gibt es ganz andere Möglichkeiten. Die hätten die Bestie von Favoriten vermutlich längst gefangen.«

Diese Bemerkung versetzte Eddie einen Stich. Maria musste es in seinem Blick gemerkt haben, denn schnell fügte sie hinzu: »In diesem System kommen talentierte Beamte wie du einfach nicht zum Zug. Da kannst du noch so gut sein.«

Eddie trank den Rest Wasser mit einem Schluck aus.

»Du bist dir sicher, dass du das machen möchtest?«, fragte er.

»Absolut«, sagte sie. »Was hält mich hier?«

Es war die Ahnungslosigkeit in ihrem Blick, die Eddie besonders schmerzte. Hatte sie kein einziges Mal daran gedacht, was sein könnte, während er unzählige seiner späten Stunden daran verschwendet hatte? Offensichtlich nicht.

Maria Zalesch hatte ein klares Ziel vor Augen. Das Gleiche hätte er gern von sich behaupten können.

Eddie legte ein paar Münzen auf den Tisch.

»Dann wünsche ich dir viel Glück in Boston«, sagte er. »Ich hoffe, du hast Erfolg dort.«

Maria nickte, als hätte sie endlich verstanden. Eddie verließ das Lokal. Als er in seinen Golf stieg und auf die Uhr sah, bemerkte er, dass sein Dienst in wenigen Minuten beginnen würde. Er war noch nie zu spät gekommen. Bis heute.

Er überlegte, sich krank zu melden und nach Hause zu fahren. Doch dann entschied er sich anders.

Es gab nur einen Ort, der ihn jederzeit bereitwillig aufnahm und der ihm ein Gefühl von Sinnhaftigkeit versprach, wie er es nirgendwo sonst finden konnte. Und genau dort musste er jetzt hin.

Mittwoch, 26. Dezember
Berggasse, Wien-Alsergrund

Um 16 Uhr befand sich die einzige Spur, die es im Fall Nicole Strau gab, in einer Verhörzelle der Bundespolizeidirektion in der Berggasse, während Fritz Brandstätter vor der Tür auf seinen Kollegen Ewald Müller wartete.

Eddie war normalerweise nie zu spät. Seine Schicht hatte vor 15 Minuten begonnen, doch in seinem Büro war er nicht zu finden gewesen. Brandstätter hatte ihm eine Nachricht auf dem Schreibtisch hinterlassen und sich zur Verhörzelle aufgemacht.

Brandstätter blickte auf seine alte Armbanduhr, ein Hochzeitsgeschenk. Das Lederarmband hatte er bereits viermal wechseln müssen, und dreimal war die Uhr in Reparatur gewesen. Ansonsten hatte er sie jeden Tag fest um das linke Handgelenk gebunden. Sie war schlicht, eine kleine, goldene Uhr mit weißem Zifferblatt, schwarzen, kunstvoll gestalteten Ziffern darauf und zwei dünnen goldenen Zeigern. Brandstätter war noch nie besonders eitel gewesen, und doch verlieh ihm die Uhr eine gewisse Selbstsicherheit.

Noch zwei Minuten, dachte er. Sonst mache ich das eben allein.

Er hörte lautes Gepolter und blickte auf. Eddie kam durch den Gang gerannt. Kurz bevor er in seinen Kollegen gekracht wäre, bremste der junge Beamte und blieb schwer atmend stehen. Entschuldigend hob er die Hände. Er war so außer Atem, dass er keinen vollständigen Satz herausbringen konnte.

Brandstätter winkte ab. »Schon gut«, sagte er und drückte Eddie eine schwarze Aktenmappe in die Hand. »Gehen wir rein.«

Er öffnete die Tür. Michael Schetzl sah auf, als die beiden Beamten eintraten.

Schetzl war ein Freund von Nicoles Tante und Onkel, der oft bei der Familie zu Besuch war und so Nicole kennengelernt hatte, so viel hatte Eddie Brandstätter erzählt. Auch wenn die Tante Gegenteiliges behauptete, war nicht auszuschließen, dass er von Nicoles Heimweg wusste.

Schetzl trug einen kleinen Oberlippenbart und eine abgewetzte Lederjacke.

Der schlaksige Mann, dessen schwarzes Haar ungeordnet sein schmales Gesicht umrahmte, war kein Unschuldiger.

Sein Vorstrafenregister war lang. Aber schwere Gewaltdelikte standen bisher nicht darauf.

Brandstätter fiel auf, wie klein seine Augen waren. Es wirkte, als würde er Brandstätter beständig anglotzen.

Eddie schlug die Akte des Mannes auf. »Michael Schetzl«, las er vor, noch etwas außer Atem, »24 Jahre alt, arbeitslos, zuletzt angestellt als Mechaniker. Vorbestraft wegen Diebstahls, Sachbeschädigung, Suchtgift, Körperverletzung. Nicht viel ausgelassen, was?«

Schetzl schwenkte seinen starren Blick auf Eddie. »Und? Wird man jetzt zweimal für dasselbe Verbrechen verhaftet?«

»Nein«, antwortete Eddie und hob seinen Blick aus dem Akt, »aber womöglich für eines, das Sie erst vor kurzem begangen haben.«

Die Feindseligkeit im Raum war deutlich zu spüren. »Oder Sie helfen uns, ein Verbrechen aufzuklären«, warf Brandstätter ein.

»Fakt ist«, sagte Eddie, »Nicole Strau wurde am 22. Dezember auf dem Heimweg von ihrer Tante, Herta, abgefangen, in den Laaer Wald verschleppt, missbraucht und getötet. Sie kannten sowohl Herta als auch Nicole. Das stimmt doch?«

»Willi hatte mich gebeten, ein Auge auf seine Kleinen zu werfen«, sagte Schetzl. »Wenn er Überstunden machte oder den ganzen Tag in der Werkstatt war. Damit ...«

»Damit Herta nicht auf blöde Gedanken kommt«, beendete Eddie den Satz. »Ja, das hat uns Willi auch schon erzählt.«

Schetzl zuckte mit den Schultern. »Na also, was wollen Sie? Es ist doch klar, wer der Täter ist.«

»Und das wäre?«

»Die Bestie von Favoriten natürlich«, sagte Schetzl und sah so aus, als würde er den Beamten für den Tipp gleich eine

Rechnung ausstellen. »Da läuft ein Irrer im Bezirk herum, der es auf genau solche Mädchen abgesehen hat, und dann trifft es die kleine Niki. Um das zu kapieren, muss man doch kein Genie sein, oder?«

»Vielleicht sind Sie ja die Bestie von Favoriten«, sagte Eddie knapp.

»Einen Scheiß bin ich!«, fuhr Schetzl auf. »Sie sollten nicht so einen Dreck behaupten, wenn Sie keine Beweise haben. Gehen Sie lieber raus und finden Sie diese Typen! Stattdessen sitzt ihr hier herum, spielt euch groß auf und verhört Leute wie mich, weil ich einmal was ausgefressen hab! Das ist doch … das ist …«

»Polizeiterror?«, half Brandstätter nach.

»Genau!«, rief Schetzl. »Dabei bin ich jetzt ein gesetzestreuer Bürger, ich hab nichts gemacht.«

In einem Punkt musste Brandstätter Schetzl zustimmen. Seine Blutgruppe, die in seinem Akt zu finden gewesen war, unterschied sich von der, die sie im Schriefl-Fall gefunden hatten. Er war also tatsächlich nicht die Bestie. Was ihn allerdings für den Mord an Nicole Strau nicht entlastete. Dass er mittlerweile ein braver Bürger geworden war, daran hatte Eddie so seine Zweifel.

»Fangen wir ganz von vorne an«, sagte Eddie. »Haben Sie ein Alibi für die Tatzeit?«

»An dem Wochenende war ich bei meinem Vater, rufen Sie ihn an. Sie können ihn gerne fragen.«

Eddie notierte sich Name und Adresse. »Das werden wir«, sagte er.

»Beschreiben Sie doch bitte Ihre Beziehung zu Herta Strau«, sagte Brandstätter. »Nicoles Tante.«

Schetzl wirkte verdutzt. »Was meinen Sie mit Beziehung …«

»Kennen Sie einander schon lange?«

»Willi hat uns einander vorgestellt, ist sicher schon ein Jahr her.«

»Sie verstehen sich gut?«

»Schon«, sagte Schetzl, wirkte aber plötzlich verlegen. »Ich meine, es geht.«

Brandstätter zog die Augenbraue hoch und machte sich Notizen. Ein alter Kriminalistentrick. Notizen zu machen war eine gute Taktik, um das Gegenüber aus dem Konzept zu bringen. Das funktionierte auch bei Schetzl.

»Hören Sie«, sagte er, als er Brandstätter schreiben sah, »ich tue einfach einem guten Freund einen Gefallen, okay? Wenn ich dort bin, trinke ich ein Bier und schaue fern und manchmal hör ich mir an, was Herta so zu erzählen hat. Frauentratsch, interessiert mich ja nicht, aber ich schalt halt auf Durchzug, verstehen Sie?«

»Das ist alles?«, fragte Brandstätter, ohne von seinen Notizen aufzublicken.

»Was?« Schetzl wurde rot. »Natürlich ist das alles, was soll sonst sein?«

Brandstätter ging nicht weiter auf das Thema ein, doch für den Rest des Gesprächs war Schetzl nervös und defensiv. Offenbar verbrachte er die meiste Zeit in seiner kleinen Sozialbauwohnung in Favoriten, bei seinem Vater oder bei der Familie von Nicoles Tante. Dort ließ er sich bekochen, während er halbherzig nach einer neuen Arbeit suchte, die er vermutlich genauso schnell verlieren würde wie seine letzten. Immer wieder waren ihm seine kriminellen Neigungen dazwischengekommen.

Nachdem Beamte Schetzl hinausgebracht hatten, stützte Eddie den Kopf in die Hände und atmete hörbar aus.

»Ich rufe seinen Vater an.«

Mittwoch, 26. Dezember
Laaer Wald, Wien-Favoriten

Anna fröstelte, und das hatte nicht bloß mit dem schneidenden Wind zu tun. Sie hatte sich diese Szene in den vergangenen Tagen oft vorgestellt. Daran gedacht, dass der Mörder womöglich an den Ort seines Verbrechens zurückkehren würde, wie sie das laut den Filmen, die Anna gesehen hatte, gerne taten. Doch in ihrer Vorstellung war sie es gewesen, die sich angeschlichen hatte, mit einem Stein in der Hand, den sie vom Boden aufgehoben hatte. Sie war an die kniende Gestalt eines Mannes getreten, von dem sie wusste, dass er der Mörder sein musste, denn er legte ein kleines Kleidungsstück auf den gefrorenen Boden. Manchmal war es in ihrer Vorstellung eine selbstgestrickte Haube gewesen, dann wieder ein rosa Fäustling. In diesen Bildern, in die sie abgetaucht war wie in tiefes, bodenloses Gewässer, war sie an ihn herangetreten, leise, unbemerkt. Dann hatte sie zugeschlagen, mit all der Kraft, die in ihren Armen steckte, mit all der Kraft, die sie brauchte, um mit ihrem Leben fertigzuwerden, ein Leben, das Männer wie er beständig bedrohten.

Sie hatte nicht darüber nachgedacht, dass es der Mörder sein könnte, der sich heranschlich. Der ihre blinde Wut ausnutzte. Sie drehte sich um die eigene Achse, doch sie konnte nicht erkennen, woher das Geräusch gekommen war. Gerade als sie es als Einbildung abtun wollte, hörte sie erneut ein Rascheln. Es klang sanft, als würde jemand zwei vom Herbst übrig gelassene Blätter aneinanderreiben. Und es war ganz nah.

Anna riss sich los und lief. Ihre Füße flogen über den harten Boden, Dornensträucher zerfetzten ihre Daunenjacke, Wind trieb ihr Tränen in die Augen, sodass sie ihre Umgebung nur noch verschwommen wahrnahm.

Sie spürte, dass sie gegen etwas Hartes stieß, eine Wurzel vermutlich. Die Schwerkraft riss sie nach vorne. In einem hoffnungslosen Balanceakt versuchte sie, das Gleichgewicht zu halten, und taumelte noch einige Meter nach vorne. Dann hob sie ab. Ihr Körper flog durch kahles Gestrüpp und landete hart auf dem Boden.

Anna blieb reglos liegen. Kleine Wölkchen bildeten sich über ihrem Mund, als sie ihren Atem in kurzen Abständen ausstieß. Ihr Herz raste. Sie blinzelte die Tränen weg und erkannte, dass sie sich wieder auf dem Gehweg befand.

Sie konnte keinen Verfolger erkennen. Alles war ruhig und wirkte verlassen. Sie lag auf dem Rücken und sah eine Krähe, die über sie hinwegflog und in der Krone einer hohen Eiche landete. In diesem Moment war ihr egal, ob sie verfolgt wurde oder nicht, ob sie sich alles nur eingebildet hatte, oder ob die Bestie von Favoriten das Unterholz des Laaer Waldes durchstreifte, auf seiner Suche nach einem neuen Opfer. Anna tat, was sie schon die längste Zeit hätte tun sollen, was sie seit Wochen, vielleicht sogar Monaten hatte tun wollen, ohne es zu wissen, ohne es zu können: Sie weinte.

Sie weinte über all die unschuldigen Mädchen, über Nicole, Christina, Alexandra und die vielen anderen, denen Ähnliches an anderen Orten der Welt widerfuhr. Sie weinte darüber, dass es zu wenig Gutes gab, um sie auf dieser Welt zu beschützen. Sie weinte über eine Ungerechtigkeit, die angeboren schien, aber nichts anderes war als die Gewalt des einen Geschlechts gegenüber dem anderen, durch Bequemlichkeit zur Normalität geworden, eine Normalität, die ihrer Mutter und so vielen andere Frauen täglich mehr abverlangte, als man von ihnen erwarten konnte. Vor allem aber weinte sie über sich selbst. Sie wusste nicht, was sie sonst tun sollte.

Anna wusste nicht, wie lange sie so dagelegen hatte. Sie spürte keine Kälte mehr. Irgendwann versiegten ihre Tränen, ihre Schultern beendeten das unkontrollierte Zucken, und ihre Kehle war trocken geworden. Sie stand auf und ging zum nächsten Ausgang, der zur Laaer-Berg-Straße führte. Als sie das Tor passierte, fiel ihr ein Flugblatt auf, das auf dem Gitterzaun befestigt worden war.

Gerechtigkeit für Alexandra, Christina und Nicole

Wir fürchten um unsere Kinder. Die Gewalt der letzten Monate ist eine Konsequenz aus den allgemeinen Lebensbedingungen der Frauen in Favoriten. Die Polizei nimmt unsere Appelle nicht ernst und verkennt die konstante Gefahr. Daher rufen wir auf, uns bei unserer Mahnwache vor dem Polizeigebäude Rossauer Lände/Berggasse zu unterstützen, die wir zum Gedenken für die drei Opfer abhalten, und um die Polizei darauf aufmerksam zu machen, dass es weitere geben wird, sollten sich die Umstände nicht ändern.

Für nähere Informationen war eine Telefonnummer angegeben. Unterschieben hatten »Die Frauen von Favoriten«.

Anna riss den Zettel ab, stecke ihn ein und machte sich auf, um jenen Weg, den sie im vergangenen Jahr unzählige Male gegangen war, der für sie zu einer Art persönlichem Mantra geworden war, zum letzten Mal zu gehen.

Mittwoch, 26. Dezember
Laaer Wald, Wien-Favoriten

Als Anna aufstand, wich er instinktiv zurück, doch sie bemerkte ihn nicht. Sie nahm genau den Weg, den sie schon so oft zuvor genommen hatte. Sie ging zum Laaer Wald.

Unzählige Male hatte er sich vorgestellt, wie er sie besitzen würde. Was er von ihr mitnehmen würde, wenn er sie zurückließ. Er würde über ihr Leben verfügen, wie er über sein eigenes nie hatte verfügen können.

Er konnte sehen, wie der kalte Wind ihre Haare herumschleuderte. Er konnte sie sogar riechen, den Duft eines Parfums, wie es Mädchen in ihrem Alter glaubten tragen zu müssen. Er konnte die Atemwolken sehen, die über ihrem Kopf in kurzen Abständen aufstiegen. Schließlich sah er sie durch das Tor schreiten, hinein in den Laaer Wald, der um diese Zeit vermutlich völlig verlassen war. Niemand würde ihn aufhalten. Er wusste genau, wo er sie abfangen konnte, wo die Büsche zur Seite wichen, wenn man durch sie hindurchging, und sich hinter ihnen schließen würden, sie verbergen vor allen ungewollten Blicken. Sie würde ihm gehören.

»Du bist gekommen!«

Die Welt um ihn herum zerbrach, wie ein Fenster aus Glas, durch das jemand einen Stein warf. Von weither rief ihm sein Verstand den Namen zu, der zu dieser Stimme gehörte. Etwa zur gleichen Zeit, wie der Name in sein Bewusstsein drang, tat es auch das Bild der Frau, mit der er seit einigen Wochen schlief. Er hatte sie völlig vergessen. Er hatte völlig vergessen, dass er hier mit ihr verabredet war. Er sah Anna um eine Biegung verschwinden und verlor im selben Moment wieder jede Orientierung.

»Wie siehst du denn aus?« Die Beamtin konnte sich nicht entscheiden, ob sie besorgt oder amüsiert klingen wollte.

Sie nahm gar nicht wahr, wie wenig er sie beachtete. »Bevor du etwas sagst, lass mich aussprechen, warum ich dich heute sehen wollte.« Sie atmete aus. »Bevor ich den Mut verliere.«

Er könnte sie anstelle des Mädchens nehmen. Aber an dieser Vorstellung reizte ihn nichts. Das Mädchen hatte er auf eine Art begehrt, auf die er sie nie begehren würde.

»Ich liebe dich«, sagte sie und kicherte plötzlich wie ein kleines Mädchen. Er verstand nicht. Verwirrt sah er sie an.

»Ich weiß, es ist verrückt«, sagte sie und legte ihm die Hand auf die Brust, in der ein grausamer Kampf tobte, von dem sie nichts spüren konnte. Wahrscheinlich war der gleichmäßige Schlag eines Herzens, das für ihn noch nie eine andere Funktion erfüllt hatte als jene einer biologischen Pumpe, alles, was ihre Finger spürten. »Ich möchte, dass du deine Frau verlässt«, sagte sie.

Ihre Stimme klang jetzt entschlossen. »Ich möchte mit dir leben. Diese Frau ist nicht gut für dich. Sie zieht dich hinunter. Wenn du das Kind mitbringst, ist das in Ordnung. Hauptsache, du verbringst dort keinen Tag länger als nötig.«

Er starrte sie an. Was bedeutete das alles?

»Ich weiß, du hattest es schwer«, sagte sie. »Aber ich weiß, dass wir uns ein gutes Leben aufbauen können. Ich weiß, dass du eigentlich ein guter Mann bist.«

Jetzt endlich verstand er. Er verstand, warum es ihm leichter fiel, bei ihr zu sein als bei anderen Frauen. Warum er nicht den Drang verspürte, sie zu züchtigen, warum er sich nicht ihres Körpers bemächtigte, um sich auf diese Weise seines eigenen unkontrollierten Lebens zu bemächtigen. Was er von ihr bekam, war besser als Kontrolle, es war besser als Ordnung. In ihrer Verliebtheit, die echt war und verzweifelt, konnte er sich so sehen, wie sie ihn sah: als guten Mann. Er begriff, wie sehr ihm dieses Bild gefiel. Und wie sehr er es brauchte.

Zwei Tage später verließ er die Per-Albin-Hansson-Siedlung. Er ließ seinen Sohn zurück, genau wie seine Frau, die mit dem zweiten Kind schwanger war. Aber sie hatten ihm nichts mehr zu geben.

Noch am selben Abend zog er in die Wohnung seiner neuen Freundin. Dort roch es besser, die Zimmer waren geschmackvoller eingerichtet, sie waren größer und heller. Dort saß er von nun an jeden Morgen am Tisch, während sie ihm Frühstück brachte, und las die Zeitung, während sie sich fertig machte, um ins Ministerium zu fahren, wo sie als Sekretärin arbeitete.

An diesem Frühstückstisch las er die Berichte über den Mord an Nicole Strau, in denen täglich neue Gerüchte auftauchten. Er war beinahe empört, dass man diese Tat der Bestie von Favoriten zuschrieb. Er geriet in Versuchung, den Irrtum aufzuklären, eine Botschaft zu senden. Doch er ließ es bleiben. Sein neues Leben war zu gemütlich. Er sah keine Notwendigkeit mehr, sich selbst etwas zu beweisen. Die Wehmut, mit der er an Anna dachte, schwand mit jedem Tag. Schließlich gab es zahllose Mädchen wie sie. Es würde sie immer geben. Wann immer die Ordnung in seinem Leben einzustürzen drohte, würden sie für ihn da sein.

Mittwoch, 26. Dezember
Berggasse, Wien-Alsergrund

Während Eddie nach dem Verhör von Michael Schetzl auf dem Weg zu seinem Büro war, um das Alibi des Verdächtigen zu überprüfen, musste er an die letzten Stunden denken. An Marias Gesicht, als sie ihm von Boston erzählt hatte. Er versuchte, ihr Bild zu verdrängen. Er war hierhergekommen, weil er arbeiten musste. Und weil er sich beweisen wollte, dass er ein Profi war.

Doch es stiegen Zweifel in ihm auf. Vielleicht war es ja doch die Bestie gewesen? Eddie stapfte in einem Morast aus fehlenden Indizien, fragwürdigen Alibis und unbrauchbaren Zeugenaussagen herum. Irgendwann wurde dabei eine mögliche Erklärung so gut wie die andere.

Für Schetzl sprach, dass Nicoles Tante Herta kein böses Wort über ihn verlieren wollte. Sie hatte immerhin viel Zeit mit Nicole und Schetzl verbracht. Wäre irgendetwas vorgefallen, sie hätte es wahrscheinlich mitbekommen. Doch über die Beziehung der beiden war sich Eddie noch nicht im Klaren. Womöglich war Schetzl nicht nur für das Essen und den Fernseher vorbeigekommen, wie er selbst behauptet hatte. Da Hertas Mann aussah wie ein Boxer, konnte er sich aber vorstellen, dass Schetzl Angst hatte, die Wahrheit könnte herauskommen.

Am liebsten hätte er Maria angerufen und um Rat gefragt. Sie würde wissen, auf welche Weise er Schetzl befragen musste, um mehr aus ihm herauszubekommen.

Eddie atmete tief aus und straffte die Schultern. Er wollte sich ein Beispiel an ihr nehmen. Das konnte er, indem er sich ganz auf diesen Fall konzentrierte. Und Doktor Maria Zalesch aus seinen Gedanken verbannte.

Freitag, 28. Dezember
Berggasse, Wien-Alsergrund

Am Weihnachtstag holten wir den Heiligen Abend nach. Katja war glücklich über das Malset, das meine Frau und ich ihr schenkten. Sie hatte sich gleich darangemacht, das Thema »Glückliche Familie beim Weihnachtsessen« auf ein Blatt Papier zu kritzeln. Das Ergebnis war mit viel Wohlwollen als abstrakte Malerei einzustufen. Natürlich hängten wir das Bild an die Wand des Wohnzimmers.

Als Nachspeise hatte es Lebkuchen gegeben, und beim Fernsehen war Katja auf dem Sofa eingeschlafen. Ich trug sie in ihr Zimmer, legte sie ins Bett und deckte sie zu. Der Gedanke, ihr ein warmes Zimmer und das Gefühl von Geborgenheit geben zu können, hatte mich noch nie so erfüllt wie in diesem Augenblick. Die Geschehnisse der vergangenen Tage machten mir bewusst, wie sehr meine Tochter meinen Schutz brauchte.

In diesem Moment war ich froh, dass wir in Hietzing und damit weit entfernt von Favoriten wohnten. Ich war auch froh, dass wir so viel Geld in die Renovierung meines Elternhauses am Fuße des Schneebergs steckten, achtzig Kilometer von der Stadt entfernt. Es war ein Rückzugsort, an dem wir uns vor nichts zu fürchten brauchten. Bis dorthin reichten die Geschichten über Serienmörder und Sexualverbrechen nicht. Unbeschwertheit, dachte ich mit einem Blick auf Katja, ist auf eine kurze Zeit und wenige Orte beschränkt. Ich wollte dafür sorgen, dass meine Tochter so viel wie möglich davon erlebte. Das war ich ihr als Vater schuldig.

Als ich heute in mein Büro kam, herrschte in der Berggasse hektischer Betrieb. Für die Medien war es eine ausgemachte

Sache, dass den neuen Mord die Bestie von Favoriten begangen hatte. Sie stellten wilde Theorien auf, um die drei Opfer miteinander in Verbindung zu bringen. Alarmierte Bürger zogen Linien zwischen den Tatorten, um versteckte Botschaften zu erkennen. Uns erreichten Briefe, in denen von einem mystischen Dreieck die Rede war, einem Dreieck, in dessen Mittelpunkt sich sicherlich bald etwas Bedeutendes ereignen würde. Offenbar hatten die eifrigen Hobbydetektive vergessen, dass drei Punkte immer ein Dreieck ergaben. Daran war nichts Dämonisches.

Dieser Rummel hätte uns nicht so viel Kopfzerbrechen bereitet, wäre er nicht mit dem Jahresende zusammengefallen. So aber befürchtete die Chefetage, dass der Mord ein schlechtes Licht auf das gesamte Jahr werfen würde. Das war deutlich zu spüren, als wir uns am Nachmittag zum letzten Mal in diesem Jahr in Edelbachers geräumigem Büro einfanden.

Außer mir waren noch Brandstätter anwesend, der den Fall Strau offiziell innehatte, Eddie, der vermutlich von uns allen am tiefsten in die Favoritner Mädchenmorde eingetaucht war, und Dr. Ruben. Die Ergebnisse der Obduktion lagen vor.

So sorgenvoll wie heute hatte ich Edelbacher selten gesehen. Die Zeitungen berichtete nichts Gutes. »Das war nicht das Jahr der Polizei«, war da zu lesen. Im Mittelpunkt stand unsere erfolglose Suche nach der Bestie von Favoriten. Nach dem Mord an Nicole Strau war die Diskussion wieder ausgebrochen, die ganze Stadt fürchtete sich.

Zudem tauchten zwei unschöne Geschichten wieder auf. Im Mai hatten zwei Polizisten am Revier Karlsplatz ein siebzehnjähriges Mädchen sexuell belästigt. Besonders unangenehm für uns war die Geschichte über einen Beamten, den die Bundespolizeidirektion nach dem Verstoß gegen das Sittlichkeitsgesetz auf ein kleines Revier strafversetzt hatte. Später gestand er, sechs Frauen vergewaltigt und es bei sieben weiteren versucht zu haben. Er wurde in den Mordfällen Schriefl und Beranek überprüft, aber ohne Ergebnis. Was blieb, war der bittere Beigeschmack, dass die Polizei einen Sexualverbrecher suchte, der auch aus ihren eigenen Reihen hätte kommen können.

Der Polizeipräsident Günther Bögl hatte eine Pressekonferenz gegeben, in der er Fehler eingestand und die Öffentlichkeit um Geduld bat. »Es ist Feuer am Dach«, hatte er anschließend zu uns gesagt.

Ich war der Letzte, der die Polizei für einen heiligen Ort hielt. Der tägliche Schmutz, mit dem wir uns abgaben, ließ sich irgendwann nicht mehr abwaschen. Trotzdem war es unfair, diesen ehemaligen Kollegen als Beispiel für die Wiener Polizei heranzuziehen.

Dazu kam, dass sich einige Frauen aus Favoriten bereits nach dem zweiten Mord, dem an Christina Beranek, zusammengeschlossen hatten und mittlerweile medial viel Gehör fanden. Ihre Vorsitzende, Johanna Schmid, war am Tag von Christina Beraneks Beerdigung sogar bei mir im Büro gewesen. Offenbar hatten meine Vorgesetzen ihr nicht weiterhelfen können, denn sie beklagte nun lautstark die »frauenfeindlichen« Strukturen des Polizeiapparats. Sie unterstellte uns, nur einzelne Täter zu verfolgen, und das auch noch erfolglos, während die wahren Probleme innerhalb der Gesellschaft und in Systemen wie dem Polizeiapparat lagen. »Polizisten nehmen Beschwerden von Frauen viel zu wenig ernst«, hatte Schmid in einem Interview gesagt, das auf allen Schreibtischen in der Berggasse landete. »Wie sollen sich Frauen da sicher fühlen? Da muss eine schon halbtot geprügelt werden, ehe sie polizeilichen Schutz erhält.« Außerdem meinte sie, die

Strafen für Ehemänner, die ihre Frauen misshandeln, seien viel zu mild und zeigten keinerlei Wirkung.

Das alles beunruhigte Edelbacher, der sich als progressiver und liberaler Polizist verstand. Aber was konnte er schon dagegen ausrichten? Wir konnten nicht das Verhalten von Bürgern überprüfen. Wir konnten erst eingreifen, nachdem jemand eine Straftat begangen hatte. Das lag im Wesen der Polizeiarbeit.

»Meine Herren«, riss mich Edelbachers Brummen aus meinen Gedanken, »ich habe Sie heute hierher bestellt, weil Dr. Ruben einige Neuigkeiten im Fall Strau zu vermelden hat.« Er nickte dem Mediziner zu.

Ruben räusperte sich und ging seine Notizen durch. »Die ersten Einschätzungen haben sich bestätigt. Der Täter hat Nicole Strau vergewaltigt. Danach hat er versucht, sie mit ihren Schnürsenkeln zu erdrosseln. Todesursache war schließlich eine tödliche Kopfwunde, zugefügt mit einem stumpfen Ast. Danach hat er sie mit Laub und Blättern bedeckt, soweit das bei dem winterlichen Boden möglich war. Im Mastdarm des Opfers konnten wir Spuren mit Blutgruppe 0 sicherstellen, die höchstwahrscheinlich dem Mörder gehören.« Der Doktor überließ es uns, aus dieser Information Rückschlüsse zu ziehen. Der Mörder von Alexandra Schriefl hatte, soweit wir wussten, die Blutgruppe A.

Ich konnte mich erinnern, dass Michael Schetzl Blutgruppe 0 hatte. Allerdings besaß er ein Alibi, und die Blutgruppe 0 war weit verbreitet. Dennoch konnten wir ihn damit bei der nächsten Befragung etwas unter Druck setzen und so vielleicht mehr aus ihm herausbekommen.

Ruben blätterte ein wenig in der Akte, dann klappte er sie zu, legte sie auf seinen Schoß und schob seine Brille zurecht.

»Die Obduktion hat außerdem ergeben, dass das Mädchen sowohl vaginal als auch anal ältere Penetrationsspuren aufweist.« Er machte eine kurze Pause, um zu unterstreichen, was er als Nächstes sagen würde. »Das bedeutete, sie wurde bereits zuvor missbraucht.«

Edelbacher lehnte sich aufmerksam über seinen Schreibtisch. »Das sind tatsächlich wichtige Neuigkeiten«, sagte er. »Die Eltern haben behauptet, ihre Tochter habe nie von Übergriffen erzählt. Das bedeutet also, es gab eine Person, die für einen längeren Zeitraum Zugriff auf Nicole hatte und gleichzeitig eine Vertrauensperson für sie darstellte. Sonst hätte sie wohl etwas erzählt. Spontan fallen mir dafür der Stiefvater, der Onkel und dieser Michael Schetzl ein«, sagte Edelbacher. »Der Onkel hat ein Alibi, der war den ganzen Tag in der Werkstatt.«

»Schetzl hat ebenfalls ein Alibi«, sagte Eddie, »wenn auch ein ziemlich wackliges. Sein Vater behauptet, er war das ganze Wochenende mit ihm zusammen. Allerdings würde die Blutgruppe übereinstimmen.«

»Der Stiefvater fällt für die Tat jedenfalls weg«, sagte Brandstätter. »Zu der Zeit, als Nicole vermutlich vom Täter verschleppt wurde, war er mit seiner Frau zu Hause. Als Nicole nicht nach Hause kam, suchte er sie mit Verwandten und Freunden. Dabei war er ständig in Begleitung. Danach hat er eine Vermisstenanzeige bei der Polizei aufgegeben. Er war also an dem Tag die ganze Zeit in Begleitung und hat daher ein wasserdichtes Alibi.«

Wir können davon ausgehen, dass es nicht die Bestie ist«, sagte Eddie. »Die hatte keine Verbindung zu ihren Opfern. Im Fall von Nicole hatte der Täter vermutlich Angst, sie würde etwas verraten, und hat sie deswegen umgebracht. Alles deutet darauf hin, dass wir es mit einer Vertrauensbeziehung zu tun haben. Der Täter hatte über längere Zeit Zugriff auf Nicole, sie hat davon aber nichts erzählt.«

Edelbacher nickte. »Ich denke auch nicht, dass es sich um denselben Täter handelt. Bei den Medien ist der Zug allerdings abgefahren, für die hat die Bestie von Favoriten drei unschuldige Mädchen auf dem Gewissen.«

Alle drei Verdächtigen im Fall Nicole Strau, der Onkel Willi Strau, der Stiefvater und Michael Schetzl hatten Alibis. Solange diese hielten und keine weiteren Spuren auftauchten, würde es schwer werden, einen von ihnen als Täter zu identifizieren.

Edelbacher seufzte. »Es hilft nichts«, sagte er. »Wir müssen alle Männer im Umkreis von Nicole noch einmal befragen. Vielleicht packt einer von ihnen aus.« Edelbacher strich sich über den Bauch. »Meine Herren«, sagte er dann. Schwerfällig erhob er sich aus seinem Sessel, Brandstätter, Eddie und Dr. Ruben taten es ihm gleich. Der wuchtige Chef der Berggasse kam um den Tisch herum. Wir fünf standen nun alle im Kreis. »Es ist nun schon der dritte Mord in diesem verfluchten Bezirk innerhalb von drei Jahren«, sagte er. Für die Medien ist die Bestie von Favoriten dafür verantwortlich, und es ist uns bis jetzt noch nicht gelungen, sie zu fassen. Im Gegenteil, mit jedem Tag wird die Lage unklarer. Mittlerweile regt sich Protest aus verschiedenen Bereichen der Gesellschaft. Die Sache ist politisch geworden.« Edelbacher sprach das Wort »politisch« aus, als handle es sich um eine unheilbare Krankheit.

»Es sind Proteste angekündigt«, fuhr er fort. »Offenbar meinen Aktivistinnen, wir schützen Frauen nicht ausreichend. Stellen Sie sich auf ungemütliche Wochen ein. Solange wir diesen Täter, oder, besser gesagt, diese Täter, nicht finden, sind wir den Bürgerinnen und Bürgern etwas schuldig. Die Zeitungen werden nicht vergessen, uns daran zu erinnern.«

Nach dieser ernüchternden Besprechung kehrte ich in mein Büro zurück. Margit war nirgends zu sehen. Ich legte mein Sakko ab, denn der Raum war wieder einmal viel zu warm geheizt und stickig. Erschöpft ließ ich mich in meinen Sessel sinken. Noch bevor ich einen klaren Gedanken fassen konnte, kam Eddie zur Tür herein.

»Störe ich?«, fragte er.

Ich bedeutete ihm mit einer Handbewegung, sich zu setzen.

Seit ich zu rauchen aufgehört hatte, war der Aschenbecher auf meinem Tisch verschwunden, dafür standen dort stets zwei Gläser und eine Flasche Mineralwasser. Ich schenkte uns beiden ein.

»Edelbacher steht ganz schön unter Druck«, sagte Eddie, nachdem er sich gesetzt hatte.

»Das tun wir alle«, sagte ich. »Du hast doch diesen Michael Schetzl verhört. Was sagt dein Bauchgefühl diesmal?« Ich konnte mich noch gut erinnern, wie vehement er auf der Schuld von Werner Pritsch bestanden hatte. Obwohl diesen alle Spuren entlasteten.

Eddie zuckte mit den Achseln. »Weißt du«, sagte er, »mittlerweile trau ich mir selbst nicht mehr über den Weg. Ich dachte, ich bin bei der Polizei, um für Gerechtigkeit zu sorgen. Vor nicht allzu langer Zeit war das ein einfaches Konzept. Mittlerweile bin ich mir nicht mehr so sicher, ob ich weiß, was Gerechtigkeit ist. Was können wir schon tun? Nichts, außer ein paar Leute befragen und auf ein Wunder hoffen. Uns sind die Hände gebunden, selbst bei so einem Pack wie Schetzl oder Pritsch. Alles, was ich bei unseren Nachforschungen gelernt hab ...« Er brach ab. Als er fortfuhr, war seine Stimme voller

Resignation. »Alles, was ich gelernt hab, ist, dass offenbar jeder Mann ein potenzieller Triebtäter ist. Zumindest wirkt es langsam so. Wo also ist jetzt das Böse?«

Ich blickte ihn schweigend an. Die Jahre, die uns trennten, machten sich zum ersten Mal bemerkbar. Ich sah die jugendlichen Züge seines Gesichts und die Schatten, die darauf lagen. Wer jung bleiben wollte, musste sich einen anderen Beruf suchen.

»Wenn es nicht um Gerechtigkeit geht«, fragte ich, »worum dann?«

Eddie leerte das Glas und stand auf. »Es gibt Gesetze«, sagte er schlicht, »die lernen wir in der Polizeischule. Leute, die sich nicht daran halten, sind Verbrecher. Für alles Weitere ist diese Welt zu kompliziert.«

Er hob die Hand zum Gruß und ging zur Tür. Bevor er auf den Gang verschwand, drehte er sich noch einmal um. »Kannst du dich noch erinnern, was du zu mir gesagt hast, als ich in der Mord angefangen habe?«

Damals hatte ich ihm gesagt, wie begrenzt die menschliche Vorstellung war. Die Arbeit im Morddezernat lehrte einen das jeden Tag aufs Neue.

»Ich hatte ja keine Ahnung«, sagte Eddie, »wie begrenzt meine Vorstellungen waren.«

Damit ließ er mich allein.

Ich sah Edelbachers Gesicht vor mir, tiefe Sorgenfalten zeichneten seine Stirn. Die Favoritner Mädchenmorde aufzuklären, das stand an der Spitze der polizeilichen Neujahrsvorsätze. Solange uns das nicht gelang, würde sich weiterhin die Angst in jeden Haushalt einschleichen. Jedes Familienglück erschien plötzlich fragil, einer unsichtbaren Bedrohung ausgesetzt. Auf jedem Spielplatz würden die Eltern besonders wachsam auf ihre Kinder schauen. Sie würden ihre Kinder täglich von der Schule abholen und den ganzen Heimweg lang ihre kleinen Hände halten. Mädchen würden nach Einbruch der Dunkelheit nicht mehr allein unterwegs sein dürfen. Orte, die für Vergnügen und Freiheit oder auch für Sicherheit und Geborgenheit standen, waren zu Kulissen geworden, vor denen eine heile Welt gespielt wurde, die aber mit dem nächsten Windstoß einstürzen konnte.

Vielleicht würden diese schrecklichen Ereignisse dazu führen, dass Eltern ihre Kinder noch mehr liebten, im Bewusstsein, wie schutzlos sie waren. Doch Liebe, die aus Angst vor dem Verlust erwächst, wird unweigerlich zur Last.

Wie würde ich mich selbst verändern? Würde ich jeden Abend vor Katjas Bett Wache halten? Würde ich meine Frau bitten, weniger zu arbeiten und jeden von Katjas Schritten zu begleiten? Etwas in mir wollte das. Wollte sich der trügerischen Sicherheit hingeben, dass nichts passieren konnte, solange jemand immer um sie war, sie beschützte.

Doch durch meine tägliche Arbeit wusste ich, dass ein solches Vorhaben sinnlos war. Letztlich schützt uns vor allem das Glück. Das Glück, stets Menschen zu begegnen, die es gut mit uns meinen, oder in der Lage zu sein, stets zu kontrollieren, was geschieht. Und von diesem Glück haben Frauen in dieser Welt weniger als Männer.

Was also konnte ich tun? Was konnte mein Neujahrsvorsatz sein?

Ich sah, wie die Sonne über dem Donaukanal unterging. In diesem Moment hätte ich mir gern eine Zigarette angezündet, aber dann hätte ich gegen einen meiner alten Vorsätze verstoßen, noch bevor ich meine neuen gefasst hatte.

Die Angst um diejenigen, die mir am meisten bedeuteten, war ein ständiger Begleiter, daran würde ich nichts ändern können. Doch ich würde sie akzeptieren und lernen, damit zu leben. Und ich würde sie nicht in Berührung kommen lassen mit der Liebe, die ich empfand.

Donnerstag & Freitag, 27. & 28. Dezember
Keplerplatz, Wien-Favoriten &
Donaukanal vor dem Sicherheitsbüro, Wien-Alsergrund

Nachdem Anna aus dem Laaer Wald nach Hause gekommen war, hatte sie die Nummer unter dem Flugblatt der »Frauen von Favoriten« angerufen. Eine Frau mit ernster Stimme hatte sich gemeldet und nach dem Grund für Annas Anruf gefragt.

»Ich kannte Christina Beranek«, hatte Anna gesagt.

Mehr war nicht nötig. Die Frau am anderen Ende der Leitung verstand auch so. Sie nannte Anna eine Uhrzeit und eine Adresse am Keplerplatz, wo die Frauen von Favoriten ihr Büro hatten.

»Wenn du reden willst, komm morgen vorbei«, hatte sie zu Anna gesagt.

Am nächsten Tag bereute Anna den Anruf beinahe. Die Vorstellung, mit einer unbekannten Frau zu sprechen, ängstigte sie. Dann fiel ihr Blick auf den Wandspiegel in ihrem Vorraum. Sie sah in das Gesicht eines ängstlichen, schüchternen, zögerlichen Mädchens. Und ihr gefiel nicht, was sie sah.

Eine halbe Stunde später stand sie vor der Adresse am Keplerplatz, einem Betonbau, der wohl einmal blau gewesen war, mittlerweile aber einen grauen Farbton angenommen hatte. Eine großgewachsene Frau mit streng hochgesteckten Haaren, einem langen schwarzen Mantel und elegant aufgetragenem Lippenstift trat zu ihr.

»Möchtest du zu den Frauen von Favoriten?«, fragte sie mit einem Lächeln.

Anna nickte stumm.

»Ich glaube, wir haben telefoniert«, sagte die Frau freundlich. »Johanna Schmid ist mein Name. Du musst Anna sein?«

Nach dem gestrigen Telefonat hatte Anna eine barsche Frau erwartet, Typ Schuldirektorin, mit vielen Falten und einer spitzen Brille. Diese Frau war zwar streng gekleidet und besaß einen schneidenden Blick, doch ihre Stimme klang freundlich, und das Lächeln, das sie Anna schenkte, wirkte echt.

»Komm nur herein«, sagte Schmid und hielt Anna die Tür auf. Anna trat hinter ihr in einen langen Flur, der mit vielen Flugblättern und Plakaten behängt war. Nachhilfe wurde auf ihnen genauso angeboten wie Selbstverteidigungskurse und Klavierstunden.

Sie folgte Schmid den Flur entlang, in die Tiefe des Hauses hinein. Es wirkte verlassen, zumindest war alles still und dunkel.

Schmid blieb vor einer Tür stehen, auf die jemand ein bedrucktes Blatt geklebt hatte. »Frauen von Favoriten: Solidarität, Schutz, Selbstbestimmung«, stand darauf.

Schmid sperrte auf. Anna trat in einen kleinen, fensterlosen Raum mit einigen Sesseln. Ein hellgelber Linoleumboden spiegelte die dumpfe Deckenbeleuchtung. An einer Wand stand ein langer Tisch, auf dem Flugzettel und Schreibsachen lagen. Anna betrachtete ein schwarz-weißes Bild, das an einer der Wände hing und eine Frau zeigte, die schräg in die Kamera lächelte, mit fein geschwungenen Augenbrauen und einem schmalen, ausdrucksstarken Gesicht.

»Das ist Simone de Beauvoir«, erklärte Johanna, »eine der wichtigsten Feministinnen überhaupt. Ihr Buch ›Das andere Geschlecht‹ hat mich stark beeinflusst. Im Grunde versucht Beauvoir zu erklären, warum Frauen jahrhundertelang gegen ihre Unterdrückung ankämpfen mussten. Und es auch heute noch müssen.«

Schmid zog den Mantel aus und legte ihn auf einem Stuhl ab. Darunter kam ein schwarzes Kostüm mit weißer Bluse zum Vorschein. Sie setzte sich auf einen Stuhl und deutete Anna an, dasselbe zu tun.

»Dann denkt diese Beauvoir«, Anna rang um eine französische Aussprache des Namens, »dass Frauen immer unterdrückt werden? Dass wir alle dazu bestimmt sind, Opfer zu sein?«

Mit dieser Antwort schien Schmid nicht gerechnet zu haben. Sie zog die Augenbrauen zusammen. »Ich glaube nicht, dass das ihre Kernaussage ist.«

»Aber Christina war ein Opfer«, sagte Anna. Ihre Stimme bebte. »Genauso wie Alexandra und Nicole. Sie hatten doch gar keine Chance. In der Schule habe ich ein paar Mädchen sagen hören, dass sie ohne einen Freund nicht mehr ausgehen. Ist das also die Lösung? Immer einen Mann dabeihaben, der uns beschützt?«

»Viele Gewaltverbrechen an Frauen passieren innerhalb der Familie«, sagte Schmid. Ihre Stimme klang jetzt nicht mehr so freundlich. »Eifersüchtige Freunde oder gewalttätige Ehemänner beschützen Frauen nicht, eher das Gegenteil ist der Fall. Oftmals kommt Gewalt von dort, wo wir sie am wenigsten erwarten.«

Anna musste an ihren Vater denken. Er hatte sie verlassen, sie und ihre Mutter alleine gelassen, nichts zurückgelassen außer ein klaffendes Loch, in das sie nachts fiel, wenn sie träumte. Sie spürte, wie eine neue Welle der Wut ihre Gedanken fortzureißen drohte.

»Das heißt also, wenn wir draußen alleine unterwegs sind, könnten wir jederzeit überfallen werden. Und wenn wir in einer Beziehung mit einem schlechten Kerl stecken, können wir auch drinnen jederzeit überfallen werden. Was ist denn das für eine Wahl?« Anna atmete tief durch. »Wissen Sie was, das ist mir auch egal. Was ich wissen will, ist: Was kann ich tun?«

»Es ist nicht so leicht, gegen Strukturen zu kämpfen, die in unserer Gesellschaft seit Jahrtausenden verankert sind …«

»Ich interessiere mich nicht für Strukturen, und mir sind die letzten Jahrtausende völlig egal«, unterbrach Anna. »Ich möchte wissen, wie ich mich wehren kann! Ich möchte nicht mehr schwach sein, verdammt!« Den letzten Satz spuckte sie aus wie ranzig gewordene Milch. Als sie ihn vor sich liegen sah, wurde ihr übel. Das Eingeständnis dieser Schwäche ließ das Gefühl der Hilflosigkeit nur noch stärker werden.

All diese Monate hatte sich die Wut in sie hineingefressen. Doch nun wurde ihr klar, dass diese Wut nicht bloß aus ihrem Hass gegenüber der Bestie kam. Sie kam ebenso aus ihr selbst, weil sie sich schwach fühlte, schwächer, als sie ertragen konnte.

Schmid schien bemerkt zu haben, wie sehr dieser Gedanke Anna quälte. Sie blieb einige Momente still und überlegte. Als sie wieder zu sprechen begann, lag ihr Blick auf einem unbestimmten Punkt im Raum. »Du fühlst dich schwach, weil die einzige Stärke, die du kennengelernt hast, männliche Stärke ist. Stark ist, wer den anderen niederringen kann. Wer über mehr Kraft verfügt. Wer den anderen härter schlagen kann. Wer mehr Schmerzen bereiten kann.«

Schmid suchte Annas Blick. »Niemand ist ausschließlich Opfer. Du wirst in deinem Leben viele Situationen erleben, die dich stolz und glücklich machen. Aber du hast recht: Wenn du jemandem wie der Bestie von Favoriten begegnest, allein, dann stehen deine Chancen schlecht.« Frau Schmid seufzte. »Doch es ist falsch, sich deswegen schwach zu fühlen. In einer Gesellschaft, in der Normalität von Männern definiert wird, ist Stärke mit Gewalt gleichgesetzt. Aber ist das die Gesellschaft, in der wir leben wollen? Ist das eine gute Gesellschaft?«

»Natürlich ist so eine Gesellschaft idiotisch«, sagte Anna leise. »Aber wir leben nun mal in ihr, oder? Es hat keinen Sinn, sich eine bessere zu wünschen.« Anna hob den Kopf und funkelte ihr Gegenüber an. Es tat so gut, endlich einmal kämpfen zu können, und wenn sie es auch nur mit ihren Worten tat.

»Das sehe ich anders«, sagte Schmid. »Siehst du, es gibt viel, was du tun kannst. Wir bieten Selbstverteidigungskurse für Frauen an, wir vernetzen uns, wir helfen uns gegenseitig. Vielen ist das eine große Hilfe. Solidarität ist die Basis unserer Arbeit. Das Wichtigste ist jedoch, dass du dein Selbstvertrauen zurückgewinnst. Dass du dieses Gefühl von Schwäche überwindest.«

»Ich bin einfach so wütend«, gab Anna zu. »So wütend auf mich selbst. Weil ich mich so hilflos fühle.«

»Ich weiß genau, wie du dich fühlst«, sagte Schmid. »Glaub mir. Ich kann dieses Gefühl auch nicht mit ein paar Worten aus der Welt schaffen. Aber ich kann dir anbieten, dass du dich uns anschließt. Wir veranstalten Workshops, leisten Aufklärungsarbeit, bieten einen sicheren Ort für Frauen, die Gewalt erlebt haben oder noch immer erleben. Wir organisieren Proteste, wie etwa die Mahnwache morgen.«

»Mit Protesten kenne ich mich aus«, sagte Anna schnell.

Schmid lächelte. »Es wäre toll, wenn wir jemand so jungen wie dich dabeihätten. Was sagst du?«

Während Anna den Flugzettel betrachtete, als könnte sie darin Antworten auf ihre Fragen finden, erklärte Schmid: »Jährlich sterben viele Frauen, weil Männer ihre Eifersucht oder Wut nicht kontrollieren können. Dabei unterstellt die Gesellschaft dem Opfer oft eine Mitschuld. Sie hätte ihn nicht verlassen dürfen, oder sie hätte ihm keine falschen Signale senden sollen. Solche Sachen eben. Dabei übersehen die Menschen, dass diese Morde aus gesellschaftlichen Gründen entstehen. Männer werden in dem Glauben erzogen, Frauen seien bloß ihr Zusatz. Etwas, über das sie verfügen können. Sie glauben, es ist ihr natürliches Recht, mit der Frau, die sie wollen, zusammenzusein. Wenn das nicht funktioniert, möchten sie ihre Stärke beweisen. Auf dem einzigen Weg, den sie kennen.«

Als Schmid geendet hatte, saßen Anna und sie einige Momente still nebeneinander.

»Wir fordern«, fuhr Schmid schließlich fort, »dass es einen eigenen Straftatbestand gibt, der dem Rechnung trägt. Damit wir darauf aufmerksam machen, dass es nicht damit getan ist, die Bestie von Favoriten zu fangen. Es müssen sich grundlegende Dinge ändern. Wir müssen Bilder und Werte, die in Medien, der Politik oder dem Bildungssystem vermittelt werden, verändern. Die Polizei muss ihre Mitarbeiter für diese Arbeit sensibilisieren. Viele Frauen, die zu Hause geschlagen werden, kommen zu uns, weil die Polizei sie nicht ausreichend schützt. Was, denkst du, passiert, wenn eine Frau Anzeige gegen ihren Mann erstattet und dann noch mit ihm im selben Bett schlafen muss?«

Schmid sah Anna erwartungsvoll an. Doch Anna wusste nicht, was sie antworten sollte. Sie stand auf. »Danke«, sagte sie. »Danke für das Gespräch. Ich habe jetzt einiges, über das ich nachdenken muss.«

Schmid nickte. »Morgen um 15 Uhr treffen wir uns vor dem Polizeigebäude in der Berggasse. Ich würde mich freuen, wenn du kommst. Ich nehme auch das Buch von Simone de Beauvoir mit, falls du es dir ausborgen möchtest. Ich werde den Raum noch für morgen vorbereiten«, sagte Schmid. »Du findest doch alleine hinaus?«

Als Anna sich schon verabschiedet und die Tür geöffnet hatte, rief ihr Schmid noch etwas hinterher. »Ach übrigens, nenn mich doch einfach Johanna!«

Es war ein beeindruckendes Bild, das sich Anna bot, als sie am nächsten Tag zur Mahnwache kam. Die etwa 25 Frauen, überwiegend in Schwarz gekleidet, standen auf dem Gehweg gegenüber dem Sicherheitsbüro. Rechts von ihnen brausten Autos auf der zweispurigen Straße vorbei.

Schmid empfing Anna herzlich und stellte ihr sofort die anderen Frauen vor. Sie waren alle älter als Anna, behandelten sie aber, als wäre sie erwachsen. Das war ihr noch nie passiert. Sie fragten nach ihrer Meinung zu bestimmten Themen und waren verständnisvoll, wenn sie einmal keine hatte. In den kurzen Unterhaltungen erzählten sie Anna viel von sich, hörten aber auch interessiert zu. Anna erlebte eine Offenheit, die sie nicht erwartet hatte, die sie allerdings sofort Vertrauen fassen ließ.

Einige Frauen zündeten Kerzen an und stellten sie rund um Fotos der ermordeten Christina Beranek, Alexandra Schriefl und Nicole Strau. Sie schenkten dampfenden Tee und Kaffee aus Thermoskannen in Pappbecher aus und verteilten Decken. Anna bekam eine dicke Steppdecke, die sie sich über die Schultern warf.

Dann holten sie ihre Schilder hervor. Auf Karton und Papier standen Forderungen nach mehr Prävention, besserer Schulung für Polizisten und mehr Schutz für Opfer häuslicher Gewalt.

Langsam kehrte Ruhe ein. Wem kalt wurde, der holte sich Tee, eine wärmere Decke oder bewegte sich. Als der Wind stärker wurde, blies er die Kerzen aus, doch sofort war jemand mit einem Feuerzeug zur Stelle.

Die Mahnwache verlief nicht so, wie Anna Proteste bisher erlebt hatte. Wenn sie mit Michael mitgelaufen war, hatte die Menge stets laut geschrien, manchmal sogar gesungen, und es lag immer eine Spannung in der Luft, die sich jeden Moment in einem Konflikt entladen konnte. Das hier war anders. Womöglich lag es daran, dass es sich um eine Mahnwache handelte. Anna war beeindruckt von dieser Ruhe, die etwas Absolutes ausstrahlte. Diese Frauen waren nicht bloß aus ideologischen Überzeugungen hier oder wegen eines politischen Programms. Sie hatten aus einer existenziellen Notwendigkeit zusammengefunden.

Um 5 Uhr verließen die ersten Beamten das Gebäude. Einige beschleunigten bloß mit gesenktem Blick ihren Schritt. Andere blieben stehen, kniffen die Augen zusammen und versuchten zu lesen, was auf den Schildern stand. Viele schüttelten den Kopf, aber manche schienen tatsächlich nachdenklich zu werden. Ob sie damit schon etwas erreicht hatten, würde sich erst zeigen.

Zwischen den Männern, die aus der Polizeidirektion kamen, entdeckte Anna ein bekanntes Gesicht. Einer der Beamten, die sie damals befragt hatten, kam gerade die Stufen vom Eingang herunter. Anna konnte sich erinnern, dass er nicht besonders viel gesagt hatte. Geiger, erinnerte sie sich. Das war sein Name gewesen. Er hatte aufmerksame Augen und eine markante Nase, ein wenig wie ein Raubvogel. An diesem Tag wirkte er zerstreut. Er blieb stehen, um den Kragen seines Mantels zu richten. Als er wieder aufblickte, trafen sich ihre Blicke.

Zunächst verstand der Mann nicht, doch dann bemerkte Anna an seinem Blick, dass auch er sie erkannte. Nachdem sie einander gemustert hatten, ließ er seine Augen langsam über die Schilder und Lichter schweifen. Obwohl Anna sich anstrengte, konnte sie nicht erkennen, was ihr Auftritt in ihm auslöste.

Schließlich schaute der Mann wieder zu ihr. Nun konnte Anna etwas in seinem Gesicht erkennen, mit dem sie nicht gerechnet hatte. Es war gezeichnet von einer bleiernen Müdigkeit, die wie eine Maske über seinen Zügen lag. Es war eine Müdigkeit, die sich nicht mit Schlaf bekämpfen ließ, sondern mit jedem Morgen noch größer wurde, als sie es am Abend zuvor gewesen war. Eine Müdigkeit, die auch Anna kannte. Sie entstand, wenn die heile Welt des Traums mit den ersten Sonnenstrahlen verschwand, die durch das Schlafzimmerfenster fielen.

Der Mann nickte ihr zu, dann drehte er sich um und ging die andere Straßenseite der Berggasse hinab. Anna sah ihm noch lange nach, so lang, dass sie gar nicht richtig sagen konnte, wann er schließlich verschwunden war.

2000

Donnerstag, 21. September
Berggasse, Wien-Alsergrund

Eine Woche war seit der Verhaftung von Werner Pritsch vergangen. Er saß in Untersuchungshaft und wartete auf seine Anklage, die vom Staatsanwalt gerade vorbereitet wurde. Die Stimmung im Land war aufgeheizt. Einige Zeitungen feierten die späte Gerechtigkeit, die der Bestie von Favoriten widerfahren sollte. Andere jedoch trauten dem DNA-Beweis nicht über den Weg. Wie konnte ein Mensch für ein grausames Verbrechen verurteilt werden, bloß weil ein einziger DNA-Abstich ihn zwölf Jahre nach dem Mord scheinbar überführt hatte?

Ich saß in meinem Büro und versuchte zu verstehen, wie das alles hatte passieren können. Hätte Pritsch bei der Hochzeit keine Schlägerei angefangen und wäre er danach nicht auch noch auf einen Polizisten losgegangen, wären wir nie an seine DNA gekommen. Dann hätte es keinen Treffer im Fall Schriefl gegeben. Dann hätten wir die Bestie von Favoriten vermutlich nie gefunden.

Ich hatte gedacht, dass Pritschs Verhaftung meinen Kollegen Eddie mit später Genugtuung erfüllen würde. Immerhin war er sich all die Jahre sicher gewesen, dass Pritsch die Bestie von Favoriten war. Doch das Gegenteil war der Fall. Wenn ich ihm in den Gängen oder der Kantine begegnete, wirkte er niedergeschlagen. Er sprach kaum über diesen großen Ermittlungserfolg, der mittlerweile seinen Weg in alle Zeitungen gefunden hatte. Auch mir schien er beharrlich aus dem Weg zu gehen. Ich wollte nachfragen, doch noch hatte ich keine Gelegenheit dazu gehabt. Denn die Vorbereitung von Pritschs Anklage kostete viel Zeit.

Auch bei günstiger Faktenlage war es nie leicht, einen Täter zehn Jahre nach seiner Tat dafür zur Rechenschaft zu ziehen. Obwohl wir Kriminalbeamten fest davon ausgingen, dass Pritsch nicht nur Alexandra Schriefl, sondern auch Christina Beranek ermordet hatte, gab es für den zweiten Mord kaum Indizien. Pritschs DNA war auf Alexandra gefunden worden, doch im Fall Beranek hatten wir so gut wie keine Spuren. Zurzeit blieb uns nichts anderes übrig als zu hoffen, dass Pritsch ein vollumfassendes Geständnis ablegen würde. Doch dabei mussten wir äußerst vorsichtig vorgehen.

»Der Mörder hat uns zehn Jahre lang für dumm verkauft«, hatte Edelbacher kurz nach der Verhaftung gesagt. »Sollte sich herausstellen, dass wir den falschen Mann haben, machen wir uns lächerlich. Dann können wir den Fall endgültig vergessen.«

Für Edelbacher ging es nicht nur um späte Gerechtigkeit. Er hatte sich noch nie mit Kritik am politischen Umgang mit der Polizei zurückgehalten. Dem neuen Innenminister Ernst Strasser gefiel das gar nicht. Alle wussten, dass er Edelbacher im Visier hatte. Einen aufsehenerregenden Fall nach zehn Jahren zu lösen, würde Edelbacher etwas Raum verschaffen. Doch sollten die Ermittlungen erneut in einer Sackgasse verlaufen, würde er seinen Posten in der Berggasse womöglich sogar räumen müssen.

Auch deshalb durfte es kein Schlupfloch in der Anklage geben. Pritsch war bei seiner ersten Vernehmung, die gleich nach seiner Verhaftung stattgefunden hatte, überwiegend stumm geblieben. Er hatte bloß alles abgestritten. Doch im Fall Schriefl gab genug Indizien, die auf ihn hindeuteten. Bereits vor elf Jahren war er einer der Hauptverdächtigen gewesen. Er wohnte in der Gegend, hatte bereits zuvor Frauen belästigt und war vorbestraft. Seine Alibis für den Mord an Alexandra und Christina waren schwach. Noch dazu war er in der Nacht des ersten Mordes in der Diskothek Azzurro gewesen. Das alles, zusammen mit der Tatsache, dass seine DNA auf der Leiche von Alexandra Schriefl gefunden worden war, ließ keinen anderen Schluss zu: Werner Pritsch war der Favoritner Mädchenmörder. Das war die neue Bezeichnung, die die Presse für ihn gefunden hatte.

Wie hatte er uns so lange entkommen können? Das war eine der ersten Fragen, die Edelbacher stellte. »Wir haben diesen Pritsch doch schon vernommen«, sagte er zu mir. Sein mittlerweile ergrauter Schnauzer zitterte. »Wir hatten den Täter also bereits. Und dann haben wir ihn laufen lassen. Wieso?«

»Es ging um die Blutgruppe«, erinnerte ich ihn. »Die Blutgruppe von Pritsch und die des Täters stimmten nicht überein. Ein klares Ausschlusskriterium.«

»Wie ist das möglich?«, fragte Edelbacher.

Diese Frage hatten wir gleich zu beantworten versucht, als wir die Ermittlungen wiederaufgenommen hatten. Irgendjemand in der Wiener Gerichtsmedizin musste damals beim Abschaben des Spermas von der Haut des Opfers unvorsichtig gewesen sein. Das Sperma hatte sich mit den Hautpartikeln des Opfers vermischt. Alexandra Schriefl hatte Blutgruppe A,

Pritsch Blutgruppe 0. Durch die kontaminierte Probe hatte die Blutgruppe A die Blutgruppe 0 überlagert.

Edelbacher strich sich über die kahle Stirn. »Oh Gott«, sagte er. »Das wird ein gefundenes Fressen für die Medien. Und es stärkt nicht gerade das Vertrauen in die Methoden der Polizei. Wir müssen bedenken, dass nur wenige das DNA-Verfahren verstehen.«

Ich schwieg.

»Es ist äußerste Vorsicht geboten«, sagte Edelbacher schließlich. »Alle Welt will Pritsch so schnell wie möglich verurteilt sehen. Aber wir dürfen uns keine Fehler mehr erlauben.«

Deshalb arbeiteten wir seither rund um die Uhr. Die Staatsanwaltschaft bereitete die Klage vor, und wir verhörten Pritsch immer wieder. Doch der blieb bei seinem Standpunkt. Er sei unschuldig.

Dennoch kamen wir voran. Seine Brüder, die ihm für den ersten Mord ein Alibi gegeben hatten, konnten sich unter dem Eindruck der neuen Entwicklungen nicht mehr daran erinnern, Pritsch in der Mordnacht gesehen zu haben. Sie wussten jetzt nur noch, dass er am nächsten Morgen auf der Couch gelegen war. Wann genau er heimgekommen war, wussten sie nicht.

Auch die Frau, die zur Tatzeit seine Freundin gewesen war und mittlerweile seine Ex-Frau war, konnte sich jetzt nicht mehr so genau erinnern, ob Pritsch in der Nacht des Mordes an Christina Beranek tatsächlich in ihrer Wohnung gewesen war. Pritschs Alibis lösten sich in Luft auf, und die DNA-Spuren waren zumindest im Fall Alexandra Schriefl eindeutig.

Doch als wir ihn im Verhörraum der Berggasse damit konfrontierten, schien ihn das alles nicht zu stören. Er bedachte mich mit demselben gleichgültigen Blick, der mir bereits vor zehn Jahren aufgefallen war.

Pritsch sah mittlerweile wie ein klassischer Vorstadtbürger aus. Sein Haar war kurzgeschnitten, und sein langes, hageres Gesicht kam dadurch noch deutlicher zum Vorschein. Sein Bart war gestutzt. Nur seine Augen hatten sich nicht verändert. Sie funkelten noch immer tief aus ihren Höhlen, als lägen sie dort auf der Lauer.

Ich entschied mich, ihn zunächst nur zum Mord an Alexandra Schriefl zu befragen. Damit bewegte ich mich auf sicherem Grund, denn die Beweislast war mittlerweile erdrückend geworden. Sollte ich hier einen Durchbruch erzielen, konnte ich versuchen, ein Geständnis für den Mord an Christina Beranek aus ihm herauszubekommen.

»Ganz schön viel passiert bei Ihnen, Herr Pritsch, in den vergangenen zehn Jahren«, begann ich. »Ende 1989 Gefängnisaufenthalt wegen Kellereinbrüchen. Dann Scheidung, 1995 noch mal ein Jahr wegen des Diebstahls eines Videorekorders. Sie geben an, an einer Tablettensucht gelitten zu haben, aber mittlerweile geheilt zu sein.«

»Ich hab' schon ewig nichts mehr angerührt«, sagte Pritsch. »Meine Frau hat mir dabei geholfen. Sie hat mein Leben wieder eingerichtet.«

»Wenn das alles ein Missverständnis ist, wie Sie stets behaupten, wie kommt Ihre DNA auf den Körper von Alexandra Schriefl?«, fragte ich. »Die DNA lügt nicht. Sie behaupten, Sie kannten Alexandra nicht. Gelten für Sie die Gesetze der Biologie nicht?«

Pritsch wirkte nun eher genervt. »Ich sage Ihnen jetzt etwas: Ich kannte das Mädchen, okay? Wir haben ein paarmal miteinander geschlafen. Hab sie in der Disco kennengelernt.

Ist das ein Verbrechen? Sie war hübsch.« Pritsch lächelte. »Dann wollte sie was Ernstes. Da musste ich ihr den Laufpass geben.«

»Alexandra hatte damals einen Freund.«

Pritsch zuckte die Achseln. »Viele meiner Mädels hatten damals einen Freund.«

»Wir haben kurz nach der Tat das Tagebuch des Opfers durchsucht und keinen Eintrag über Sie gefunden.«

Pritsch gab keine Antwort.

»Zehn Jahre lang lassen Sie uns im Glauben, Sie kennen Alexandra Schriefl nicht. Und plötzlich wollen Sie mit ihr geschlafen haben?«

»Ich weiß doch, wie das ausgesehen hätte. Ich bin vorbestraft, und dann verdächtigt ihr mich wegen sowas. Da sag ich natürlich nix. Außerdem hatte ich auch eine Freundin damals.« Er lachte auf. »Sie wissen doch, manche Dinge brauchen die Damen nicht zu wissen.«

Ich ging nicht darauf ein. »Dann geben Sie zu, Alexandra Schriefl gekannt zu haben?«

»Sag ich doch.«

»Am Tag der Tat hatten Sie keinen Kontakt mit ihr?«

»Nein«, antwortete Pritsch. »Auch in der ganzen Woche davor nicht.«

»Herr Pritsch«, sagte ich. »Wir hätten Ihre DNA unmöglich auf Alexandra Schriefls Körper finden können, hätten Sie Alexandra tatsächlich schon eine Woche lang nicht gesehen.«

Das zeigte Wirkung. Auf Pritschs hoher Stirn bildeten sich Schweißtropfen. Er beugte sich vor und zog die Schultern zusammen.

»Okay, ich soll doch die Wahrheit sagen, oder? Ich möchte ganz ehrlich mit Ihnen sein. Aber Sie dürfen keine falschen

Schlüsse ziehen.« Die Höflichkeit, die sich in seiner Stimme breitgemacht hatte, bereitete mir beinahe Übelkeit.

»Lassen Sie das mit den Schlüssen mal meine Sorge sein.«

»Gut«, sagte Pritsch. »Die Wahrheit ist, Xandi wollte an diesem Abend wieder etwas von mir. Sie meinte, sie könne mich nicht vergessen und so weiter. Ich hatte schon einiges getrunken. Zuerst hab ich gemeint, sie soll mich in Ruhe lassen, aber sie hat nicht aufgegeben. Also dachte ich, na gut, eine schnelle Nummer, und Ruhe ist.« Diese Geschichte gab Pritsch offenbar wieder Selbstvertrauen. Lässig lehnte er sich zurück.

»Wir haben uns also hinter dieser Plakatwand getroffen«, fuhr er fort. »Es ging schnell, es war ja auch recht kalt. Wie junge Leute eben sind. Danach meinte sie, ich solle vorgehen, nicht dass uns noch jemand sieht. Sie war ja vergeben, eigentlich. Also bin ich weg, und sie ist noch hinter der Wand geblieben. Dort muss sie der Mörder überrascht haben.«

»Die Untersuchung hat ergeben, dass Alexandra in der Mordnacht keinen Geschlechtsverkehr hatte«, sagte ich. »Das Sperma war auf ihrem Oberschenkel.«

»Was wollen Sie?«, fuhr mich Pritsch an. »Ich hab Ihnen alles gesagt. Das ist die Wahrheit. Ist nicht mein Problem, wenn Sie das nicht glauben. Außerdem«, fügte er hinzu, »ich konnte damals fast jedes Mädchen haben. Da können Sie jeden fragen. Die sind Schlange gestanden bei mir. Ich brauchte keine umzubringen dafür, das kriegte ich auch so.«

»Herr Pritsch«, sagte ich ruhig. »Sie haben sich dutzende Male widersprochen.« Ich sah zu dem Beamten, der das Gespräch protokollierte. Er nickte mir zu. »Wenn wir Ihre Aussage von damals mit dieser hier vergleichen, wird jedem klar, dass Sie lügen. Es wirkt auf mich so, als würden Sie sich ständig neue Geschichten ausdenken, um von den zahlreichen Indizien abzulenken, die auf Sie zeigen.«

Doch Pritsch hörte nicht mehr zu. Er hatte die Arme verschränkt und den Blick abgewandt. »Sie wollen die Wahrheit sowieso nicht hören«, sagte er. »Ich habe mit diesen Morden nichts zu tun. Sie schieben mir was unter.«

»Wenn Sie sich einsichtig zeigen, kann das unter Umständen bei Ihrem Prozess helfen.«

Pritsch schwieg. Ich seufzte, stand auf und verließ das Verhörzimmer. Über Christina Beranek würden wir ein andermal sprechen.

Das Geständnis bildet für gewöhnlich den krönenden Abschluss einer Ermittlung. Ohne Geständnis bleibt immer ein blinder Fleck zurück, der die Ermittler stets begleitet. Gerichte können Urteile auch ohne Geständnisse fällen, wenn die Faktenlage überwältigend ist. Doch erst ein Geständnis ermöglicht es uns Ermittlern, mit einem Fall abzuschließen. Denn erst damit bekommen wir eine Antwort auf die Frage, die allem zugrunde liegt: Warum?

Heute sollte ich sie nicht bekommen.

Als ich in mein Büro zurückkehrte und das Vernehmungsprotokoll noch einmal durchsah, hätte ich eigentlich zufrieden sein können. Alles, was wir in den vergangenen Wochen zusammengetragen hatten, erhärtete unseren Verdacht. Die Alibis zur Tatzeit waren umgefallen, Pritsch hatte eine einschlägige Vorgeschichte, und nun widersprach er sich auch noch selbst.

Am eindeutigsten war der DNA-Nachweis. Denn die Wahrscheinlichkeit, dass es eine andere Person mit gleicher DNA gab, war eins zu einer Milliarde.

Trotzdem wusste ich, dass ein Verfahren eine Geschichte braucht. Es reichte nicht, einfach ein paar Zahlen auf den

Tisch zu legen. Zum Glück hatten wir mittlerweile genug, um eine glaubwürdige Geschichte zu erzählen: die Geschichte der Bestie von Favoriten.

Der Staatsanwalt trieb die Vorbereitung auf Pritschs Prozess seit Wochen mit allen verfügbaren Ressourcen voran. Der Herbst war mittlerweile hereingebrochen, und doch war noch kein Ende in Sicht. Wir standen in ständigem Kontakt mit der Staatsanwaltschaft, besprachen Verhandlungsstrategien und übermittelten Akten mit neuesten Erkenntnissen.

Für diejenigen, die den Fall von Anfang an begleitet hatten, war klar: Werner Pritsch hatte Alexandra Schriefl und Christina Beranek auf widerwärtigste Weise umgebracht. Nun musste der Staatsanwalt eine Anklage formulieren, die auch für das Gericht und die Schöffen plausibel klang. Denn die Schöffen entschieden letztlich über die Schuld des Angeklagten, und ein DNA-Ergebnis alleine reichte womöglich nicht aus, sie zu überzeugen.

Pritsch war beim Mord an Alexandra Schriefl zwanzig Jahre alt gewesen. Zivilgerichtlich war er damit volljährig, strafrechtlich jedoch galt er jedoch gemäß Paragraf 1 des Jugendgerichtsgesetzes. als junger Erwachsener, weil er zwar das 18., aber noch nicht das 21. Lebensjahr vollendet hatte. Eine lebenslange Haftstrafe war somit ausgeschlossen. Die Höchststrafe würde in diesem Fall 15 Jahre betragen.

Die Sache würde ganz anders aussehen, könnten wir ihn auch für den Mord an Christina Beranek belangen. Doch die faktische Beweislage war dünn. Am Tatort hatten wir so gut wie keine Spuren gefunden. Für einen Richter mochten die ähnlichen Tatorte als Grundlage für eine Verurteilung nicht ausreichen.

Zusätzlich schärfte uns Edelbacher ein, wie wichtig eine penible Rekonstruktion war. »Jedes Detail zählt«, sagte er. Er wollte zwar den Fall so schnell wie möglich abschließen, um seine Position zu stärken. Gleichzeitig konnte ihm jedoch der kleinste Fehler zum Verhängnis werden.

Wir arbeiteten in einer Atmosphäre konstanter Anspannung. Mein Schreibtisch drohte unter den Aktenbergen einzustürzen. Ich hörte, wie meine Bürotür aufging, doch ich konnte zunächst nicht erkennen, wer eintrat. Papierstapel versperrten mir die Sicht. Erst als ich mich streckte, erkannte ich Eddie in seiner braunen Wildlederjacke.

»Ich hoffe, ich komme nicht ungelegen?«, fragte er.

»Nein.« Ich klappte eine Mappe zu, in der ich gerade gelesen hatte. »Setz dich doch.«

Eddie nahm mir gegenüber Platz. Er musterte Papiere, Ordner und Fotos. Fast schon suchend blickte er im Raum umher, so langsam, als würde ihn gar nicht interessieren, ob er schließlich etwas fände.

»Die wollen ihn nur für den Schriefl-Mord anklagen«, sagte Eddie, nachdem wir eine Weile schweigend zusammengesessen waren. »Ich habe heute gehört, was die Staatsanwaltschaft plant. Wir haben im Beranek-Fall einfach keine einzige verwertbare Spur. Nichts, was ihn eindeutig als Täter überführt. Wenn sie ihn für beide Morde anklagen und er in einem für unschuldig befunden wird, besteht die Chance auf einen Freispruch.«

»Ich weiß«, sagte ich.

»Macht dich das nicht wahnsinnig?« Nun hatte sein Blick doch gefunden, was er gesucht hatte: mich.

»Wer sonst hätte es sein sollen?«, fuhr Eddie fort. »Wir müssten den Leuten nur Fotos vom Tatort zeigen, und sie würden erkennen, dass es gar keine andere Möglichkeit gibt.

Die Knoten, mit denen die Leichen angebunden waren, die Kleidungsstücke, die Art der Inszenierung ...«

»Ich weiß«, wiederholte ich. »Aber so einfach ist das nicht. Die Leute, die das Urteil sprechen werden, bearbeiten den Fall nicht seit einem Jahrzehnt.«

»Ich war bei ihm«, sagte Eddie. »Damals, nach dem Beranek-Fall. Wir hatten Pritsch bereits als Verdächtigen aussortiert, wegen der Blutgruppe. Aber ich wusste einfach, dass etwas mit dem Kerl nicht stimmt. Also bin ich eines Abends vor seiner Tür aufgetaucht und habe ihn zur Rede gestellt.«

»Und?«

Eddie lachte. Es klang bitter. »Er hat natürlich alles abgestritten. Und dann ist auch noch seine Freundin heimgekommen und hat mich rausgeschmissen. Ich habe mich lächerlich gemacht.« Er verstummte und schien über etwas nachzudenken. »Hast du das Interview mit seiner jetzigen Frau gelesen? Sie kann sich nicht vorstellen, dass ihr Mann ein Mörder ist.«

»Was weiß man schon über einen Menschen«, sagte ich. »Psychopathen verhalten sich meistens völlig unauffällig.«

»All die Jahre hat mein Gefühl gestimmt«, sagte Eddie.

»Das ist doch gut, oder?«

Mein Kollege schüttelte müde den Kopf. In diesem Moment war kaum zu glauben, wie jung und voller Tatendrang er vor zwölf Jahren gewirkt hatte. Ich hatte damals wohl etwas von mir in ihm gesehen. Und jetzt, als ich merkte, wie sich das Erlebte in sein Gesicht eingemeißelt hatte, erkannte ich ebenfalls etwas von mir in ihm.

»Es zeigt bloß, dass es keinen Sinn hat, sich auf Gefühle zu verlassen«, sagte Eddie. »Würde ein anderer Polizist auf sein Bauchgefühl schwören, würde ich genauso wenig auf ihn hören. Das Einzige, was ich von meinem Gefühl habe, ist diese verdammte Hilflosigkeit. Mittlerweile glaube ich, Gefühle sind bloß da, um uns bei unserer Arbeit zu behindern.«

»Edelbacher will den Strau-Fall auch wieder aufrollen«, bemühte ich mich, das Thema zu wechseln. »Die alten Verdächtigen werden erneut befragt, und ihre DNA wird abgeglichen. Wer weiß, vielleicht gelingt uns ein ähnlicher Treffer. Dann hätten wir alle drei Favoritner Mädchenmorde gelöst.«

»Hm«, brummte Eddie nur.

»Es ist schon spät«, sagte ich, mit einem Blick auf die Uhr. »Was hältst du davon, dass wir Feierabend machen und noch ein Bier trinken gehen?«

Eddie zuckte mit den Schultern, was ich als Ja auffasste. Ich packte ein paar Notizen in meinen Aktenkoffer, zog mir meinen Mantel über und verließ gemeinsam mit Eddie das Büro. Wir nahmen den Lift ins Erdgeschoß, durchquerten das Foyer und traten hinaus in die Berggasse.

Ein kalter Wind empfing uns. Der Winter kündigte sich an.

»Wohin wollen wir?«, fragte ich ihn.

»Hat er es dir gesagt?«, fragte Eddie.

Ich dachte, ich hätte mich verhört.

»Was?«

»Warum er es getan hat«, sagte Eddie. »Es hält mich nachts wach. Wie er die Opfer hergerichtet hat ... So etwas habe ich nie wieder gesehen. Ich habe mich immer gefragt, was ihn getrieben hat. In Wirklichkeit war es diese Frage, die mich dazu gebracht hat, all die Jahre an diesem Fall dranzubleiben.«

»Er streitet es vehement ab«, antwortete ich. »Obwohl er offensichtlich lügt.«

»Du hast mehrmals mit ihm gesprochen«, gab Eddie nicht auf. »War da wirklich nichts? Hast du nicht einmal eine Idee?«

Ich musste daran denken, was ich zu meinen Anfangszeiten im Sicherheitsbüro gelernt hatte. Das große Geheimnis in der Gesprächsführung mit Verdächtigen war, ihnen das Gefühl zu geben, sie und du wären allein auf der Welt. Du kannst verstehen, warum er so rasend vor Eifersucht wurde, als er bemerkte, dass seine Frau fremdging. Du kannst nachvollziehen, wie verzweifelt er nach der Kündigung war, wie dringend er Geld brauchte. Du kannst sogar einsehen, wie er seinen besten Freund betrügen konnte, nur um am Ende selbst besser dazustehen. Du kannst Mord, Totschlag, Diebstahl, Hass verstehen.

Der Blick, mit dem sie dich dann ansehen, ist manchmal nur schwer zu ertragen. Er ist so voller Dankbarkeit, dass du dich kurz fragst, ob du wirklich verstehen kannst. Ob du womöglich eines Tages ähnlich handeln könntest. Es ist dieser Augenblick der unerwarteten Nähe, in dem du etwas Neues über dich erfährst, etwas bisher Ungekanntes, und manchmal ist dieses neue Wissen beunruhigend. Und du erfährst etwas über den Menschen, der dir gegenübersitzt. Der dir sein tiefstes Geheimnis preisgibt, weil es ihm letztlich ein Bedürfnis ist, es zu teilen, wie das mit Geheimnissen nun einmal so ist.

Damit fügt sich das letzte Glied in die Kette ein. Das Warum breitet sich vor dir aus und taucht alles, was vor ihm liegt, in ein neues Licht. Die für den Fall unerheblichste Frage – denn für das Gericht sind Wie, Wo, Wann und Wer viel bedeutsamer – ist die für den Menschen entscheidende.

Werner Pritsch zerrte eine junge Frau, die er entgegen seiner Aussagen vermutlich bloß vom Sehen kannte, hinter eine Plakatwand, versuchte sie zu vergewaltigen, erdrosselte sie und verwendete anschließend ihre Kleidungsstücke, um eine Bühne zu schaffen: für uns, die wir nicht wegsehen konnten.

Einige Monate später verschleppte er ein junges Mädchen, zu dem er keine persönliche Verbindung hatte, hielt sie vermutlich stundenlang in einer Wohnung gefangen, verging sich an ihr, tötete sie schließlich ebenfalls und inszenierte sie mit noch größerem Kalkül. Er hinterließ keine Spuren, hatte die Tat penibel geplant. Als hätte er zwischen dem ersten und dem zweiten Mord nichts anderes getan, als über seine nächste Tat nachzudenken. Über das Wie, Wo, Wann und Wer. Nicht allerdings über das Warum. Vielleicht war ihm das selbst gar nicht bekannt. Vielleicht spielte es für ihn gar keine Rolle.

Wie sollte ich diesem Menschen jemals das Gefühl geben können, ihn zu verstehen? Womöglich müsste ich, um diesen Menschen zu verstehen, etwas in mir finden, dessen Entdeckung ich nicht ertragen könnte.

Deshalb würde ich nie erfahren, warum er es getan hatte. Und er würde es nie jemandem erzählen können. Vielleicht war es seine stumme Qual, zum Hüten dieses Geheimnisses verdammt zu sein. Ein Geheimnis, das er niemandem mitteilen konnte, weil ihn niemand verstand, weil das Warum seiner Tat verborgen blieb wie die Krümmung im Raum, die unser Leben bestimmt, sich aber unserem beschränkten Verstand entzieht.

»Also?«, unterbrach Eddie meine Gedanken. »Nicht einmal eine Theorie?«

Es war kalt und der Abend nicht mehr weit.

»Ich habe nicht die leiseste Ahnung«, sagte ich zu Eddie.

»Vielleicht sollten wir das Bier auf ein anderes Mal verschieben«, sagte Eddie.

Ich nickte. »Du hattest recht«, sagte ich, bevor Eddie und ich uns an der Kreuzung von Berggasse und Rossauer Lände trennten.

»Womit?«, fragte er überrascht.

»Gefühle hindern uns tatsächlich manchmal daran, unsere Arbeit zu tun.«

Damit drehte ich mich um und ließ Eddie ratlos zurück. Ich ging zu meinem Auto, stieg ein und fuhr nach Hause. Meine Familie wartete auf mich. Wir würden das Wochenende in unserem Haus am Fuße des Schneebergs verbringen.

Dort würde ich vom Fenster des Schlafzimmers aus den Schnee auf den Bergspitzen sehen. Am Morgen würde der Tau auf den Blättern gefroren sein. Es würde nach Tieren, Heu und Wiese riechen, und die Luft würde so klar sein, dass sie beim Einatmen meine Lungen reinigte.

Dort würde ich mich zu Hause fühlen.

Dort würde ich mich sicher fühlen.

EPILOG

Nach der Verhaftung von Werner Pritsch wurde auch der Fall Nicole Strau mithilfe neuer DNA-Technologie wiederaufgenommen. Michael Schetzl, der bereits damals zum Kreis der Verdächtigen gezählt hatte, wurde am 27. September 2001 festgenommen. Die DNA-Analyse ergab, dass seine DNA mit jener vom Tatort übereinstimmte.

Am 2. Dezember 2001 wurde er für den Mord an Nicole Strau zu einer lebenslangen Freiheitsstrafe verurteilt. Schetzl unterhielt während der Tatzeit offenbar eine Beziehung zu Nicoles Tante. So kam die Verbindung zwischen Täter und Opfer zustande. Schetzl dürfte Nicole über längere Zeit missbraucht haben, ehe er sie im Laaer Wald ermordete.

Er ist mittlerweile in Haft verstorben. Ein Geständnis legte er nie ab.

Nach langen Vorbereitungen wurde Werner Pritsch, die »Bestie von Favoriten«, am 11. Dezember 2001 zu 15 Jahren Haft für den Mord an Alexandra Schriefl verurteilt. Für eine Anklage im Fall Christina Beranek reichten die sichergestellten Spuren nicht aus. Da der Täter zum Tatzeitpunkt das 21. Lebensjahr noch nicht vollendet hatte, blieb ihm eine lebenslange Freiheitsstrafe erspart.

Gemäß Paragraf 21 Absatz 2 des Strafgesetzbuchs wurde er als zurechnungsfähiger, aber geistig abnormer Rechtsbrecher in den Maßnahmenvollzug eingewiesen.

Pritsch verweigerte jede Therapie. 2018 verletzte er einen Mithäftling schwer, stritt aber auch diese Tat ab.

Bis heute hat er sich zu den Morden an Alexandra Schriefl und Christina Beranek nicht geäußert.

Eine Umfrage der Agentur der Europäischen Union für Grundrechte ergab, dass in Österreich jede fünfte Frau ab ihrem 15. Lebensjahr körperlicher oder sexueller Gewalt ausgesetzt ist.

Der Verein Autonome Österreichische Frauenhäuser gibt an, dass im Jahr 2021 in Österreich zwischen Jänner und Juli bereits 17 Frauen ermordet wurden, 14 weitere wurden Opfer eines Mordversuchs oder schwerer Gewalt.

In den meisten Fällen bestand zwischen Täter und Opfer ein Beziehungs- oder familiäres Verhältnis. Meist kam es vor den Bluttaten bereits zu gewalttätigen Auseinandersetzungen, die Frauen konnten in der Folge aber nicht ausreichend geschützt werden.

Trotz einer sehr geringen Rate an Gewaltverbrechen ist Österreich das einzige Land der EU, in dem jährlich mehr Frauen als Männer ermordet werden.